人民共和國文化與文學叢書

初 編

李 怡 主編

第 **15** 冊

從「廣場」到「地方」
——微觀視野下的詩歌空間（下）

霍俊明 著

花木蘭文化出版社

國家圖書館出版品預行編目資料

從「廣場」到「地方」——微觀視野下的詩歌空間（下）／霍俊明 著 -- 初版 -- 新北市：花木蘭文化出版社，2014〔民103〕

目 2+168 面；19×26 公分

（人民共和國文化與文學叢書 初編；第 15 冊）

ISBN 978-986-322-769-4（精裝）

1. 詩歌　2. 詩評

820.8　　　　　　　　　　　　　　　　103012665

特邀編委（以姓氏筆畫為序）：

ISBN-978-986-322-769-4

9 789863 227694

吳義勤　孟繁華　張　檸

張志忠　張清華　陳思和

陳曉明　程光煒　劉福春

（臺灣）宋如珊

（日本）岩佐昌暲

（新西蘭）王一燕

（澳大利亞）鄭　怡

人民共和國文化與文學叢書

初　編　第十五冊　　　　　　　ISBN：978-986-322-769-4

從「廣場」到「地方」
——微觀視野下的詩歌空間（下）

作　　者　霍俊明
主　　編　李　怡
企　　劃　北京師範大學民國歷史文化與文學研究中心
　　　　　四川大學現代中國文化與文學研究中心
總 編 輯　杜潔祥
副總編輯　楊嘉樂
編　　輯　許郁翎
印　　刷　普羅文化出版廣告事業
出　　版　花木蘭文化出版社
社　　長　高小娟
聯絡地址　235 新北市中和區中安街七二號十三樓
　　　　　電話：02-2923-1455／傳真：02-2923-1452
網　　址　http://www.huamulan.tw 信箱 hml810518@gmail.com
初　　版　2014 年 9 月
定　　價　初編 17 冊（精裝）新台幣 30,000 元

從「廣場」到「地方」
——微觀視野下的詩歌空間（下）

霍俊明　著

目次

第四章　「西南」的焦慮

　　長期以來居於成都和重慶的「西南」詩人在以白洋淀、杏花村和北京爲核心的主導性的北方詩學的影響下處於寂靜的「邊緣」位置。這一「外省」地帶「籍籍無名」的詩人們曾在一個時期很少能夠發出整體性上引人注目的聲音，儘管他們一直在努力和探索。直至80年代這一尷尬的不對等的狀況才發生改觀甚至發生了天翻地覆般的變化。而即使是在這一時期風起雲湧、揭竿四起的先鋒詩歌的運動浪潮中《今天》無論是作爲一份同人刊物還是作爲一種啓蒙的先聲不能不對同時期的「外省」詩人產生重要的影響。這種影響不僅在詩人那裡呈現爲集體性的焦慮，而且無論是相關詩人的歷史敘事還是「第三代」詩歌運動我們都能夠看到來自於北方詩學的觀照和影響。儘管比照同時期生猛的西南先鋒詩歌北島等「今天」之後的北京詩壇已經風光不再，甚至先鋒的文脈難以賡續。

第一節　西南詩人的述史心態：「旁觀者」

　　在這部厚達1500多個頁碼的三卷本的《旁觀者》中鐘鳴試圖以「旁觀者」的姿態講述自己眼中一代人的閱讀史和詩歌史以及精神成長史。

　　較之「第三代」詩人激烈的運動情結和「造反」精神尤其是張揚的個性、火辣的性格、奔走的精神和急於占位的心理意識，鐘鳴卻是個不折不扣的安靜型的寫作者。甚至如他在紛繁甚至駁雜的《旁觀者》裏宣稱自己是一個冷靜的旁觀者。鐘鳴更接近於一個書房內的白日夢的沉湎者，在幻想的河流中舒展自己的心性和翅膀。而鐘鳴卻是「第三代」詩人中較早地對南方詩歌和

北方詩歌的差異有著相當自覺的詩人和研究者。而詩人特有的敏感、尖銳、脆弱、焦慮、幻想、沉迷都在這位西南方的「旁觀者」的言說中得到最為鮮明的體現。而作為一個一般意義上的南方詩人，尤其是鐘鳴這樣具有明顯「陰性」特徵的南方詩人，他特有的對北方先鋒詩歌和南方詩歌的觀察角度、印象和評價都值得關注。儘管鐘鳴對南方和北方詩歌的認識與評價更大程度上是一家之言，但是他所提供給我們的民刊資料、詩人交往甚至恩怨（比如他和歐陽江河的關係）、書信、日記、照片等卻在一定程度上為我們還原了那個時代的一個側面和一部分事實。儘管這只是一個側面，甚至駁雜的主觀情感如藤蘿一樣籠罩、盤繞在這個側面的周圍，但是鐘鳴所提供給我們的詩歌史細節和詩人特殊的觀察方式是具有特殊價值的。起碼對於我們今天重新考察七八十年代的南方詩歌和北方詩歌的關係而言是如此。

　　《旁觀者》既可以看作隨筆、散文、評論甚至一部極其特別的小說，也可以在開放視域中將之視為「見證式新詩史」或「細節新詩史」〔註1〕。這也意味著這是一部跨文體寫作。所謂的跨文體寫作（超文體寫作、凸凹文本、無文體寫作）曾在上個世紀末引起不小的浪潮。而這種浪潮不是僅局限於文學寫作而是擴展到整個文學評論甚至文學史寫作當中。如果我們不局限於對傳統文學史寫作的慣性認識，而是將鐘鳴的《旁觀者》視為一種特殊的新詩史敘述方式就會發現一些相當重要的甚至是對文學史寫作模式不無裨益的啟發。當然，透過鐘鳴這一極其龐雜而特殊的歷史敘述文本我們也會發現其中不可避免的局限與問題。鐘鳴採用了傳統評書和戲曲的方式，如以楔子、折來結構全書，文中配以大量的插圖、地圖、照片、書信、手稿等。鐘鳴不惜為一幅照片而花費大量的篇幅，可以整頁整頁地引用聖經、文獻、戲劇、詩詞、傳說、寓言。安徒生、老子、巴烏托夫斯基、列寧、毛澤東、艾倫堡、巴甫洛夫、高爾基、魯迅、濟慈、梁啟超等古今中外的政治家和文學家穿越時空彙聚一堂。這種散漫甚至渙散的敘述方式在正統的文學史寫作觀念那裡是難以被接受的。當然一定程度上鐘鳴所引用的大量圖片和文獻資料都是服務於他所界定的「旁觀者」的觀察視角。在鐘鳴看來「旁觀者」具有如下的特徵：對城市的關注，忠實於自己的歷史，不是無所事事的無聊而是對生存的場景予以關注，有一種對名字的焦慮，外形消瘦或者矮小，不斷奔向難題

〔註1〕　在一定程度上鐘鳴更願意將之看做「成長小說」。參見鐘鳴：《旁觀者》（第三卷），海南出版社，1998 年版，第 1502 頁。

等等。透過《旁觀者》中這些駁雜甚至有時難以猝讀的文字可以看出鐘鳴企圖敘述自己或一代人的閱讀史、精神成長史和詩歌寫作史。鐘鳴在極具個人化風格的歷史敘述中不僅穿插了大量的西方詩人的經典詩歌文本，而且在從近代、30 年代、大躍進、反右運動、文革大革命、新時期的背景中敘述了百年中國新詩和文學的發展歷程。從新文學到毛澤東時代的詩歌，從食指、黃翔、白洋淀詩群到「今天」再到「第三代」詩人乃至海子之死以及對《今天》、《啓蒙》、《崛起的一代》等民間詩刊的狀況都予以詳盡甚至不厭其煩地介紹。鐘鳴敘述了自己與食指、北島、芒克、多多、舒婷、顧城、楊煉等詩人的交往和詩歌寫作以及鮮爲人知的歷史細節。由於鐘鳴身處「第三代」詩人語境之中所以他更以很大的篇幅敘述了柏樺、鐘鳴、王寅、陸憶敏、歐陽江河、張棗、翟永明、韓東、陳東東等「南方」詩人並指出大學校園背景對詩歌寫作的重要影響。由於教育背景和性格原因，鐘鳴更樂於接受西方現代文學的影響，而在評價詩人時也多將之與西方某某詩人或流派直接聯繫起來，比如歐陽江河與史蒂文斯，陸憶敏與普拉斯，海子與洛爾迦等。

綜而言之，《旁觀者》可以看作是對「今天」、貴州詩歌和「第三代」詩歌的歷史敘述文本。作爲細節新詩史《旁觀者》確實提供了大量的較爲難得的資料，這對於此後的相關文學史研究提供了便利和諸多重要參照〔註2〕。這些史料對於瞭解新詩發展的一些細節很有幫助。以海子的自殺事件爲例，關於其自殺原因歷來說法不一〔註3〕。而多多於 1997 年 9 月 9 日寫給鐘鳴的信所顯示的相關信息對於瞭解海子死因的一些事實是有幫助的，「關於海子一

〔註2〕 《旁觀者》提供了《今天》、《啓蒙》的相關資料以及黃翔等人進京的照片。《旁觀者》提供了多多寫於 1996 年的《小麥的光芒》手稿，這份手稿的意義在於多多在這個手稿中曾有過改動的情況。這對深入認識的詩人如何完成一首詩的寫作過程是很重要的。此外還有北島給啞默的信，啞默寫給艾青的信，黃翔給鐘鳴的信，多多寫給鐘鳴的信等，hi 提供了陳東東《南方》手稿，卞之琳詩稿《春城》手迹，柏樺《痛》一詩的手稿，陸憶敏的《避暑山莊的紅色建築》一詩的手稿，張棗《空白練習曲》手迹，柏樺《生活頌》手迹，楊煉《逝者》一詩的清樣稿，鐘鳴《中間地帶》初稿手迹等。著者提供了 1979 年黃翔贈送給伍立憲（啞默）的《啓蒙》第二期，封面醒目地聲明：「我們以行動實踐憲法，於一九七八年十一月二十四日中午十二時在北京正式宣告成立『啓蒙社』。社團以燃燒的火炬爲象徵」。

〔註3〕 如有的認爲海子以先知的敏銳首先覺察了一個黑暗時代的到來和古典農耕文化的結束；有說法認爲海子是殉詩，爲詩歌獻身；有的認爲海子是因練氣功出現偏差走火入魔而導致的精神分裂；有的則認爲海子是因爲難以承受一些詩人如多多對自己長詩的尖銳批評，再有認爲海子的死與前女友有關等等。

事，我以爲時至今日仍以維持『原判』爲宜，儘管歷史就是不斷地再解釋。但在那樣一個複雜的時辰一個那樣複雜了內心又是牽扯到那樣複雜的詩歌爭論，誰能道出爲什麼呢？同理，對於那天批評之事，我不承擔責任誰承擔？從那天我接到海子自殺消息的熱淚出眶起，我就承擔起來了。我的內疚和罪感從未有釋下之日。日後對西川對眾詩人，我都一再地坦誠地承擔過，無任何遁詞。當然於今，如果海子自殺之因只屬於我爲首之責，就太擡高了我的影響，那是不眞實的，是對海子之貶」〔註 4〕。《旁觀者》也證實了一些少爲人知的詩歌史實和生動可信的細節，如黃翔文革中秘密藏匿自己詩作的情況。儘管此前鐘鳴對黃翔的詩歌寫作也是持將信將疑的態度，「鑒於《火神交響詩》相距 1976 年那樣近（都是詩的方式，卻截然相反──偶像更疊和質疑偶像）──指 1978 年 10 月，張貼在北京『人民日報』附近的時間，而實際寫作，遠在 1969 年（據啞默回憶，誕生地是貴陽一座廢棄的天主教堂），黃翔回憶文章曾談及，其中《火炬之歌》，藏在蠟燭裏，常和朋友們一起，夜深人靜時取出來朗誦。我覺得有點像神話（不是我不信任他，而是怕新神話），問過啞默，事實確實如此，──『我看見刺刀和士兵在我的詩行裏巡邏，在每個人的良心裏搜索』，並非沒有來由，社會並不怕詩歌，而是擔心不同傾向的詩歌。就憑這點，膽小鬼就該豎起耳朵」〔註5〕。

鐘鳴在《旁觀者》一書中提供了 1978 年 11 月 17 日在《今天》創辦前夕北島寫給啞默的一封信。這封信提到了關於創辦《今天》的一些情況。這對於瞭解《今天》創辦的社會語境尤其是北島等詩人與黃翔、啞默等人的詩歌交往狀況是不無裨益的。

我們在《發刊詞》裏這樣開始：

「歷史終於給了我們機會，使我們這代人能夠把埋葬在地下和內心深處的作品公佈於世，而不致再遭到雷霆的威脅和處罰。這是機會，我們不能再等待；等待就是倒退，因爲歷史已經前進了！」

其實，這種雷霆的威脅和處罰還時時盤旋在我們頭上，它們也在等待機會。我和我的朋友們已做好失去自由的準備。不過，即使出現萬一，我們也會欣慰地想：我們不是孤立的！

向黃翔致意！從你的信裏，我自認爲很瞭解他了。向你所有的朋友致意！

〔註 4〕 多多 1997 年 9 月 9 日寫給鐘鳴的信。
〔註 5〕 鐘鳴：《旁觀者》（第二卷），海南出版社，1998 年版，第 764 頁。

速回信，儘快把稿件寄來。

祝

好！

振開

78 年 11 月 17 日〔註6〕

北島在這封信中提到的發刊詞在《今天》第一期正式出刊時有所改動：「歷史終於給了我們機會，使我們這代人能夠把埋藏在心中十年之久的歌放聲唱出來。而不致再遭到雷霆的處罰。我們不能再等待了，等待就是倒退，因爲歷史已經前進了」〔註7〕。正是由於《今天》「雷霆」般的出現鐘鳴認爲1978 年是詩歌的重要年份，不僅思想解放運動從這一年開始，而且詩歌也不再打瞌睡。而在詩歌寫作劇烈轉折的年代《今天》起到了不可忽視的作用，鐘鳴尤其強調了《今天》對「第三代」詩人的影響。但鐘鳴也認爲《今天》的時代影響也是有選擇性和局部性的，他認爲自己就沒有受到《今天》的過多影響。鐘鳴認爲這和《今天》上的詩歌寫作在美學趣味上仍然僵化有關，「《今天》的作品，單純得仍讓我感到一種固定的美學折射，還沒有完全鬆開關節上的木螺釘」〔註8〕。同時鐘鳴認爲並不存在什麼後來新詩史敘述中的「今天派」，「一條時代風格的地平線，只要心裏擁戴一種信仰，就會設法擴展開來。『今天派』圈子裏或今天派周圍的人，恐怕有不少默認，實際上沒有『今天派』。——多多寫信回憶往事時，就這樣認爲」〔註9〕。鐘鳴的此種說法顯然是受到了多多的影響，但一個重要事實是多多沒有參與到「今天」當中。但是從詩歌流派的層面考慮，無論是從刊物、宣言、詩人和創作等方面考察「今天」確實已經成爲一個詩歌流派。

正是從 1978 年開始的帶有新質和「異質」的詩歌寫作，鐘鳴認爲一些詩人是應該進入詩歌史的，「如果，1978 年——1979 年——啊，這兩年啊，只要吐出它哪怕稍微渾圓一點的元音和輔音，我都是很樂意幫助別人記住這些名字的——南方的黃翔，李家華（路芒），伍立憲（啞默），梁福慶，北方的姜世偉（芒克），趙振開（北島），郭路生（食指），依群，劉念春，趙一凡，

〔註6〕　鐘鳴：《旁觀者》（第二卷），海南出版社，1998 年版，第 646 頁。
〔註7〕　《致讀者》，《今天》第一期，第 1 頁。
〔註8〕　鐘鳴：《旁觀者》（第二卷），海南出版社，1998 年版，第 702 頁。
〔註9〕　鐘鳴：《旁觀者》（第二卷），海南出版社，1998 年版，第 705 頁。

龐青春（黑大春），楊煉，顧城，舒婷……」〔註10〕。請注意鐘鳴在列舉這份在他看來已經進入到詩歌史的詩人名單時是分爲了兩個「陣營」的——南方詩人與北方詩人。但是，在鐘鳴開列的這份具有「歷史」意義的詩人名單中北京詩人顯然佔據了主導位置。在《旁觀者》中鐘鳴對「南方與北方」，「外省與北京」的關係有著相當的敏感。而這種具有代表性的「外圍與核心」的敘述姿態也反映了南方詩人因長期處於政治、文化和文學的邊緣而導致的文學史焦慮。鐘鳴有意識地將南方詩人與北方詩人設置爲二元項，如艾青與卞之琳，食指與黃翔，北島與柏樺，白洋淀與野鴨塘，《今天》與《啓蒙》，朦朧詩與後朦朧詩，星星畫展與貴州五人畫展等。顯然，鐘鳴試圖在南方詩歌與北方詩歌的比較中彰顯南方的詩歌史圖景和意義，以期爲長期在文學史敘述中遭受「遮蔽」的南方詩歌正名，「這裡的話，包含著對傳統關係的暗示，那就是外省的，和北京的，——已有人注意到，許多重大事件，在北京，要醞釀很久，而風頭，卻常常起自沒什麼醞釀過程的外省，最後，自然又在北京形成高潮和結果（例子是「五四」和「四五」運動。）在不嚴格的歷史學意義上，『朦朧詩』也應驗了這點。從規模看，『白洋淀詩派』，北京 60 年代到 70 年代的沙龍，較之外省，似乎更有說服力，那是因爲我們對外省的『地下文學』啞默稱之爲『潛流文學』，只零零星星知道一點，但並非沒有，像貴州，60 年代就有了郭庭基，白自成，江長庚，陳德泉的音樂圈子，黃翔，路芒（李家華），啞默的文學圈子——這個圈子誕生了《火神交響詩》，捅開了70 年代末『解凍文學』決堤前第一塊磚，催生了『崛起的一代』。至於時間（由什麼決定呢），卻很難說，黃翔，周倫佑，就寫作而論，在北方許多詩人之前。」〔註11〕而對於北島、食指、多多等北方詩人的「崛起」鐘鳴的焦慮感是強烈的。同時他對因爲文化資源的不均衡性而導致的寫作的滯後性表現出強烈的不滿，「愛倫堡的書，儘管影響了不少人——尤其是北方詩人，多多 80 年代發表在《開拓》雜誌上的那篇文章，《北京的地下詩歌，1970～1978 年》，好像提到過這本書。我是張棗將稿子帶到德國時，在我家裏看到的。但是在南方，就我認識的詩人，讀到此書的時間恐怕要晚得多，甚至就根本沒讀過。否則，他們沒準兒會更早些諳熟時勢。會多從幾個角度看待詩歌這門藝術。

〔註10〕鐘鳴：《旁觀者》（第二卷），海南出版社，1998 年版，第 640 頁。
〔註11〕鐘鳴：《旁觀者》（第二卷），海南出版社，1998 年版，第 769～770 頁。

我以爲，北方那種不可勝用的經世之想，——相反，南方那種過分的任性，輕薄，乃至毀掉詩歌的那種強大的消極力量，早在它繁榮前，就顯示了它的式微之兆。詩歌有時跟時代一樣，並無二致。也只是一個可能的奇迹。它就屬於機會，也屬精神期待一類」〔註12〕。較之「式微」的南方詩壇鐘鳴也毫不隱晦地承認食指是一個時代的詩歌「英雄」，「食指的《最後的北京》，還有《相信未來》，是唯一可以讓我們遺忘過去和現在詩歌的任何高度和失誤，而直接到70年代和80年代尋找源頭的作品。多多說的，其抒情的純淨程度，至今尚無他人能與之相比，值得深思，——就因爲，它痛苦的抽搐，未失最基本的人性」〔註13〕。鐘鳴認爲食指的《相信未來》等詩代表了北方詩歌的主要特徵：陣陣疼痛和恍惚，模糊的背景，清晰而憂傷的主體，一種漂浮不定而又陳舊的情緒，重複的旋律，隱喻使用等。正因如此鐘鳴認爲在80年代食指和北方詩人獲得了一種社會學意義的豐滿並出現了許多回聲。在強調《今天》的影響以及北島、食指和多多等北方詩人重要的文學史意義的同時，鐘鳴也指出後來新詩史中經常提到的「朦朧詩」發源地並不只是北京和白洋淀，還有「貴州朦朧詩」。「朦朧詩」一詞本來就呈現了歷史和批評的雙重荒誕性，而「貴州朦朧詩」的提法更是有些不可思議。鐘鳴也不無悲痛地指出「貴州朦朧詩」的缺陷以及「北方朦朧詩」在社會學和文學史上銳不可擋的地位，「1978年到1984年，貴州『崛起的一代』，『今天派』的地下礦藏，已完全露出地面，沖激而成波紋，擴大著。藏在蠟燭裏的詩篇——這一直是黃翔最了不起的神話，已變成火炬。但很快就失效了。芒克的盾牌，擋住了毒日頭、一聲及時的大吼，很快便開始了低吟，暗誦，嘶叫，歇斯底里，血與淚泥沙俱下的文學響馬。『朦朧詩』旗開得勝，口袋一鬆，無數小松果，就劈裏啪啦地爆裂開來」〔註14〕。但在鐘鳴看來與北方詩人尤其是「今天派」詩人北島、食指、多多等相比南方同樣有重要的詩人——柏樺。但鐘鳴指出儘管柏樺的《表達》（1981年）這首詩相當重要並也紛紛爲其他詩人所倣傚，但因爲它是誕生於南方所以長期以來因爲地緣政治的原因而被新詩批評和新詩史寫作所遮蔽。鐘鳴認爲柏樺的《表達》儘管還不是眞正意義上的柏樺風格，但「就我所知，在當時，這是南方最漂亮的作品。足以和北方詩歌——主要是『今天派』中任何一首名噪一時的作品媲美，——關鍵是，它一方面摒除了70年

〔註12〕 鐘鳴：《旁觀者》（第一卷），海南出版社，1998年版，第13頁。
〔註13〕 鐘鳴：《旁觀者》（第二卷），海南出版社，1998年版，第654頁。
〔註14〕 鐘鳴：《旁觀者》（第二卷），海南出版社，1998年版，第760頁。

代末到 80 年代初,那種由共和精神刺激起來的群眾式的東西,也不是反叛氣氛中那種簡單的反叛——因爲,它是一種感覺和某種更深的情緒,帶有遺忘而試圖恢復的特徵,南方式的多愁善感和厭煩。可惜,《表達》出現在廣州,——『太遠了,一個孩子的命運』——以個人形式,很奇怪地沒造成很大的影響,儘管就手法意識而言,它比北島《回答》一類風格,要高明現代得多。而直到 1982 年被我編入《次生林》,和柏樺收入自己的油印詩選(1983),也始終未造成多大影響,而只爲人暗中讚許和仿傚——最有意思的是,他的詩,後來也一直遭到這樣的命運,仿傚者和受益者甚多,而讚美者和公正談他的人卻甚少,無端端的阻力,甚至使我和他的受益者發生了衝突,爲什麼呢?」〔註 15〕據此鐘鳴對文學史寫作和新詩批評中對當代重要詩人的忽視現象予以指責,「但我見到的批評家,則不斷把觀點販賣爲時尚。喜歡給死亡打活結,對活人,卻很吝嗇。70 年代,他們忘記了黃翔,80 年代又不知道胡寬,海子死前,除了他的朋友,沒人看出他的重要。他們就像經典的守財奴,等著死者上鈎。然後,給個封號。最後給了封號的,又多是沒個性的人」〔註 16〕。但是不管柏樺的詩歌是否像其好友鐘鳴所說的處於長期受到不公正待遇的命運是否符合事實,或者說《表達》這首詩是否具有如此重要的詩歌史地位,我想就《表達》這首詩歌自身而言並非就像鐘鳴所說的那樣單純是南方的柔軟抒情和多愁善感從而拒絕了政治情緒以及反叛精神。實際上柏樺的這首詩歌仍然具有 70 年代末到 80 年代初中國詩歌的基本意緒和精神走向。這首詩仍然有著某種程度上的政治情緒和啓蒙主義的宏大的聲音,「我知道鮮血的流淌是無聲的 / 雖然悲壯 / 也無法溶化這鋪滿鋼鐵的大地」,「還有那些哭聲 / 那些不可言喻的哭聲 / 中國的兒女在古城下哭泣過 / 基督忠實的兒女在耶路撒冷哭泣過 / 千千萬萬的人在廣島死去了 / 日本人曾經哭泣過 / 那些殉難者,那些怯懦者也哭泣過 / 可這一切都很難被理解」。鐘鳴對柏樺及其詩歌評價如此之高,除了柏樺詩歌自身的特點以及二人之間的關係外,更重要的還在於鐘鳴要建立可與北方詩歌相比肩的南方詩人。在此意義上,鐘鳴「發現」柏樺。所以 1987 年北島和柏樺在巴黎塞納河畔所拍的一張合影引發鐘鳴的評價是:南北兩位最優秀的詩人。

因爲鐘鳴與北方詩人北島、多多和芒克等人的交往以及身處「第三代」的現場,所以在一定程度上詩人之間的交往和相互瞭解更能說明一些後來的

〔註 15〕鐘鳴:《旁觀者》(第二卷),海南出版社,1998 年版,第 680 頁。

〔註 16〕鐘鳴:《旁觀者》(第二卷),海南出版社,1998 年版,第 623 頁。

詩歌史家和批評家們所不能解決的重要問題。比如爲什麼芒克在很長時期內不被新詩史和研究者所認可歷來說法不一，而鐘鳴的說法是可以引起相關思考的，「我聽到的關於芒克的個性，遠遠多於作品。我們只見過一次面，那是很後來的事。若再多些時間，我相信我們可以成爲兄弟。他是我所見的詩人中，最讓人放心的一個。寬厚，善良，耿直，熱愛生活，把別人熱衷的虛名不當回事地壓在酒杯底下。沒架子。孩子氣地熱愛自己的形象」〔註 17〕。鐘鳴對多多的評價也頗能說明多多詩歌寫作強烈的個人化風格和隱晦難懂以及因此而導致的接受群體的狹窄和被新詩史寫作遮蔽的狀況，「在非嚴格意義上的『今天派』中，多多遠甚於他人，他的前沿因土地而消失（像曼德爾斯塔姆表達過的意思：鶴的航程穿越異國的邊界）他以氣質，而非空間倨傲，整個風格，是面對語言光線坦率地調整瞳孔，只與部分時間共同前進——這點和北島、楊煉稍有不同，雖兩人都深刻意識到形式，就是親臨自己的極限，抓住在內部變動的秘密，而非隨聲附和，用嫌惡和傲慢葬送自己，除了這三人，還有誰呢？」〔註 18〕鐘鳴《旁觀者》的意義除了提供大量而重要的新詩史料，還在於他對一些詩人和詩潮的尖銳而帶有新質特徵的敘述給新詩研究提供的獨特而略顯誇張的視角。儘管鐘鳴更多是以「地緣政治」爲切入點在南方與北方詩壇的對照中進行敘述，其中的言辭也多有值得懷疑和商榷之處，但是南方詩壇是否在新詩史寫作中遭受到了程度不同的遮蔽這倒是應該引起注意的問題。

　　《旁觀者》的第 2 卷第 5 折「天狗吠日」比較集中地展現了鐘鳴對南方詩歌與北方詩歌的基本評價。而鐘鳴特有的說話方式以及這本書有些過於隨意的排列方式將詩人特質推到了一個極致。書中不時穿插一些旁白和隱語，甚至詩人言說的線索會突然中斷而插入其他看起來不太相關的內容。這種旁逸斜出而又近於碎片化的詩人想像力和跳躍性思維的說話方式對於一般讀者的閱讀習慣而言是一個不小的挑戰。這種敘述方式以及涉及到的一些詩人之間的「故事」甚至還遭到了其他一些四川詩人的批評。但我想這無妨大害，因爲在這些吉光片羽中當我將這些斷裂的部分連綴在一起的時候南方詩歌和北方詩歌特殊的關係場域和各自的差異還是比較明晰地展現出來。鐘鳴首先給我們展示了一幅古老的蜀地圖景，甚至這也是四川詩人特有性格的一個絕

〔註 17〕鐘鳴：《旁觀者》（第二卷），海南出版社，1998 年版，第 823 頁。
〔註 18〕鐘鳴：《旁觀者》（第二卷），海南出版社，1998 年版，第 836 頁。

好象徵──蜀地陰濕溽熱的天氣中烏雲密佈的盆地，一隻蜀犬在對雲層背後若隱若現的太陽狂吠不止。這隻蜀犬寂寞、孤獨、消沉，這種消沉在特殊的情境下又轉換爲狂躁和尖叫以及憤怒。這象徵了四川詩人的稟性甚至某種命運，尤其對於當代詩歌而言更是如此。長時期的四川詩人都處於沉默之中，而終於在 80 年代得到了「吠日」的機會。

儘管鐘鳴強調在詩歌的寫作風格上自己從來都沒有受到北方「朦朧詩」的影響，「詩歌的注意力從未越過黃河一帶」，但是他卻對一般意義上的北方懷有持續的幻想和某種憧憬。儘管這種幻想和憧憬曾一度帶有青春期的狂妄以及身體的焦灼特徵，「若是大兵，我會幻想北方沒分界線的土炕和結實的姑娘們──啊，記得在瀋陽附近的農場。夏天。農婦正午的裸睡，使一頂草帽，淫蕩地飛舞起來」〔註 19〕。更爲重要的還在於晴朗、廣闊、奔放的北方給陰雨天氣的南方詩人的特殊吸引力和想像空間。而當這種吸引力和想像空間在特殊年代被詩歌和詩人佔據的時候就會在一定程度中填充不解和嫉妒的心理──起碼對於一些西南詩人而言是如此。而對於「第三代」詩歌運動鐘鳴並非像一些四川詩人那樣只是充當了極力的鼓吹者，儘管鐘鳴在詩人交往、詩歌寫作以及創辦民刊過程中有不小的努力和貢獻。他更多的時候還是一個冷靜多思的觀察者甚至是省思者。這作爲當事人而言難能可貴，而非像其他一些蜀地的「第三代」詩人在回憶錄和隨筆中濫用了「當事者」的權利，「從一開始，這場新的詩歌運動，美的運動，靈與肉結仇似的解放，就是以遺忘開始的，因爲繩頭太多──太多的，都要遵循另起爐竈的原則」〔註 20〕。「遺忘」（另一種程度的反抗和顛覆）和「另起爐竈」就是中國詩歌運動史的縮影，斷裂和自以爲是充斥詩壇。詩人們普遍缺乏寬容精神、傳統意識和新變以及持續的創造力正在於此。

對於在當時即有廣泛社會影響的「今天」詩人而言，其光環在後來越來越強烈耀眼。在新一輪的文學史敘事和經典化造「神」運動中這些北方詩人顯然都成了聲名赫赫的人物。而鐘鳴對「朦朧詩」和「今天」詩人的評價並非是完全客觀和準確的，但是他就此提出的一些問題很值得關注。對於「朦朧詩」的詩學特徵鐘鳴認爲這只不過是以往詩歌傳統的回聲而並非什麼新鮮的創造。甚至於「朦朧詩」和「今天」這兩個關鍵詞都是歷史的遺留和早已

〔註 19〕鐘鳴：《旁觀者》（第二卷），海南出版社，1998 年版，第 601 頁。
〔註 20〕鐘鳴：《旁觀者》（第二卷），海南出版社，1998 年版，第 606 頁。

是詩歌倉庫中的舊家什。鐘鳴將李大釗在《新青年》上的《今》一文與「今天」比較後指出後者只不過是長期中斷後的重拾記憶。而無論是「今天」詩人還是南方的黃翔等詩人，他們無疑是在一個歷史節點上獲得了一定的話語空間，儘管這一空間在當時仍然處於不自由的壓抑之中。正是因為不自由和壓抑卻恰恰獲得了更為廣泛的人群擁護和社會效果，也因此使得一些詩人獲得了後來詩人不可能再有的名聲。在鐘鳴所列舉的六七十年代詩人名單中北方詩人從數量上佔有明顯的優勢，這也能夠從中看到北方詩歌在當時的廣泛影響是超過南方詩歌的。鐘鳴在《旁觀者》插入了大量的插圖和照片，而他對這些插圖和照片的描述能夠看出他對相關詩人的認知與評價，比如他對北島在成都望江公園的照片的評價是「『朦朧詩』最具代表性的詩人」，對昌平福利院食指的照片則是這樣的定語——「『文革』地下詩歌承前啓後者郭路生（食指），其《相信未來》當時流傳甚廣，多多認為其早期抒情詩的純淨程度至今尚無人能與之相比」。

在鐘鳴看來文革時期的「地下」精神在不斷加深人們對北京這座城市的印象，代表詩人就是北島和食指。甚至多年後北京嘈雜的火車站旁的一個簡陋的小飯館也成為鐘鳴這位南方詩人印象深刻的記憶。圍繞著北京車站和這座北方城市，鐘鳴想起了當年的何其芳、食指、北島和海子。甚至在鐘鳴看來詩人海子的詩更為強烈地呈現出了工業時代北方鐵路的變化和時代變遷。很多研究者都一定程度上忽視了六七十年代詩人和城市之間的關係。而這些曾在城市居住的詩人在上山下鄉運動中更為懷念的就是城市，尤其是北京出來的這些青年人更是如此。郭世英、張郎郎、食指、北島、芒克、顧城、江河、楊煉、多多、根子、嚴力、林莽等都寫有關於城市的詩歌。早在 70 年代北島就寫有以北京地鐵為表徵的現代城市生活的諷喻性詩作，「那些水泥電線杆／原來是河道里漂浮的／一截截木頭／你相信嗎／鷹從來不飛到這裡／／儘管各式各樣的兔皮帽子／暴露在大街上／你相信嗎／只有山羊在夜深人靜／成群地湧進城市／被霓虹燈染得花花綠綠／你相信嗎」（《地鐵車站》）。而食指的《這是四點零八分的北京》更是撕心裂肺甚至絕望地呈現了一代人和城市之間的複雜關係。在鐘鳴看來遙遠、遼闊和寒冷甚至苦難的北方成了北方詩人成長的必備環境。甚至在一定程度上是遺存的游牧文化在北方拯救了詩歌，儘管這時的鐵路已經開始取代農耕的牲畜，「許多人，把艾青、維爾哈倫風格的繼承者視為白話詩歌集大成者，並非沒有原因，因為，他的北方，

是上昇階級順應時代上昇的板塊，寒冷，野蠻，荒涼，掠奪性的游牧文化，正被城市擠掉，就像蒙古馬和騾子，被馬達，鐵軌，火車擠掉」〔註21〕。在西南詩人看來艾青以及他的詩歌還代表了詩人和大自然之間的關係（一定程度上他們卻恰恰忽視了艾青的「南方」身份和詩歌經驗），這種關係在南方詩歌中是缺失的，因為南方詩人更感興趣的是城市而非自然。當艾青被視為北方詩人的代表並深深影響了北島、多多（多多認為艾青是中國白話文以來的第一詩人）等詩人的時候，鐘鳴和柏樺等西南詩人則把卞之琳、梁宗岱等詩人視為「鼻祖」。當南方詩人在不斷比照北方詩歌的時候，也許北方詩人自身倒會一定程度上忽視了地理的北方和詩歌中的北方。在南方詩人視野裏北方原野上的艾青銜接了歐洲感傷的浪漫主義和頹廢的象徵主義，而至於鐘鳴所說的只有食指的《最後的北京》（原文有誤，應該是《這是四點零八分的北京》）和《相信未來》是唯一可以讓人追溯七八十年代詩歌源頭的作品也只能在一定範圍內成立，「北方有四點零八分的火車是幸運的，詩人只要戴上兔皮帽，上車就能找到位置，車站和接站的人」〔註22〕。在鐘鳴看來貴州的「啓蒙」和「崛起的一代」近似於自生自滅、影響甚微，但是相比之下北方的「今天」卻獲得了巨大的榮光和詩人的青睞。在鐘鳴看來北方詩歌在 1980 年代的北島等朦朧詩人那裡獲得了強烈的社會學意義，但是這也最終導致了北方「麥子詩學」和北方詩人在 1980 年代的最終解體——食指進了瘋人院，海子臥軌自殺，顧城魂斷激流島，江河消失於紐約街道，多多寓居阿姆斯特丹，北島在異國等待諾貝爾的垂青……。到了 1980 年代，南方詩人對北方詩人象徵的艾青的批評逐漸增多，這以啞默等人為代表。儘管當年啞默對艾青的批評甚至挑戰看起來是不滿於《艾青詩選》自序中艾青將啞默的「我們找你找了二十年，我們等你等了二十年」替換為「人民」對艾青的呼喚，而更深層面上這種批評的到來是一種必然。這是焦慮躁動的南方詩歌對北方詩歌不滿和暴動的前兆，「在近期《世界文學》上讀到聶魯達的幾首詩和你的『往事、沉船、友誼』，心裏很不痛快。從你的回憶中，字裏行間看出很沉重，很凝聚的心思，由衷憤悲的、客觀而冷冷的見證。你們這一輩詩人，包括享有國際聲譽的，實際上命運是很悲慘的。慘就慘在政治把你們死死纏住：而你們也和政治緊緊絞在一起。有資料揭露，聶魯達屬於克格勃！他不再屬於詩人。另外，想告訴你，艾青在我的心裏已經死去了……一本開後門買來的新版的《艾青詩

〔註21〕鐘鳴：《旁觀者》（第 2 卷），海南出版社，1998 年版，第 653 頁。
〔註22〕鐘鳴：《旁觀者》（第 2 卷），海南出版社，1998 年版，第 669 頁。

選》放在我的桌子上快一年了，但我連翻都沒有翻過」〔註 23〕。黃翔更是在
《致當代中國詩壇泰斗艾青》（寫於 1980 年 11 月 19 日）中對以艾青為代表的
一些老詩人從道德上予以了否定：「你只屬於你的時代，在你的沒有太陽的年
代，你是你的時代詩歌的太陽」，「至於你的同時代的其他幾顆蒼白的小星星，
那就簡直稱不上詩人！他們——臧克家、田間之流——首先必須學會做人！
他們不僅僅是什麼『風派』、『歌德派』，我們說，這種『詩人』首先必須學會
做人！讓他們去歌什麼『德』吧，讓他們假惺惺地去繼續『捧讀』他們的萬
世聖經吧，我們要從精神上粉碎一切曾經在精神上粉碎我們的，我們的詩歌
需要表現我們的情緒和我們的哲學」，「我們現在要做的，就是要拆掉所有偽
劣『詩歌』的紀念堂，把我們的大合唱的隊伍開進去！」〔註 24〕當黃翔、啞
默等西南詩人在尖銳指責艾青一代詩人與政治過於密切的關係的時候他們實
際上也忽略了自身的詩歌活動恰恰也是政治式的。這種政治思維他們同樣難
以避免。這就是時代給與詩人的命運，甚至可能也是一種宿命。在鐘鳴看來
南方有著外省所特有的妥協和反叛，甚至黃翔身上還有著虛假意識形態的人
格化以及多年的苦難、恐懼和自我保護意識造成的過於強烈的激進和好鬥甚
至某種表演性。而相對來說以北島為代表的北方詩人則相對平和些，甚至在
鐘鳴看來北島更像是一個牧師。

　　鐘鳴認為隨著 1980 年代意識形態的逐漸衰竭地緣政治意義上的英雄氣概
在不斷滋生，而在筆者看即使北方詩人尤其是北京詩人仍然在延續著詩歌中
的英雄氣概但這並非來自地緣政治和意識形態的是否衰竭而是來自於這一代
詩人的英雄情結和意識形態性格。與南方意識不同我們能夠在多多、芒克等
人的詩歌中看到北方粗礪和更為遼闊的一面，看到北方游牧民族式的悲壯和
英雄主義的元素存留，「許多遼闊與寬廣的聯合著，使用它的肺／它的前爪，
向後彎曲，臥在它的胸上／它的呼吸，促進冬天的溫暖／可它更愛使用嚴寒
——／／我，是在風暴中長大的／風暴摟著我讓我呼吸／好像一個孩子在我體
內哭泣／我想瞭解他的哭泣像用耙犁我自己」（多多：《北方的聲音》）。這能
夠解釋自艾青之後為什麼多多如此鍾情於對北方土地的抒寫。對於很早就關
注南方和北方詩歌的鐘鳴而言，他看到的事實是北方詩歌曾長期對南方形成
了慣性的壓抑——北方一直以高聲部消解著南方。而這在很大程度上刺激了

〔註 23〕啞默：《傷逝》，《崛起的一代》，1980 年第 2 期。
〔註 24〕黃翔：《鋒芒筆必露的傷口》，臺北：桂冠圖書股份有限公司，2002 年版，第
　　　　8～9 頁。

鐘鳴對南方詩學的期待以及對南方「雙重」性格的某種不滿,「誰真正認識過南方呢?它的人民熱血好動,喜歡精緻的事物,熱衷於神秘主義和革命,好私蓄,卻重義氣,不惜一夜千金撒盡。固執冥頑,又多愁善感,實際而好幻想。生活頹靡本能,卻追求精神崇高。崇尚個人主義,又離不開朋黨。注重營養,胡亂耗氣。喜歡意外效果,而終究墨守成規」〔註 25〕。由此,鐘鳴按照個人觀感和美學傾向區分了北方和南方詩歌的差異,「南方是以更迂迴的方式接近意義的,小心翼翼地破壞者直線,而且,語言動作是擴散,振蕩,而不是北方式的捏攏,驟縮,為了更大的能量,南方所偏愛的不是能量,而是風格的延遲效果和盡其所能帶來的豐滿和趣味」〔註 26〕。鐘鳴曾經從「音勢」的角度對南方詩人予以概括和總結。鐘鳴認為「音勢」是先天存在於詩人的器官和氣質深處,而這從一定程度上揭示了南方詩人在「發音」上的差異以及據此產生的迥異於北方的「南方聲音」,「王寅為了使呼吸道時刻處於清醇而非沙啞的狀態,預先就有所防範地使音勢變得修長而秀美,和風細雨,避免過分的振動;陸憶敏自知氣弱,因此就限定了一種相當短促的句式」,「陳東東好像因為錯誤地生長在大都市而帶有明顯的語言幽閉,所以他靠一種純粹想像的風景來解除這種呼吸、視覺、乃至心靈的幽閉」〔註 27〕。而在我看來四川詩人「音勢」中強烈的「嘮叨」和雄辯色彩以及鋪排的現代「賦體詩」〔註 28〕顯然代表了西南詩人「方言」特性。而這種誇張和極盡能事的鋪排顯然並非簡單的漢賦「遺風」,而是四川性格在特殊的詩歌語境下的呈現方式。儘管詩歌不可能真正用方言完成寫作,但是方言作為詩人的母語在詩歌中仍然以或顯或隱的方式呈現,比如李亞偉在《秋收》這首詩中就使用了四川方言和街頭黑話,而這在普通話裏沒有相對應和轉換的詞。

第二節　從「左邊」到「燦爛」

作為「今天文學叢書」之一的柏樺的《左邊──毛澤東時代的抒情詩人》(下文簡稱《左邊》)一定程度上可以認為是「後朦朧詩」的當事人寫出的帶有隨筆和自傳性的細節新詩史。早在 1979 年,柏樺在與彭逸林等友人的通信

〔註 25〕鐘鳴:《旁觀者》(第 2 卷),海南出版社,1998 年版,第 807 頁。
〔註 26〕鐘鳴:《旁觀者》(第 2 卷),海南出版社,1998 年版,第 850 頁。
〔註 27〕鐘鳴:《籠子中的鳥和籠子外面的俄耳甫斯》,《南方評論》,1992 年。
〔註 28〕詩人肖開愚認為四川詩人的鋪排有司馬相如漢賦的遺風,參見肖開愚:《南方詩》,《花城》,1997 年第 5 期。

中開始「發現」了北島、芒克、舒婷、顧城等詩人,「我從彭逸林激動的筆迹中新奇地打量這幾個名字,恍若眞的看到了『太空來客』」。

首先有必要再次澄清一下「第三代」詩歌與「後朦朧詩」概念的差異。有些新詩史幾乎是不問青紅皂白就認爲「第三代」詩和「後朦朧詩」是可以互換替換的概念,而實際上在一些研究者尤其是詩人看來二者的差異很大。于堅就認爲「第三代」是與「朦朧詩」存在著諸多差異甚至斷裂的詩歌寫作群體,而「後朦朧詩」的寫作則強調的是與「朦朧詩」之間的血脈聯繫。在《左邊》一書的勒口上醒目地提示這是一部相當特殊的關於「後朦朧詩」的歷史敘述,「給我們解讀當代中國詩壇的謎從柏樺特殊的講敘角度,我們可以體悟到,所謂『後朦朧詩』,從一開始就是一場以純美學變革爲內涵的運動。雖然八十年代初政治壓力仍相當濃重,詩人的歷史記憶,用語措詞,交流結社,也有著強烈的時代烙印,但詩人的寫作並沒有選擇正面的對抗,而是沉湎與發明一種新頹廢,來點染寫作衝動和青春的苦悶」〔註29〕。《左邊》這本書的可貴之處在於儘管柏樺是作爲「後朦朧」詩人的身份來敘述相關的歷史,但是他將「後朦朧詩」與「今天」派的關係處理得較爲客觀、冷靜也較爲尊重事實。柏樺認爲「今天」派與後此詩人寫作是既有聯繫又有區別。總體而言,這是詩人敘述新詩史中用語較爲謹愼和客觀的。柏樺將對「今天」派的敘述放在了具體的時代語境中進行處理,也即在毛澤東時代這些詩人所面對的整個政治、文化、生存、流浪和寫作的具體情境。而非像其他一些新詩史所慣常認爲的那樣將「今天」詩人(他們更多地將之稱爲「朦朧詩派」)的寫作與1940年代的「九葉詩派」和國外的象徵主義聯繫起來,而忽略了這些詩人寫作的具體情境——「文化大革命」或柏樺所稱的「毛澤東時代」。實際上北島、芒克和顧城等人接觸的西方現代主義及九葉詩派的影響都是相當有限的,儘管他們也閱讀了一些當時的黃皮書、白皮書和灰皮書。對這些詩人的研究首先要將之放在具體的文革語境中。在此意義上可以說沒有文革就沒有「今天」派,而不是沒有九葉派和西方現代派就沒有「今天」派,「今天派所處的時代是一個物質全面匱乏而精神高度單一、集中的時代。他們和當時的青年一樣身不由己地(那個時代沒有選擇)接受了那個時代的精神特徵——持續燃燒的激情火焰(「與天鬥其樂無窮,與地鬥其樂無窮,與人鬥其樂無窮」——毛澤東語錄)及毛澤東時代所包含的所有詩意。這詩意從另一個方面培

〔註29〕 柏樺:《左邊——毛澤東時代的抒情詩人》,香港牛津大學出版社,2001年版。

養了他們『獨特的』理想主義、英雄主義和浪漫主義情懷。他們運用這一『情懷』充分表達了他們自己：幸福和光明的感覺、痛苦的淚水的閃光，專注和深邃的反抗、苦難的震驚及全新的顫慄……」〔註30〕。柏樺不惜以大量筆墨對「今天」詩人的寫作予以歷史性的高度評價，這不只是因為這些詩人對於那個時代的重要性，而且在柏樺看來更重要的在於沒有「今天」詩人的寫作以及啓蒙性的影響就沒有「第三代」詩人和「後朦朧」詩人。在柏樺的歷史敘述中食指以及白洋淀詩群得以張揚，這和目前所見的新詩史的處理相差無幾。但是當柏樺以詩人的身份，以詩心悟詩心來解讀這些詩人時無疑比一些新詩史隔山打牛式的對詩人的泛泛評價要準確和深刻得多〔註31〕。在所見的關於多多的評論中除了黃燦然的《最初的契約》印象最深之外，就是柏樺在《左邊》的敘述了。一定程度上詩人可能更瞭解詩人。在柏樺看來「今天」無疑是新時期詩歌不可企及的高峰。柏樺甚至認為中國詩歌在經歷了「今天」派詩人的「華麗儀式和莊嚴儀式」後它的光輝就暗淡了、隕落了。這種說法當然有著偏激的成分，其實也並不能說中國詩壇在「今天」詩人之後就走了下坡路，而只能說一個時代有一個時代的詩歌氣象和詩人格調。誰都不能否認具體歷史語境和生存環境對詩人寫作的影響。當我們擱置 1980 年代開始的雜亂的詩歌運動和詩人之間的義氣之爭，我們就會發現這些「第三代」詩歌給新詩發展帶來了新的質素。論成績他們也不是「歉收者」，就像徐敬亞所說的──歷史將收割一切。所以當所謂的「第三代」詩人出場的時候，一個事實是詩人寫作再不會因為一首詩而受難，當然也很難因為一首詩而轟動天下、名垂史冊。漸漸開放的公共空間以及寫作的自由度使他們空前活躍，當然這種活躍在詩評家看來則是一種「美學上的混亂」。在當代新詩發展史上詩人給自己的寫作進行集體命名是相當少見的現象，而「第三代」詩人則開了先河。在「第三代」詩歌中「莽漢」顯然佔有重要的地位，柏樺在《左邊》

〔註30〕 柏樺：《左邊──毛澤東時代的抒情詩人》，香港牛津大學出版社，2001 年版，第 37 頁。

〔註31〕 柏樺這樣評價多多：「詩人多多是一個有著孩子般激情的『大英雄』典型。他好像永遠生活在超現實主義的六〇年代，他以那個年代火紅的核心不停地唱出今天派中最尖銳的高音。這高音有時會使他獨自一人趴在大床邊、大口喘氣，被無端端的激情煎熬得快要窒息；這高音也經常使他以震撼人心的個人行為令我們大家瞠目結舌，歎為觀止。……長年累月，他被一種神經質的朝氣蓬勃的寫作『毒癮』所迫害，這隨時發作的『「毒癮」只許他高歌不許他像中年人那樣淺唱低吟」。參見柏樺：《左邊──毛澤東時代的抒情詩人》，香港牛津大學出版社，2001 年版，第 38～39 頁。

中就對莽漢詩歌進行了詳盡敘述〔註32〕。文學的發展史在史家看來往往是有規律可循的，它脈絡清晰、有案可察，文學的發展猶如一棵大樹按照自然規律在按部就班地發展。而「第三代」、「莽漢」以及「非非」這些詩人自己命名的詩歌史概念卻都是在相當偶然的情況下提出來的。評論家往往喜歡將中國詩人與西方的某某詩人、某某詩派和主義強行聯繫在一塊，而就「莽漢詩」而言則有猜測的無中生有之嫌。實際情況是中國的莽漢們無師自通「從學校到工地到江湖遍地都是莽漢詩句，拾起來就用，舞起來就圓，唱起來就好聽」，「八六年當李亞偉第一次讀到垮掉派詩人艾倫‧金斯伯格的《嚎叫》詩時，他用調皮的川東音嚎叫了一聲：『他媽的，原來美國還有一個老莽漢。』」〔註33〕也就是說「莽漢」在出現兩年之後李亞偉才偶然讀到了金斯伯格，而非像一些新詩史所津津樂道的「莽漢」受到了「跨掉一代」和嚎叫派詩歌的影響。在對某一詩歌群體進行敘述時人們更樂意或簡便地認為誰誰是這個派，誰誰是那個派。而在 20 世紀新詩史上有些詩人是不屬於任何流派和社團的，而有些詩人則又同時是幾個社團和流派的參與者。比如「莽漢」的成員之一萬夏的情況就遠為複雜，他是「莽漢」，但又參加了「非非」，他是「整體主義」又參與「漢詩」。

　　詩人楊黎對「第三代」詩歌進行總結和回顧的《燦爛：第三代人的寫作和生活》（以下簡稱《燦爛》）曾一度引起關注，甚至被于堅認為帶有「第三代」詩歌史的味道。那麼長達 623 頁 50 萬字、千餘幅插圖的《燦爛》是怎樣的一部關於「第三代」的「詩歌史」呢？一定程度上《燦爛》的敘述方式受到了《流放者歸來》和《伊甸園之門》這樣新聞式的感性記錄和歷史學深層剖析相結合的寫作方法的影響，以人和時代的互動來體現歷史變遷。

　　《燦爛》對「第三代」詩歌的歷史細節進行了比較深入的挖掘和呈現，這在使其提供了大量珍貴史料的同時也因為缺乏選擇和篩選而顯得駁雜甚至有些混亂。但是基本線索還是對整個「第三代」詩歌史的梳理，如四川青年詩人協會、現代詩內部交流資料、非非、莽漢、他們、整體主義、撒嬌、女

〔註32〕柏樺這樣談到莽漢詩的誕生：「一九八四年春節。無聊。萬夏和胡冬在一次喝酒中拍案而起：『居然有人罵我們的詩是他媽的詩，乾脆我們就弄他幾首『他媽的詩』給世界看看。』幾天之內，兩人就寫出近十首『不合時宜』的詩，並隨便命名為『莽漢詩』。」參見柏樺：《左邊——毛澤東時代的抒情詩人》，香港牛津大學出版社，2001 年版，第 151 頁。

〔註33〕柏樺：《左邊——毛澤東時代的抒情詩人》，香港牛津大學出版社，2001 年版，第 154～155 頁。

性主義詩歌等。也許詩人寫出的新詩史就是避免不了偏激、尖銳和義氣之詞，楊黎的《燦爛》更不能例外。而對於前代詩人的不滿與抗議必然帶來的是對新一代詩人命名權力的張揚。什麼是「第三代」詩？它的特徵是什麼？它囊括了哪些詩人？而這正是《燦爛》所要回答的。首先《燦爛》認為「第三代」的說法本身就充滿了悖論，「在二十年前，一本第三代人自己的詩集，打一開始，就被各種各樣的人與事，搞得面目全非。這是不是預示第三代人命運的多變？或者說，這是不是因為第三代人本身就是一鍋大雜燴？甚至，我現在想，它開始就是一個錯誤。我為什麼要選擇第三代人這四個字？第三代人最早是一個政治術語，是被詛咒和預言的一個名詞。而第三代人，是被詛咒和預言的人」〔註34〕。而楊黎認為早在1982年胡冬和萬夏等人提出「第三代人」概念與他所認為的「第三代」完全不是一回事，即使是民刊《第三代人》所收入的詩作也與後來所指稱的「第三代人」的詩歌「判若兩人」。正如書名《燦爛：第三代人的寫作和生活》所揭示的，楊黎是要在生活與寫作的雙重空間來展示「第三代」詩人「燦爛」的生活史、寫作史和民間史。同時有著將詩人還原為常人、祛除詩歌神話和詩歌英雄的動機與努力。但是在具體敘述和大量的當事人的回憶和訪談中「第三代」詩人都無形被語言所構築的事實強化甚至誇大而帶有程度不同的經典化傾向。作為對「第三代」詩歌寫作、生活、運動的整體回顧，其意義被楊黎空前強化甚至修辭化，「如果沒有詩歌，我們的言說是沒有意義的。或者說有意義，這個意義也與我們沒有任何關係。說一句傻話，回顧人類歷史，上下五千年，是什麼使短暫的二十世紀八十年代突現出來的？又是什麼使它值得被記下，甚至被張揚？我肯定地說：這就是詩歌。第三代人的詩歌」。不可否認1980年代的「第三代」詩歌有不可替代的詩歌史意義，但是將之放在五千年的歷史進程中進行讚美則顯得有些滑稽和過於自大。這樣的「不負責任」的語言在這部書中俯拾皆是。我感到我可能在以「正統」的文學史觀念在強求詩人的歷史敘事，但是有一點還是應該強調的，不管從何種角度切入文學史關於歷史的敘述還是應該注意分寸感和真實性。如楊黎認為無論從哪一個角度考慮韓東的《有關大雁塔》都是「第三代」人的第一首詩，是「第三代」人「秘密的初夜」〔註35〕。韓東的《有關大雁塔》確實在「第三代」詩歌文本序列中佔有重要位置，但說這是「第三代」詩人的第一首詩從哪一個角度看都是站不住腳的。顯然很多重要的「第

〔註34〕 楊黎：《燦爛──第三代人的寫作和生活》，青海人民出版社，2004年版，第72頁。
〔註35〕 楊黎：《燦爛──第三代人的寫作和生活》，青海人民出版社，2004年版，第46頁。

三代」的代表作甚至「經典」都要早於韓東寫作這首詩的 1983 年。況且更有
論者認爲韓東的《有關大雁塔》根本就不是什麼經典〔註 36〕。而實際上如果
單從美學的維度對韓東的《有關大雁塔》進行肯定或否定都可能是無可非議
的，但是如果從新詩史視域出發就更應該注意「文本的歷史化」也即將之放
在歷史序列和文本關係中來考察。李楊曾提到自己在新加坡講中國當代文學
史時談到了韓東的這首《有關大雁塔》，結果學生一片譁然。這些域外學生紛
紛提問並質疑韓東的這首詩。實際上對同一首詩作出現的文學史認同和讀者
否定相齟齬的現象必然涉及到一個老問題——如何理解這些文本產生的歷史
語境。

在眾多的新詩史敘述中「第三代」詩的大面積崛起是在 1986 年的《詩歌
報》和《深圳青年報》聯合推出的中國現代詩群體大展。但是作爲詩歌寫作
現象的「第三代」的出現決不是在 1986 年，楊黎將之推到了 1980 年。

據楊黎回憶早在 1980 年 10 月他就編完了《鼠疫》（第二年 2 月印完），
1982 年 11 月楊黎寫成兩千餘行長詩《詩歌 1 號》。不管楊黎的這種敘述出自
什麼目的，他終歸說出了一個事實，也打破了很多新詩史對「第三代」詩的
誤解。即眾多研究者都對 1986 年「第三代」詩的湧現及其空前的美學上的混
亂而感到尷尬失語甚至充滿不解與不滿。而「第三代」詩也並非像一些新詩
史所認爲的那樣是在「朦朧詩」論爭結束之後在朦朧詩人停止寫作的「眞空」
中出現了這些更爲年輕也更爲激進的詩人。實際情況正像楊黎所揭示的「第
三代」詩是在「朦朧詩」發展過程當中即 70 年代末和 80 年代初就已經出現
並且同「朦朧詩」一樣同時發展，只是被「朦朧詩」論爭的熱潮所掩蓋罷了
（這起碼是提供了另外一種說法）。這種說法使得「朦朧詩」和「第三代」並
不是依次出現的直線形的發展，二者之間也並非簡單的二元對立的斷裂關
係。江河和楊煉的尋根性的文化史詩就直接影響了「第三代」詩人的「整體

〔註 36〕 「還有一種所謂「反文化」的觀念性詩歌也曾風靡一時，其中典型的是韓東
的《有關大雁塔》《你看過大海》，居然被一些別有用心的人吹捧成傑作。《有
關大雁塔》是最明顯的觀念性的詩歌，據說是針對楊煉的《大雁塔》一詩反
過來做，完全是一種對著幹的小青年心理，是對西方二十世紀六十年代文化
的幼稚模仿，也是文革時期延續下來的非此即彼、非黑即白的簡單化慣性思
維的產物。……《有關大雁塔》這樣嬌揉造作的詩作居然好評不少，被當成
所謂第三代詩歌的代表性作品，難怪人們說當代詩歌界病入膏肓，也使得大
批初學新詩者容易走入誤區，謀求以觀念取勝，吸引眼球，獲取虛名」。李少
君：《草根性與新詩轉型》，《21 世紀詩歌精選・第一輯・草根詩歌特輯》，長
江文藝出版社，2006 年版，第 288 頁。

主義」和「新傳統主義」以及駱一禾、海子、西川等「新古典」寫作。正如一些新詩史把他們稱爲「後朦朧詩」以說明他們和「朦朧詩」之間的血脈淵源一樣。可貴的是我們在《燦爛》中看到了對「朦朧詩」與「第三代」詩歌之間這種既有關聯又存在差異的複雜關係的敘述。值得注意的是楊黎將 80 年代的詩分爲三個流向：一是北島等的「朦朧詩」，另一個是江河、楊煉等人的「史詩」，再有就是「第三代」。而在楊黎看來北島和江河、楊煉的寫作是有區別的，不能用「朦朧詩」來籠統的概括〔註 37〕。當然由於楊黎的當事人身份和一些急功近利的心理，他在對「第三代」詩歌的歷史敘述中也表達了對《今天》和「今天詩人」的諸多不滿與「不敬」〔註 38〕。

　　《燦爛》是由當事人的回憶和訪談所組成的，「第三代」詩人當年的寫作情況、生活狀態、思想心態、歷史發展的線索都得到了一定的揭示。而其中穿插的一千多幅插圖、照片、信件、手稿也似乎在證明「第三代」可信和確鑿無疑的新詩史意義和價值。因爲當事人和物證都擺在那兒了，誰也沒有理由相信歷史就不是他們所講述的那個樣子。這部書的意義可能還在於它提供了一個以往的新詩史寫作所沒能呈現出的另一種歷史面貌，爲我們凸現了歷史的不同側影。如果我們不是責全求備，不是抓住書寫者在敘述中出現的過於主觀和誇張的詞語，那麼這部當事人寫出的「新詩斷代史」是有意義的。

　　黃翔的《總是寂寞》基本上是對以黃翔和啞默爲首的貴州詩人群、野鴨塘沙龍、《啓蒙》民刊等相關情況的歷史敘述。在提供了大量史料的同時也澄清了詩歌史家長期以來由於對相關歷史不熟悉所導致的遮蔽歷史的真相。在越來越多的當代新詩史將白洋淀詩群和北京的「地下」沙龍放於中心位置的時候，同時期的其它「地下」（民間）詩歌寫作，如貴州和上海、福建等地的詩人群落則相對處於邊緣的位置。其中的原因是極其複雜的，比如地緣政治、

〔註37〕　楊黎指出：在八十年代，一方面有北島爲首的「朦朧詩」，另一方面應該以江河、楊煉爲首的「史詩」，再有就是我們──第三代人。「當時我的理解是，這不是代與代的問題，這是在同一個時代的三種詩歌態度和創作方向。直到現在，我也願意認爲我的觀點是準確的。非常的準確。所以，順便說一句，從這個方面而言，從來就沒有什麼『第二代』、『二代半』和『第四代』、『第五代』一說」。楊黎：《燦爛──第三代人的寫作和生活》，青海人民出版社，2004 年版，第 73 頁。

〔註38〕　「許多年之後，我非常驚訝人們的一個說法，就是北京的《今天》爲我們接上了曾經被『文革』中斷的詩歌之路。我們所有關於詩歌的感覺和傳統，都從北京的幾個人開始」。參見楊黎：《燦爛──第三代人的寫作和生活》，青海人民出版社，2004 年版，第 59～60 頁。

史料挖掘、當事人的情況、新詩選本、傳播和史家及讀者的認同等等。而黃翔的這本書恰恰強調了爲什麼貴州詩人群、民刊《啓蒙》在主流的歷史敘述當中被忽視或邊緣化的歷史原因。當然，我們對黃翔的說法要持一種客觀和冷靜的態度，其中的說辭也不無偏激和有失公允之處。

黃翔敘述了當年他和詩友在野鴨沙龍進行詩歌朗誦和交流的情況，而黃翔很多重要詩作如《火炬之歌》都曾在沙龍上朗誦交流。關於黃翔的《火炬之歌》第一次在沙龍的朗讀情況，現在看在簡直是驚心動魄。黃翔幾十年來寫作了大量的詩歌、詩論、文論、半自傳體長篇小說、散文隨筆、紀實性自傳、政論、回憶錄等。在政治嚴苛的年代黃翔在歷次政治運動中爲了躲避劫難，想方設法保存自己的詩作。這也一定程度上證實了一些「地下」詩歌寫作的眞實性。爲了保存這些詩作黃翔不得不帶著這些文稿東躲西藏，藏在一切可以藏的地方，如長統膠靴裏、竹筒中、米桶缸內、鄉下茅屋的屋頂上。甚至還包起來，再在外面融化一層蠟。在《沉淪的聖殿》中最後被刪的黃翔的文章《三次進京有感》在《總是寂寞》中得以復現，而這些材料所展示的當時「啓蒙社」詩人三次進京歷史面貌現在看來有些仍屬於政治禁忌之列〔註39〕。現在看來黃翔等人在歷史敘述中被有意或無意忽略與他們的政治傾向性過於明顯、政治情結過於強烈有關。北島在寫給相關詩人的信中就對這些西南詩人過於明顯的政治姿態提出過善意的批評與提醒。這也是詩人應該思考的，在一個複雜的歷史轉折點上詩人應該如何恰當而有效地對時代發言，而不是陷於政治的漩渦而難以自拔。

當我們讀完這些由詩人撰寫的「細節詩歌史」時我們就會發現不管是在史料的收集、使用以及敘述的格局、模式和重點都與一般新詩史寫作有著相當的差別。當然有時候我們也很難對二者的孰優孰劣做出價值判斷。只能承

〔註39〕「1978 年 10 月 11 日，我帶著我以毛筆在一百多張大紙上寫成的《火神交響詩》和第一期油印民刊《啓蒙》，同幾個支持我的朋友一起去了北京，以詩歌揭開 1978～1979 年中國民主啓蒙運動的歷史序幕」（黃翔：《總是寂寞》，臺北：桂冠圖書有限公司，2002 年版，第 105 頁）。「我們先後去了北京六次，這就是當時的民主牆運動……新華社、《人民日報》、《光明日報》、《文匯報》、《中國青年報》等對我及我的朋友們進行採訪。《詩刊》、《人民文學》、《人民日報》、《光明日報》等報刊準備發表我長期受禁的作品」。參見黃翔：《總是寂寞》，臺北：桂冠圖書有限公司，2002 年版，第 105～106 頁。據黃翔的說法，當時北京曾想召開記者招待會，但是黃翔的發言稿《我站在中國的大門口說話》顯然太過於敏感也太過於偏激，所以招待會被取消。由此可見，以黃翔爲首的貴州詩人群和啓蒙社被歷史敘述所忽視其原因是相當複雜的。

認這樣一個事實──新詩史寫作模式是多種多樣的,而其中的任何一種方式
都有可能抵達歷史真實的一個側面。歷史是很難還原的,歷史真實一直是歷
史書寫的聚訟紛紜的話題。但是如果我們承認文學史寫作是對歷史的一種敘
述和修辭方式,那麼「真實」的界定就會有多種。

第三節　北島在成都和重慶

　　1986 年 12 月,冬天。北島坐了幾夜慢吞吞的火車終於抵達成都。

　　身穿深色羽絨服和翻領毛衣,帶著深色眼鏡的北島在成都詩人眼裏,在
成都花園賓館的做古傢具和古典花園般的院落裏仍然在延續著北方「迷人」
和令人心動不已的詩歌傳奇。

　　透過四川攝影家肖全拍攝的一張照片我們能夠看到北島絕對的自信和詩
歌氣場的強大,而北島此次成都之行顯然帶著北方詩歌的光環和北京的文化
象徵。1986 年在國內能夠與《詩刊》比肩的《星星》評出了「中國十佳青年
詩人」,北島、顧城、楊煉、江河、舒婷、傅天琳、楊牧、李鋼、葉延濱、葉
文福名列其中。我們注意到經典的「今天」詩人北島、顧城、舒婷、江河和
楊煉幾乎佔據了「半壁江山」。與北島同行的還有顧城夫婦。當時四川的詩人
鐘鳴、翟永明、歐陽江河等前往看望來自北方的詩人。而柏樺因為沒有正式
的與會通知被四川作協大樓拒之門外。柏樺最終拂袖而去!這是否也暗含了
南方詩人對詩歌權力的某種不滿與無奈?更具有意味的是據當時《星星》的
負責人葉延濱介紹在評選十大詩人的時候,最初四川詩人廖亦武名列其中,
但被人檢舉說其選票有問題而最終未能入選。

　　其他的詩人都去參加活動,而顧城夫婦獨自接受記者採訪。我們能夠想
像這一對兒詩歌界的愛情佳麗在當時詩壇的魅力。透過木窗,攝影家肖全捕
捉到了一個時代北方詩人的特殊氣息。顧城身穿淡灰色的中山裝,一手放在
桌上,戴著他一貫的標誌性裝束── 一個毛線織成的帽子。詩人仰望著遠
方。妻子謝燁幸福地站在顧城身後,右手搭在顧城的右肩上。謝燁寬鬆的毛
衣顯示了此刻她內心的溫暖。在此次活動中北島和顧城等人受到了明星般的
待遇,四川人的詩歌熱情和狂熱在這裡顯現無遺,「演出獲得巨大成功,詩
人們被保安人員疏散在後臺的一間化粧室裏,門被反鎖,走廊外人聲鼎沸。
一小時過去了,人流有增無減,保安人員只得抱著一堆各式筆記本,請詩人
們一一簽名。兩個小時又過去了。坐在化妝桌上的顧城面色鐵青:我不管,

我要出門，我要回去！他一把拉來了門，氣勢洶洶地往外闖，詩迷們見顧城
出現了，欣喜若狂蜂擁而上，他卻用胳膊肘左右開道，殺出了一條『血路』」
〔註40〕。據相關資料，活動前 2000 張門票即被鬨搶一空。因為粉絲太多大
量工人糾察隊維持會場秩序，但是結果是六個大門擠壞了五個，椅子被踩壞
了幾十把。而這也在一定程度上顯現出北方「朦朧詩人」在南方詩人心目中
的地位和影響。而在活動上四川的一些青年詩人竟然對北島進行了批判和攻
擊。北島終於坐不住了，對這些青年詩人進行了有力的反擊和回應。北島認
為詩人只能靠作品說話而不是其他別的並聲稱自己的好作品還在後面。透過
北島肯定和決絕的語氣我們能夠感受到他的底氣。成都的望江公園留下了北
島、顧城、舒婷等人歷史性的一刻。其中的一張照片是北島、謝燁、顧城（戴
著謝燁針織的毛線帽）、舒婷、李剛和傅天琳的合影。另一張則是北島坐在
公園的草地上，戴著淺色太陽鏡，雙手交叉。因為天氣寒冷的緣故，北島穿
著毛衣和厚厚的棉服。當北島在黃昏回程的路上領唱俄羅斯歌曲《三套車》、
《紅河谷》和《山楂樹》的時候，當在酒店、會場、公園、茶館各路詩人和
記者爭搶為北島、顧城們照相的時候，一代北方詩人的傳奇也正在受到前所
未有的挑戰。可能北島們也不會意識到北方詩歌的理想時代要結束了，「今
天」和「朦朧詩」的時代即將定格。一代詩人的影像將貼在歷史的紀念冊中，
而中國詩歌寫作的重心將在四川這裡發生劇烈傾斜。北島等人 1986 年冬天
的成都之行也顯現了幾年之後另一個詩歌年代的開始。當北島等人會後領到
一百元人民幣的酬勞時，這筆在當時不小的數目也顯現了一個商業時代和文
學購和時代的來臨。

　　實際上北島早在 70 年代曾多次南下。

　　1971 年夏天北島到湖北沙洋五七幹校探望父親。1976 年 7 月 27 日北島
妹妹趙姍姍因下水救人不幸罹難，時年 23 歲（1953～1976）。北島前去見妹
妹最後一面，「如果死亡可以代替，我情願去死，毫不猶豫，換回我那可愛的
妹妹。可是時世的不可逆轉竟是如此殘酷，容不得我有任何選擇的餘地。有
時我真想迎著什麼去死，只要多少能有點價值和目的」〔註41〕。北島的這種
為了價值和某種目的而赴死的精神在他創辦《今天》的過程中有淋漓盡致地
體現。

〔註40〕肖全：《顧城和詩人們》，《我們這一代人》，花城出版社，2006 年版，第 20 頁。
〔註41〕北島寫給史保嘉的信，複印件。

　　文化大革命期間北島曾因「串聯」來過重慶，當時就住在歌樂山。歌樂山顯然在北島那一代人心中是革命和運動的聖地。儘管北島 70 年代的湖北和四川之行次數不多，但是這些南方之行顯然對於開闊北島的視野以及進一步瞭解中國的「南方」有著不無重要的影響。

　　北島的詩人形象和巨大的影響力在當時尚屬於起步階段的南方「第三代」詩人看來有些不可思議。

　　一個陰雨連綿的濕熱夏天，重慶。

　　張棗一邊吸著煙一邊和柏樺談到北島的《黃昏‧丁家灘》對自己的影響，「北島的一系列抒情詩最能代表那個時代年輕的心之渴望，他安慰了我們，也煥發了我們，而不是讓我們沉淪或頹唐」〔註 42〕。而重慶這座城市也給客居的張棗在詩歌寫作上以最初和最有詩意的激勵，「太陽曾經照亮我；在重慶，一顆 / 露珠的心清早含著圖像朵朵 / 我繞過一片又一片空氣；鐵道 / 讓列車疼得逃光，留杜鵑輕歌」（《早春二月》）。柏樺無疑是四川詩歌界「有光環」的風雲人物──「一個讓人仰慕的大詩人」〔註 43〕，「北島之後最傑出的詩人」，「後朦朧詩歌的領軍人物」〔註 44〕，一個「公認當代最優秀的抒情詩人之一」〔註 45〕，「中國第三代詩人的傑出代表」〔註 46〕。柏樺當年在四川青年詩人中的地位和影響是不言自明的。在 1980 年代的一個詩歌攝影展上當柏樺被朋友用摩托車帶進會場的時候儼然有著那個年代「老大」般的風采。許多人對柏樺的到來交頭接耳。而柏樺這個自詡為「老子才是天才」或按照四川方言非常「腿」的詩人則對北島和「今天」詩人懷有相當的讚許和仰慕。而作為一個西南詩人柏樺對「今天」的傳奇風雲人物北島的讚許和評價儘管有詩人所擅長的誇大和煽情的成分，但是也是在很大程度上具有代表性的呈現了北島在「第三代」詩人心目中的「高大」形象，「北島成長為一個莊嚴的詩人，一個時代的思考者和批判者，一位毛澤東時代最偉大的抒情詩人。他對他的祖國和人民既嚴肅又富於赤子之心。新鮮的詞彙，高尚的理想，英雄的氣概貫穿他整個詩篇，在當時已產生了令人驚訝的效果」〔註 47〕。柏樺是

〔註 42〕柏樺：《今天的激情：柏樺十年文選》，上海人民出版社，2006 年版，第 36 頁。
〔註 43〕肖全：《鐘鳴》，《我們這一代人》，花城出版社，2006 年版，第 42 頁。
〔註 44〕見柏樺《今天的激情》（上海人民出版社，1996 年版）一書的封底宣傳。
〔註 45〕見柏樺《左邊──毛澤東時代的抒情詩人》（江蘇文藝出版社，2009 年版）一書的作者簡介。
〔註 46〕見柏樺《今天的激情》（上海人民出版社，1996 年版）一書的作者簡介。
〔註 47〕柏樺：《左邊──毛澤東時代的抒情詩人》，江蘇文藝出版社，2009 年版，第

一個有著鮮明的毛澤東時代印記的詩人，而他個人的毛澤東情結和政治熱情更具意味，「我一生最大的願望是當毛主席的最後一個秘書，我和毛主席住在一個院子裏，早上毛主席來敲我的門。3 位女士忍不住笑出聲來。我也是第一次聽他這麼講。他放下酒杯，解開外衣，果然 1 枚半徑為 2.5 釐米的毛主席像章別在毛線衣上，像章緊貼心窩。我們全傻了。」〔註48〕而早在 1979 年的一個黃昏，柏樺從彭逸林、楊小彥和吳少秋處就讀到了《今天》。出生於上個世紀五六十年代的詩人，顯然無論是出自愛或恨的心理都有一種特有的毛澤東情結，或者說都有著毛澤東時代的鮮明印記。在攝於 1993 年 11 月的一張關於上海作家陳村的照片上，我看到了一代人象徵性極強的影像：陳村坐在有著老式電腦和打印機的書桌前，左手垂下夾著一隻點燃的煙捲，右手摸著小女兒的頭。女兒坐在陳村的膝蓋上，她滿臉笑容，手裏拿著當年的一期《亞洲周刊》。《亞洲周刊》封面是毛澤東頭戴八角帽的中年時代的照片，配有醒目的文字「救星或是魔星：毛澤東誕辰百年蓋棺論未定」。而即使是在上海小說家陳村那裡白洋淀詩人的印象仍無比深刻，「陳村向我提起來了一位詩人，問我是否知道這個人現在的情況，他叫根子。陳村從電腦裏打了一份根子的《白洋淀》送給我。他曾為這首詩激動過。這樣的好作品在當時卻不能發表，我看到這首詩的時候，比《班主任》發表要早 4 年。陳村看似隨便提起一件小事，然而他當時的語氣卻異乎尋常」〔註49〕。

而 1980 年代北島頻繁的四川之行，無疑給那些對「朦朧詩」無論是懷著反抗或敬仰之情的「第三代」詩人都有著不可抗拒的影響。而這種影響一方面來自於北島契合那個時代所傳達出的個人的魅力和啓蒙精神，另一方面則來自於以「北京」為中心的北方詩歌傳統在南方詩人心目當中的高大地位。而這種印象無論是成為「第三代」詩人心中的「聖地」還是抹不去的陰影都足以證明 80 年代詩歌地理轉換過程中不同文化和地緣政治之間的膠著和博弈。身高一米八十以上的北方詩人北島、芒克、嚴力給那些正躍躍欲試衝上詩壇的四川甚至其他地方的南方詩人構成了強大的影響和某種詩歌傳統的象徵。

1979 年，游小蘇、郭健、歐陽江河、駱耕野、翟永明等成立了詩社。柏樺對北方詩人北島、芒克、顧城、楊煉、江河等人的印象最早來自與朋友之

18 頁。
〔註48〕肖全：《柏樺和詩人們》，《我們這一代人》，花城出版社，2006 年版，第 34 頁。
〔註49〕肖全：《陳村》，《我們這一代人》，花城出版社，2006 年版，第 56 頁。

間的通信。柏樺曾抄錄了大量的北島等人的詩歌，柏樺形容北島當時的詩歌
給自己形成了「父親」般的震蕩〔註50〕。當時北島的詩歌在很多大學都被當
時的學生和詩歌愛好者們廣泛傳抄。而這種手抄方式之所以能夠使北島等詩
人被英雄般的接受和傳播一定程度上得歸結於極權政治年代結束之後經濟大
潮和多元文化尚未來臨之前的一個「真空」般的空間。人們是如此需要精神
的衝擊，需要用詩歌和文學來表達對過去年代的不滿和對未來的理想憧憬。
而像《今天》這樣來自北京的聲音更容易引起普遍的好奇和熱望，「彷彿一夜
之間，《今天》或北島的聲音就傳遍了所有中國的高校，從成都、重慶、廣州
中山大學等許多朋友處，我頻頻讀到北島等人的詩歌（而在當時的《今天》
中，我只喜歡北島一個人的詩）。這種閃電般的文化資本傳播速度哪怕是在今
天，在講究高速率的出版發行機制下都是絕對不可思議的」〔註51〕。

　　而說到 1986 年北島的成都之行以及北島與西南詩人的交往，時間還可
以再提前兩年。1984 年 8 月，柏樺在炎熱的陽光下終於在北京的一個大雜院
裏見到了他期待已久的精神偶像──北島。1984 年冬天，吳世平等人成立重
慶青年文化藝術家協會，柏樺和張棗參與其中。正是因為這個協會，1985 年
的 3 月初柏樺和張棗終於又見到了心儀已久的北島。寒冷的雨夜也不能阻擋
兩個四川青年詩人的熱度，當時的張棗是如此緊張和焦灼。從後來柏樺對當
時場景的非常富有詩意和「歷史感」的煽情描述中我們可以感受到一種不對
等的北方和南方詩歌的關係。在「第三代」運動的前夜，北島等北方詩人的
高大形象還是那樣的根深蒂固，甚至帶有著不可逆轉的宿命論色調。為了生
動呈現這種北方詩歌的影響和不對等關係，我們來看看柏樺的描述：「一個
春寒料峭的雨夜，彭逸林與付維陪同北島和馬高明來到四川外語學院張棗昏
暗零亂的宿舍。北島的外貌在寒冷的天氣和微弱的燈光下顯出一種高貴的氣
度和雋永的冥想。這形象讓張棗感到了緊張，他說話一反常態，雙手在空中
誇張地比劃著，突然發出一陣古怪的笑聲並詞不達意地讚美起了北島的一首
詩（北島隨身帶來的近作中的一首），好像是《在黎明的銅鏡中》，看起來張
棗還是具有迅捷的眼力，這的確是北島當時那批近作中一首最富奇境的優雅

〔註50〕柏樺：《左邊──毛澤東時代的抒情詩人》，江蘇文藝出版社，2009 年版，第
　　　　47 頁。
〔註51〕柏樺：《左邊──毛澤東時代的抒情詩人》，江蘇文藝出版社，2009 年版，第
　　　　48～49 頁。

之詩」〔註52〕。在另一個春雨瀟瀟的傍晚，當北島在柏樺、張棗等人的陪伴下在寂靜無人的北碚溫泉公園遊玩的時候，這些青年詩人內心仍然被一團火焰點燃著。一行八人住在一個竹樓旅館。旅館雖不大但精緻、小巧、清幽，而絕壁旁的嘉陵江就從旅館下面流過，對岸是連綿起伏的獸脊一樣的縉雲山。此時心緒難平和持續激動中的柏樺從房間裏出來，「隨著北島回憶的尾聲，我走出燈火通明的室內，坐在樓道的長椅上，初春的寒意讓我憧憬……突然，我聽到洗手間的水龍頭未擰緊，水滴落入乳白臉盆裏發出清亮的滴答聲，這聲音伴著無涯的春雨令我既感懷又驚喜」〔註53〕。透過柏樺的描述，我們可以看到以北島爲代表的北方詩歌在當時不容辯白的強力影響。在這種影響的感召和想像之下，連西南的事物，比如夜晚、竹林、旅館、燈光、群山、水龍頭、嘉陵江水都在北方詩歌的「主旋律」中成爲和聲伴唱。

　　崔健和北島、芒克是好友，當時的先鋒詩人和搖滾歌手在精神上是二位一體、彼此呼應的。而崔健作爲搖滾歌手和特殊意義上的先鋒詩人（陳思和等學者在相關文學史研究中將其看做詩人），他接續了「朦朧詩」精神，也成爲了那個年代最後先鋒精神的閃光。一年的八月中秋，成都的一個郊外的發電廠。萬夏、肖全、田野等人第一次聽到崔健的《一無所有》的時候他們都被震住了。而此後崔健爲第十一屆亞運會募捐的成都演唱會更是讓四川的詩人和青年人牢牢記住了這個北京青年的銳氣和強大氣場。而住在北京鼓樓附近的搖滾音樂人何勇也曾給了四川詩壇帶來不大不小的影響。

〔註52〕柏樺：《左邊——毛澤東時代的抒情詩人》，江蘇文藝出版社，2009年版，第119頁。

〔註53〕柏樺：《左邊——毛澤東時代的抒情詩人》，江蘇文藝出版社，2009年版，第120頁。

第五章　「地方性」的位移與西南氣象

　　儘管北島等「今天」詩人以及此前的白洋淀詩群和食指還在南方尤其是西南的校園先鋒詩人中有著廣泛影響，但是隨著 1980 年代的到來尤其是 1986 年詩歌大展和運動的開始，詩歌地理的重心已經由北京位移到成都和南京、上海等地。從此時開始，整體性意義上一度邊緣和弱化的「南方」詩學和精神氣象開始引人注目並成呼嘯之勢。儘管這一先鋒詩歌運動迅速宣告結束，運動中「存活」的詩人也是寥寥無幾，但是從詩歌地方性的角度考量仍然有諸多重要的問題值得再次關注和反思。而較之轟轟烈烈的「第三代」詩歌運動，曾經代表了文化主導權的北方以及北京詩歌開始顯得沉寂。即使在昌平的海子和圓明園廢墟上的一些北京先鋒詩人那裡也不得不接受撲面而來的挑戰和冷寂。圓明園附近的幾個村莊曾經成為八九十年代北京先鋒藝術的聚集地，詩人、畫家在歷史的廢墟旁從事藝術活動本身就充滿了豐富的文化象徵性。而圓明園自身帶有的文化和滄桑歷史感不僅影響到這一時期的北京先鋒詩人和藝術家，而且也成為一些南方詩人的聚集場所。當時黃翔的好友時在北京的貴州詩人王強就在這裡創辦刊物《大騷動》，不遺餘力地宣傳黃翔、啞默等貴州詩人的詩作。

　　一個新的時代開始了！

第一節　從昌平到山海關：北方詩學的餘緒

　　當 1987 年《詩刊》社第 7 屆青春詩會在北戴河召開的時候，住在面朝大海的一個普通賓館裏參會的詩人西川可能不會想到兩年之後自己的好友會在

這裡不遠的一段鐵軌上完成一個時代的詩歌悲劇。

這一屆青春詩會的陣容較爲強大，其中有西川、歐陽江河、陳東東、簡寧、楊克、郭力家、程寶林、張子選、力虹等。雄偉、壯闊卻又無比滄桑、荒涼的山海關開啓了這些青年詩人詩歌的閘門。面對著北戴河海邊不遠處的玉米地和蘋果樹，有詩人高喊「把玉米地一直種向大海邊」。在一場突如其來的暴雨中，王家新、西川等這些被詩歌的火焰燒烤的青年卻衝向大海。歐陽江河還站在雨中高舉雙手大喊「滿天都是墨水啊！」正是在山海關，歐陽江河寫下了他的代表作《玻璃工廠》。此時年輕的詩人海子卻孤獨地在昌平寫作！當他得知好友西川參加此次青春詩會時，他既爲好友高興又感到難以排遣的失落。王家新從北戴河回來後不久收到了駱一禾的詩學文章《美神》。而對於那時駱一禾和海子以及南方一些詩人的長詩甚至「大詩」寫作王家新是抱保留態度的，但是更爲敏銳的王家新也注意到正是 80 年代特有的詩歌氛圍和理想情懷使得寫作「大詩」成爲那個時代的標誌和精神趨向，「在今天看來，這種對『大詩』的狂熱，這種要創建一個終極世界的抱負會多少顯得有些虛妄，但這就是那個年代。那是一個燃燒的向著詩歌所有的尺度敞開的年代。」〔註1〕而更爲刺激的是當 1988 年夏天海子準備和駱一禾一同遠遊西藏的時候，駱一禾卻接到了第 8 屆青春詩會的邀請（其他的詩人還有蕭開愚、海男、林雪、程小蓓、南野、童蔚等）。海子不得不隻身遠遊，那種孤獨和落寞比 1987 年西川參會時更甚。設想，如果海子和駱一禾同時參加青春詩會，或者二人一同遠遊西藏，也許就不會有 1989 年春天的那場悲劇。而也是那個重要的歷史節點上的疼痛與悲劇「成就」了這位詩人。當 2001 年「人民文學獎」的詩歌獎頒給食指和已故的海子的時候，詩壇再次轟動。爲什麼是北京的一個「瘋子」和一個「死人」獲此殊榮？這讓那些活著的詩人尤其是「外省」的詩人們情何以堪？

時至今日，仍然有很多詩人和研究者在質疑「地下」詩歌先驅者食指的影響，甚至認爲食指的歷史價值是被「人爲」製造出來的。但是透過很多人的回憶我們仍然能夠感受到手抄本在那個政治禁錮年代裏的特殊意義和不可替代的影響。1993 年 8 月 26 日，四川攝影家肖全從芒克那裡找到食指在北京第三社會福利院的地址。當他們終於在昌平沙河鎮北大橋路東見到這個既普通又特殊的院落時，大街上匆匆而過的人們哪裏會想到這裡竟然生活著

〔註1〕 王家新：《我的八十年代》，《文學界》，2012 年第 2 期。

一位影響了幾代人的詩人。而肖全當時的激動心情是難以形容的。在他和詩人陳少平在北京一家路邊小餐館吃飯時,陳少平說食指的詩曾挽救了一代人〔註2〕。主要收治「三無」精神病患者的北京第三社會福利院卻因為一個叫食指的詩人而獲得了非同尋常的詩歌地標的意義。在北京郊區那個平常不過甚至相當落寞的院落裏,在幾十個病人和護士中間,那個一隻手腕上掛著一串鑰匙、一隻手夾著煙捲的滿臉滄桑的皺紋,連外出都要請示,半個饅頭的獎賞都能讓其幸福半天的「病人」卻一度成為中國當代漢語詩歌史上意味深長的場景。

海子曾經在 1980 年代有一個理想,那就是到遠方去,到南方去,到海南去。在那樣一個理想主義和青春激情無比噴發的時代,詩人對「別處」和「遠方」懷有空前的出走的衝動是可以理解的。而「別處」無疑在詩人的想像中產生了無比美妙和神奇的詩意吸引力。這就像當年的列維·斯特勞斯對巴西和南美洲的想像一樣,「巴西、南美洲在當時對我並無多大意義。不過,我現在仍記得非常清晰,當我聽到這個意想不到的提議時,腦海中升浮起來的景象。我想像一個和我們的社會完全相反的異國景象,『對跖點』(位於地球直徑兩端的點)這個詞對我而言,有比其字面更豐富也更天真的意義。如果有人告訴我在地球相對的兩面所發現到的同類的動物或植物,外表相同的話,我一定覺得非常奇怪。我想像中的每一隻動物、每一棵樹或每一株草都非常不同,熱帶地方一眼就可看得出其熱帶的特色。在我的想像中,巴西的意思就是一大堆七扭八歪的棕櫚樹裏面藏著設計古怪的亭子和寺廟,我認為那裡的空氣充滿焚燒的香料所散發出來的氣味」〔註3〕。而 1980 年代被激情和理想鼓動的先鋒詩人正迫切需要這樣的地理「知識」和文學想像。

> 昌平位於東經 115°50'30'' 至 116°29'51'' ,北緯 40°01'45'' 至
> 40°23'25'' 之間,地處北京西北郊。昌平位於北京市區正北 30 公里,
> 為溫榆河衝擊平原與軍都山結合地帶,西臨太行山脈,北依燕山山
> 脈。昌平 2/3 為山區、半山區,大部分地區海拔在 250 米至 700
> 米之間,地形地貌多樣。地勢西北高,東南低。主要山脈為燕山支
> 脈軍都山,主要河流屬溫榆河水系。

〔註2〕 肖全:《郭路生》,《我們這一代人》,花城出版社,2006 年版,第 22 頁。
〔註3〕 克洛德·列維－斯特勞斯:《憂鬱的熱帶》,王志明譯,生活·讀書·新知三聯書店,2005 年版,第 44 頁。

　　1988 年年底，海子的好友駱一禾和西川先後結婚，但海子仍單身一人。當他最好的朋友有了家庭也多了份責任的時候海子感受到的是一種失落，因爲海子是不贊成婚姻這種方式的。

　　1988 年 11 月，冬日的昌平已經下過了幾場小雪。

　　駱一禾同妻子一同去看望海子，而海子之前已經是接連 4 天吃便宜的毫無營養的方便麵了。在駱一禾和妻子在昌平海子處住下來的 4 天時間裏，做飯時海子居然連味精都不讓放。爲了節省每一分錢，海子居然只看過一兩次電影。而他卻對縣城裏哪個文印社比較便宜瞭如指掌。在幾千里之外的鐘鳴看來海子處於昌平和北京的「中間」地帶，而北京和昌平都不是來自於安徽的詩人海子的最後棲居之所，「海子在兩個地區都不作長時間的停留。因爲這兩個地區都賦予了他一種居住權，一種責任和看法——它們彼此是出發地，又互爲終點。因此，當海子作爲這兩個地區的代言人，在判斷的法庭上互相審查、挑剔、對質，尋找機會，抓住對方的每一個弱點和紕漏時是可以想像的。在兩地他都是陌生人，一個鄉村郵差，不斷用身歷其境的地貌、風土人情和人們以不同方式打發日子，聽憑墮落、渙散的細節使雙方受到刺激。他用兩種方言進行周期性的拜訪和嘲諷。他這樣做，很容易使雙方都陷入了尷尬和難言之苦而隨時存心拋棄他，出賣他，以保地區和平。」〔註4〕海子在昌平的生活是尷尬而寂寞的。缺少應有的交流使海子處於失落和孤寂之中，所以海子也曾設想離開昌平小城到北京市內找一份工作。孤獨的海子將自己的理想幾乎是全部放在詩歌寫作上，當他將這種詩歌理想放置在日常的俗世生活甚至時代當中時海子就不可避免地受到了更大的傷害。海子有一次走進昌平的一家小飯館，他對老闆說希望允許當眾朗誦自己的詩作，條件是換得一杯啤酒。顯然海子首先看重的是自己的詩人身份和詩歌價值，但是酒館老闆卻恰恰與之相反——老闆說可以給酒喝但條件是不能朗誦詩歌。俗世的力量再次證明了詩歌在日常生活中的乏力和不被認可的邊緣狀態。而當海子的詩歌理想就此一次次受挫的時候，加之一些詩人對他長詩寫作的批評和不置可否，這對於海子而言意味著什麼就可想而知了。

　　海子短暫的一生中只留下來三篇日記，分別寫於 1986 年 8 月，1986 年 11 月 18 日和 1987 年 11 月 14 日。

　　昌平的海子如此孤獨，儘管這種孤獨「不可言說」，但是海子還是悲傷

〔註4〕　鐘鳴：《中間地帶》，《不死的海子》，中國文聯出版社，1999 年版，第 63 頁。

莫名地把它寫進了那首《在昌平的孤獨》詩中：「孤獨是一隻魚筐 / 是魚筐
中的泉水 / 放在泉水中 // 孤獨是泉水中睡著的鹿王 / 夢見的獵鹿人 / 就是
那用魚筐提水的人 // 以及其他的孤獨 / 是柏木之舟中的兩個兒子 / 和所有
女兒，圍著詩經桑麻沅湘木葉 / 在愛情中失敗 / 他們是魚筐中的火苗 / 沈到
水底 // 拉到岸上還是一隻魚筐 / 孤獨不可言說」。在海子昌平住處的後面是
一片樹林，風聲和不知名的蟲鳥的叫聲陪伴了海子的黃昏和夜晚。當黃昏來
臨光線漸漸暗淡，這個喧鬧的縣城已經漸漸平靜的時候，海子就會獨自在這
片樹林中徘徊良久。北方的落日、飛鳥、曠野、遠山，還有無止息的風，這
一切是給海子帶來了安慰和樂趣還是增添了更多的苦惱和落寞？可能也只
有海子自己知道，「我常常在黃昏時分，盤桓其中，得到無數昏暗的樂趣，
寂寞的樂趣。有一隊鳥，在那縣城的屋頂上面，被陽光逼近，久久不忍離去。」
〔註 5〕是的，海子在這裡夢想著村莊、麥地、草原、河流、少女和屬於他自
己的詩歌世界和「遠方」的夢想。

　　從海子短暫一生的地理版圖上我們可以看到除了他的故鄉安慶和寄居地
昌平之外，他遊走最多的地方是四川、青海和西藏。

　　海子這位南方詩人在北方最終在生活上一無所有，而北方和他的南方故
鄉一起構成了他詩歌人生的兩個起點。海子死後，安慶懷寧高河鎮查灣就成
了中國詩歌地理版圖上的一個越來越耀眼的坐標。位於安徽西南部、長江下
游北岸的安慶是文化名人輩出之地。安慶曾經是清代和民國時期安徽的省
府，而它下屬的桐城（現在是縣級市）更是讓人側目。張廷玉、劉若宰、徐
錫麟、吳越、桐城學派、陳獨秀、朱光潛、張恨水以及 80 年代的海子都讓安
徽南部安慶這個長江邊的一個三級城市獲得了少有的榮光。由安慶沿江而下
可抵達南京和上海，這似乎也印證了這個城市在地裏和文化上的某種過渡性
和重要性。如果網上搜索安慶，會出現兩條與文學相關的信息：「孔雀東南飛」
的故事發生地，「面朝大海，春暖花開」作者海子的故鄉。

　　燎原在修訂再版的《海子評傳》中是這樣描述海子墓地的：

　　　　查灣村北這座山崗墓地，這座以柔和的弧線與村莊大地連接的
　　平崗，當是海子詩歌中一個隱秘的核心，他觀察世界、傾聽天籟、
　　感應生死的一個觀象臺。正是在這個松林臺地上，他感應了落日夕
　　陽鍍上墳冢那撫慰靈魂的大安寧，看見了頭頂宇宙河漢那些大星的

〔註 5〕海子 1986 年 8 月的日記。

熠熠爍爍，並諦聽到了發自其間的密語。當然，他更是在那些個五穀豐登新糧入倉的空蕩蕩的秋夜，以對於大地特殊的敏感，注意到了黑夜不是漸漸地自天空向著大地覆蓋籠罩，而是相反地──「黑夜從大地上昇起」。〔註6〕

　　燎原在這段文字中用「大詞」（「大安寧」、「大星」、「大地」）對海子的墓地進行了不無詩意的描述，我理解燎原對海子和海子墓地的敬畏與尊重，所以這些墓地四周的自然景色就具有了不無重要的文化色調和濃厚的象徵意味。但是海子作為個體的死亡（排除其他的文化因素和一些人的想像成分）與其他的個體本質上並沒有什麼太大區別，而年輕生命的消殞給其父母家人留下的是難以彌合的悲痛甚至不解和抱怨。查灣的鄉人對海子的死更多是不解，他們認為海子年紀輕輕就橫死他鄉是對父母最大的不孝。

　　在80年代的詩歌交遊和「串聯」中海子和其他詩人一樣不斷到外地與詩人交換詩作、談論詩歌。海子於1983年畢業後到政法大學校報工作，此時的海子開始與外省詩歌聯繫。海子將自印的詩集和一封信寄給時在重慶西南農業大學任教的柏樺家裏。柏樺隨即給海子回信。然而極其遺憾的是海子生前與詩人、朋友及女友、家人的大量通信大體散佚。1989年1月初柏樺出差到北京聯繫上老木並通過老木結識了駱一禾和西川，唯獨因為種種原因錯過了與海子的見面。1989年冬天，柏樺寫下紀念海子的詩《麥子：紀念海子》。這一時期海子、駱一禾和西川等人都與南方詩人有著廣泛而深入的交往。詩人萬夏曾翻山越嶺來昌平看望海子。而海子的四川之行不僅是與萬夏、鐘鳴、柏樺、歐陽江河、宋渠、宋瑋、楊黎、尚仲敏等人的詩歌交流，還有深層的原因就是海子在四川有一位女友A。而據當時海子向宋渠問卦的情況，海子與A的情感肯定是沒有結果的。而這次四川之行隱藏了不祥的徵兆。當時的青年詩人尚仲敏發表在民刊《非非年鑒》（1988理論卷）上的文章《向自己學習》因為二元對立的意識（比如長詩與短詩、舊事物與新事物、朋友和敵人）而深深刺痛了海子。

　　　　有一位尋根的詩友從外省〔註7〕來，帶來了很多這方面的消息：假如你要寫詩，你就必須對這個民族負責，要緊緊抓住它的過去。你不能把詩寫得太短，因為現在是呼喚史詩的時候了。詩歌一

〔註6〕　燎原：《海子評傳》，時代文藝出版社，2006年版，第15～16頁。
〔註7〕　而在尚仲敏看來北京也成了「外省」，這多少顯現出明顯的地方性知識的話語權力，鐘鳴的《旁觀者》中有同樣的文化心理。

定要有玄學上的意義，否則就會愧對祖先的偉大回聲……他從書包
裏掏出了一部一萬多行的詩，我禁不住想起了《神曲》的作者但丁，
儘管我知道在這種朋友面前是應當謙虛的，但我還是懷著一種惋惜
的情感勸告他說：有一個但丁就足夠了！在空泛、漫長的言辭後面，
隱藏了一顆乏味和自囚的心靈。對舊事物的迷戀和復碎，對過往歲
月的感傷，必然伴隨著對新事物和今天的反動。我們現在還能夠默
默相對、各懷心思，但用不了多久，他就會成為我的敵人。

　　但是，此前的情形卻是作為「非非」成員的尚仲敏曾邀海子吃飯並乘著
酒興大誇特誇海子的長詩並稱讚其為獨一無二的詩人。這對海子而言自然是
相當高興的事情，所以他把尚仲敏視為知音。回到北京後海子還興致勃勃地
對駱一禾等人談起尚仲敏並說我們在北京應該幫助這個年輕詩人。但是誰料
幾個月之後，尚仲敏卻「改弦更張」在《非非年鑒》上發表了奚落和批判海
子的這篇文章。這種落差給海子帶來的傷害無疑是相當大的。海子 1987 年的
四川之行可以說是喜憂參半。而通過宋渠、宋煒以及楊黎的零碎回憶我們可
以看到當時海子對氣功的癡迷。他在這裡既遇到了談得來的詩友也遇到了一
些人不小的刺痛。歐陽江河、鐘鳴等都對海子的抒情短詩予以了高度評價，
海子也在鐘鳴寫於 1987 年的《紅劍兒》中找到了知音。

> 當劍在它們的口語中比速度時 / 她的韌性在誰眼裏，她炭火的
> / 紅衣，在她一躍時，就成了劍的 / 精粹和封喉之血，但誰眼裏 /
> 有那暗地凝結的鋒芒—— // 是恐懼，犧牲，還是正義的投身 / 在未
> 損於她時已鑄在了劍尖上 / 多恐怖的殉難者的膏腴和胸脯啊 / 我們
> 舞到頭也不及她狠心的一擲 // 她白得更刺眼 / 領略血的殷紅更深 /
> 從以往的距離 // 我看到怯懦的攻擊者 / 但她的骨殖在劍中另有一番
> 空響 / 無法避免被引向人群中激烈的比劃 // 我們的身段成了流星和
> 光環 / 她秘密的五層網布下烈火的 / 巢穴和極度的寒冷 / 嬗變的身
> 法像灰爐中的鳥有 // 當我們輪番殺死只老虎 / 哪怕在很久很久以後
> / 我們仍會聽到鋒刃裏的嘯聲 / 它透過劍匣嗅著，甚至要吃我們 /
> 直到那秋風愁煞的女人騎馬而來 / 才像斬落大氣人頭似地斬落它 //
> 她就像那投身於斧薪的古稀劍客 / 突然從血和燧石裏站起來 / 遞給
> 我們風快的刀和劍 / 她抽出身段發出淒厲的叫聲

但是歐陽江河和鐘鳴以及其他的四川詩人卻對海子《太陽・七部書》裏

的「土地篇」等長詩抱有不置可否的態度。顯然，海子對長詩所投注的熱情和努力在南方的潮濕天氣中被冷卻、降溫。海子在這種不無尷尬的氛圍中一杯又一杯地喝著悶酒，「說了些什麼，已記不得了。他一個勁喝悶酒。終於吐了一地。主人盡量消除他的尷尬。約好第二天再聊。等第二天，我和江河去找他時，他已不辭而別。海子太純粹了。難以應付詩歌以外的世俗生活。聽說，在『非非』和『整體主義』那裡，他的長詩也遭到了批評。」〔註8〕海子長詩理想的碰壁使他再一次「鎩羽而歸」，而在海子為數不多的出遊中他很多次都是和朋友們不辭而別。這多少說明了海子的個性，也更說明海子在日常生活中的不適感以及他過高的詩歌理想和預期。海子的好友駱一禾同樣感受到了長詩寫作在那個時代的不合時宜和難度，「農牧文明，在海王村落我最後的歌聲是——當代的恐龍 / 你們正經歷著絕代的史詩 / 在每一首曠古的史詩裏 / 都有著一次消失或一次新生」。不僅如此，在北京詩人圈子中海子的長詩同樣遭受冷落和批判，比如當時包括多多在內的「幸存者俱樂部」對其長詩的不認可態度。1987年，唐曉渡、芒克、楊煉、多多、林莽、王家新、海子、西川、黑大春、雪迪、大仙等人在喝酒時成立「幸存者俱樂部」，當時參加者有三四十人之眾。1989年下半年「幸存者俱樂部」結束。多多的性格一直未變，在白洋淀時期曾為了女友與根子產生誤會，而80年代多多仍然為了女人與楊煉大打出手。而北京作協在西山召開詩歌創作會議上也對沒有參會的海子搞「新浪漫主義」和「長詩」進行了批評。

1988年春，海子隻身再赴四川。回到昌平的海子感覺此次的四川之行還是無比落寞，儘管他在宋渠、宋煒那裡再次感受到了兄弟般的溫暖。海子曾經希望自己在1988年完成海南之行，而海子之所以最初選定去海南就是要完成自己詩歌的「太陽」之旅。因為在海子看來海南就是自己長詩所嚮往境界的一個文化象徵，海子希望用自己的鮮血和靈魂投身其中，「在熱帶的景色裏，我想繼續完成我那包孕黑暗和光明的太陽。真的以全部的生命之火和青春之火投身於太陽的創造。以全身的血、土與靈魂來創造永恒而又常新的太陽這就是我現在的日子。」〔註9〕然而，海南並沒有給海子以及他的詩歌理想以機會。

海子非正常死亡之後，山海關作為他的死亡之地也獲得了罕見的文化象

〔註8〕 鐘鳴：《旁觀者》（第二卷），海南出版社，1998年版，第806～807頁。
〔註9〕 海子1987年11月14日的日記。

徵意義。駱一禾在 1989 年 4 月 15 日寫給萬夏的信中反覆強調了海子的死在時間（海子生日、復活節）、方位（山海關）以及文學（海子攜帶的那四本書）上的重大象徵性。而在朱大可看來海子的死亡時間以及選擇在山海關自殺無疑有著重大的文化地理學意義。這是一種「先知」和「抗爭」的死亡，「令人驚訝的是，這消息首先蘊含在海子設定的死亡坐標上，也即蘊含於海子所選擇的死亡地點和時間之中。他進入一座叫做秦皇島的城市，或者說，進入一個最著名的極權主義者的領土，以面對他下令修造的羈押人民的牆垣——長城。山海關不僅是該城垣的地理起點，而且是它的邏輯起點：巨大的種族之門，正是從這裡和由這個統治者加以閉合的。與空間坐標對應的是它的時間坐標。3 月 26 日，乃是兩個著名的浪漫主義先知辭世的時刻。1827 年的貝多芬和 1893 年的惠特曼」。〔註10〕

在多年之後的一列由北京出發經過山海關的火車上，四川詩人楊黎對另外一位青年詩人表達了對海子自殺的猜謎遊戲式的解讀，「火車正在穿過山海關。我懂了海子他為什麼要在山海關自殺？而不是其他地方。比如不是山海關的前面，也不是山海關的後面。那麼就前面一點，或者就後面一點點。都不行啊。海子只能在山海關自殺。」〔註11〕

第二節　詩在東北：「遠方有大事發生」

在 1980 年代的先鋒詩歌地理圖景中，緊鄰以北京為中心的華北地區的東北三省以特殊的地理環境和屬地性格造就了一批先鋒詩人。豪放、粗獷、奔突、狂野的東北大地和白山黑水在這一時期閃現出少有的詩歌亮光。當然作為運動而言這一過程是短暫的，比如郭力家和邵春光等人的「特種兵」基本上在執行了兩三個「任務」之後即宣告解體——「揀來各軍兵種所有番號對對付付 ／ 縫上我這件渾身呲牙咧嘴的破衣裳 ／ 拒絕加入正規部隊 ／ 是我的本性」。多年之後，2007 年 1 與 11 日在北京火車站對面的一個胡同裏，呂貴品、蘇歷銘和郭力家當年東北的這些先鋒詩人正在華美倫飯店裏開懷暢飲。2007 年 1 月蘇歷銘的詩集《陌生的鑰匙》最終還是採取了自印的方式，這與蘇歷

〔註10〕 朱大可：《先知之門——海子與駱一禾論綱》，《不死的海子》，中國文聯出版社，1999 年版，第 137～138 頁。

〔註11〕 楊黎：《燦爛：第三代人的寫作和生活》，青海人民出版社，2004 年版，第 118 頁。

銘很多詩集都是「戴著非法出版物的帽子面世的」「先鋒性」是一脈相承的。儘管隨著文化體制和出版機構的商業化轉軌，一本有書號的詩集和坊間自印的詩集並沒有本質上的差別，區別可能在於出版社編輯過程中會刪掉一些帶有政治和身體色彩的文本。但是在 1980 年代自印詩集仍然是有一定危險性的，比如 1985 年吉林大學經濟系的蘇歷銘和中國人民大學人口學系的楊榴紅自費出版詩歌合集《白沙島》。著名詩人時任《詩刊》主編的張志民無比激動地為這本詩集做了序言《青春的詩，詩的青春》，「讀著兩位年輕人的詩作，我自己，似乎也忽然年輕了！他們牽著我的手，不！彷彿是拍了拍我的肩頭，不是稱我『伯伯』，而是把我作為他們的同伴，拎過那來不及繫好帶子的旅行包，說聲『走！咱們到白沙島去！』『走！』，已經花白的兩鬢，好像沒有提醒我年齡上的差異，一顆還不甘褪色的心，既沒有失去與他們作一次同遊的興致，也沒有拒絕他們的理由，我們欣然同往了！」這篇序言在上海的《文學報》發表，而不久之後上海出版局就在《文學報》上針對這本詩集發出了《非出版單位及個人不能自行編印出版發行書刊》的通報和批評：「你報六月二十日第二二一期第二版上發表了一則兩位大學生（蘇歷銘楊榴紅）自己編輯、自費出版、自己發行抒情詩集《白沙島》的消息。根據有關出版管理方面的規定，黨政機關、群眾團體、學校、企業、事業等非出版單位以及個人是不准自行編印圖書出版和發行的。你報發表這則消息很明顯是和有關出版管理方面的規定相違背的。」為此，蘇歷銘和楊榴紅不得不向有關部分說明情況。在北京市副市長陳昊蘇的幫助下這本自印詩集最終納入到北京出版社的出版計劃得以「合法化」地「正式出版」。1988 年楊榴紅先後輾轉香港和美國，如今成了旅美華人。2008 年 1 月 4 日楊榴紅回到北京在老故事餐吧舉行新詩集《來世》的首髮式。關於先鋒詩歌的「來世」我們無法預知，但是對於先鋒詩歌的「前世今生」而言我們還是可以做出諸多觀感的。在寒冷的天氣裏，我看到當年的很多「第三代」詩人都前來捧場，但是當年火熱的場面已經無法重現。這個時代仍然只能是詩人之間小範圍的互相支持。隔著老故事餐吧以及寥落的詩人，不遠處就是車流鼎沸的北京三環街頭。隨著時過境遷，這種殘餘的詩歌之夢與先鋒之痛不能不經受一個不痛不癢的時代摩擦，「我們患上熱愛詩歌的怪病，而這種病一旦染上，終生無法治癒。有時真想生活在久遠的年代，哪怕是民國時期，戰亂紛爭，卻可以戰死疆場，痛快的生與死，遠比現在不溫不火的生活更有意思。精神已經蒼白，財富在博弈中，

名利雙收似乎已成爲衡量成功的唯一尺度。」〔註12〕

　　說到東北三省人們自然會想到茫茫的林海雪原、白山黑水間粗野、豪壯的關東漢子和高大、豐滿、潑辣、直爽的東北女人。而東北文學似乎只在抗日時期呈現出了文學史家所稱的「東北作家群」，也似乎只有蕭紅、蕭軍、端木蕻良、穆木天、楊晦、舒群、白朗、羅烽、高蘭、辛勞、駱賓基、雷加、丘琴、鄒綠芷、鐵弦、師田手等人在文壇閃現出光輝。更多的時候東北文學似乎在二十世紀中國文學地理版圖中處於並不出眾的位置，甚至更多的時候靜寂無聲。而這裡的文學留給我們的印象最深的除了建國之後的《林海雪原》和1980年代電視文化開始流行時的《夜幕下的哈爾濱》和「說書人」王剛之外，就是三四十年代的蕭紅和她特有的北方女子的文學性格。由蕭紅的文字，時在動亂的上海閘北的魯迅已經看見了五年之前甚至更早的冰天雪地裏的北方以及哈爾濱，「這自然還不過是略圖，敘事和寫景，勝於人物的描寫，然而北方人民的對於生的堅強，對於死的掙扎，卻往往已經力透紙背；女性作者的細緻的觀察和越軌的筆致，又增加了不少明麗和新鮮」〔註13〕。然而魯迅所說的蕭紅《生死場》中女性作者的「明麗」和「新鮮」可能是想表明女性寫作與男性的不同，而就這部作品自身我們看到的卻更多是沉重和北方這塊土地上的悲涼和女性命運的悲慘遭際。而蕭紅在《生死場》中非常細膩和個性化的女性視角呈現出了東北大地上地理環境和人文環境的特點。夏日北方的田野、蔬菜和莊稼象徵了這片土地的生機和反抗，烈日的榆樹下啃食樹皮的山羊、「綠色的甜味的世界」的高粱、柳樹、楊樹以及菜圃上的大白菜、圓白菜、捲心菜、西紅柿、辣椒、倭瓜、黃瓜、青蘿蔔、白蘿蔔和胡蘿蔔都一起帶有東北黑土地的泥土氣息。東北特殊的地理環境，空曠大地上稀落的村落和人群，異常寒冷的空間使得生長在這裡的人們更渴望溫暖和交流，更希望在大聲說話和熱氣騰騰的酒桌上來驅逐寒冷和寂寞。徐敬亞、呂貴品、王小妮、張小波、郭力家、潘洗塵、蘇歷銘、張洪波、朱淩波等1980年代先鋒詩歌的寫作確也一定程度上呈現了「北方」的性格。在當時的一張照片上，這種北方性格有鮮活地體現。在一個公園內有一個高大的雕刻成大象模樣的假山石。徐敬亞、呂貴品、王小妮、郭力家、白光和張峰等11個人擺出各種姿勢拍照。男詩人一律佔據了這個假山的各個制高點，在最高處側身坐著一

〔註12〕蘇歷銘：《細節與碎片——記憶中的詩歌往事》，《陌生的鑰匙》，自印，2007年，第236～237頁。
〔註13〕魯迅：《生死場・序言》，黑龍江人民出版社，1980年版，第7頁。

人——白襯衫，白禮帽。

當時吉林大學 77 級中文系的徐敬亞、王小妮、呂貴品、劉曉波、鄒進、蘭亞明、白光等 7 名學生組成的「赤子心」詩社（人數最多時達到 24 人）成爲這一時期東北先鋒詩群的代表。這一詩社的成立以及幾個年輕詩歌寫作者的成長離不開當時著名的詩人公木的扶持。1978 年 9 月 21 日徐敬亞等人已經開始籌劃成立詩歌社團。當時的徐敬亞、呂貴品、張晶、鄒進、陳曉明和丁臨一等還親自給住在女生宿舍 326 室的王小妮寫了一封邀請函，「特邀王君小妮屈駕參加。餘有志同者，皆十分歡迎，並請於今天下午 16:00 整光臨 207 室，共商大計。」後來辦刊時還是公木先生從兩個備選詩社名字「赤子心」和「崛起」中敲定了前者。油印刊物《赤子心》共出版 9 期。從 1981年開始，在當時官方刊物發表作品還很困難的情況下呂貴品已經接連在《人民文學》、《青春》、《萌芽》、《青年文學》等發表詩作。這在吉林大學以及詩人朋友們中間引起了轟動，而呂貴品的單身宿舍也成了一個文學沙龍。成都詩人萬夏來到吉林大學找呂貴品的時候，萬夏已經留起了漂亮的大鬍子。「赤子心」詩社有一張集體合影。照片上共八個人，前排三個人或躺或坐，後排五個人一字排開成站姿。王小妮單手托腮似乎正在構思一首詩作，而徐敬亞意氣風發，雙手叉腰，面帶自信的微笑。可能是寒冷的氣候導致「赤子心」的詩歌帶有高亢的適合朗誦的大聲調。即使在天寒地凍的日子裏，這些被詩歌之火點燃的東北青年們仍然在校園和南湖等處朗誦和交流詩歌。而當時王小妮和徐敬亞的愛情故事更是給他們的詩歌寫作增添了傳奇性。他們不僅一起切磋詩藝，而且也談情說愛。在風雪中二人仍然親密地手拉手。在白樺林中是厚厚的白雪，徐敬亞騎在一棵樹上微笑著俯看王小妮，王小妮則站在樹下幸福地仰望。關於徐敬亞和王小妮的愛情生活還曾有過這樣一段趣聞：「爲了能和小妮締結戀愛關係，徐敬亞和呂貴品在一家小酒館裏進行過嚴肅的談判，最後徐消除戒備和疑惑，大膽地宣告詩人婚姻的誕生。」〔註 14〕「赤子心」詩社之後，蘇歷銘和包臨軒等人在 1983 年 9 月成立了北極星詩社。這個詩社延續了近 10 年的時間，期間所涉及到的詩人主要有蘇歷銘、包臨軒、曹鈞、王乃學、李學成、陳永珍、華本良、王占友、張鋒、鹿玲、丁宗浩、野舟、馬波、杜笑岩、田松等。

〔註 14〕 蘇歷銘：《細節與碎片——記憶中的詩歌往事》，《陌生的鑰匙》，自印，2007年，第 231 頁。

1980 年王小妮接到《詩刊》編輯雷霆（1937～2012）的一封信，邀請她到北京參加一個詩會。這就是後來震動文壇並影響深遠的首屆「青春詩會」。而無論是對於南方詩人還是對於王小妮、徐敬亞這樣土生土長的北方人，北京是具有強大的精神感召力和文化魅力的。在徐敬亞的積極爭取下他作為年輕評論家的身份和王小妮一起在 1980 年代夏天離開長春前往北京參加青春詩會。臨行前曲有源等詩人專門為徐敬亞和王小妮在南湖九曲橋舉行送行儀式。有關單位則示意徐敬亞到北京後不要和任何「地下」刊物聯繫。1980 年 7 月 20 日徐敬亞和王小妮到達北京車站，這時候徐敬亞想到的是食指的那首《這是四點零八分的北京》。時年 25 歲的王小妮興奮莫名地坐在天安門廣場前拍照，笑容燦爛。而對於王小妮和徐敬亞而言天安門廣場確實是一個「讓人無法平靜的地方」（王小妮語）。參加首屆青春詩會的這些年輕詩人除了江河、顧城等北京詩人外，其他的都住在當時虎坊橋的《詩刊》社。這些低矮的平房卻使得 80 年代的先鋒詩歌達到了一個高峰。詩會期間，北島和芒克、楊煉的到訪在青年詩人中引起了炸彈般的反響。徐敬亞和王小妮還參加了北島等人組織的沙龍活動以及謝冕、吳思敬和孫紹振在《詩探索》創刊前召集的青年詩歌會議。

在 1980 年代的校園先鋒詩歌熱潮中，黑龍江省大學生詩歌學會主辦《大學生詩壇》（1984 年 8 月創刊）有著廣泛的影響。82 級哈爾濱師範大學中文系學生潘洗塵擔任主編。主要成員有程寶林、彭國梁、錢葉用、張小波、蘇歷銘、傅亮、陸少平、王雪瑩、楊川慶、楊錦、許寶健、蘇顯鍾、王廣研、李鋒、菲可、袁曉光、艾明波、唐元峰、王鑫彪、桂煜、沙碧紅、李光武等。《大學生詩壇》創辦半年之後，重慶市大學生聯合詩社創辦了後來影響深遠的《大學生詩報》。主要涉及來自云南大學、蘭州大學、中國人民大學、復旦大學、哈爾濱師範大學、安徽師範大學、華東師範大學、西南師範學院的于堅、梁平、尚仲敏、宋琳、潘洗塵、張小波、燕曉東、張建明、邱正倫、楊榴紅、胡萬俊、菲可等。

在這一代詩人身上一直有著「遠方」的情結和衝動，無論是海子的《九月》等一些詩，還是王家新的《在山的那邊》、韓東的《山民》以及呂貴品的《遠方有大事發生》、潘洗塵的《六月，我們看海去》、楊榴紅的《白沙島》都證明了這一點。東北詩人宋詞在 1985 年甚至有騎著單車轉遍全國的壯舉。

1982 年 5 月 1 日國際勞動節這天呂貴品寫下這首名為《遠方有大事發生》

的詩：「一棵光禿禿的樹下有一塊石頭／他習慣坐在那裡／看一列又一列火車／通過遼闊的原野走向遠方／／每天他都這樣／他已經十四歲了／／他生長在火車道邊／可從沒有坐過火車／只能靠在樹上嘴裏發出火車轟轟的聲音／他的父親面對奔騰的火車／卻打著哈欠／／他又一次要求想坐坐火車／父親告訴他／老了再坐／現在你的兩條腿還能走／／火車上有許多窗口／他記得有個小女孩／向他微笑過／他在鐵道邊撿了幾張漂亮的糖塊紙藏起來／覺得遠方有大事正在發生／還有他所喜歡的一切／也都在遠方／／終於他決定離開那棵樹／離開那塊石頭／去坐一次火車／軌道伸向天邊／沿著軌道奔走使他興奮／坐火車能夠接近雲／走了很多的路／他餓了／但他不願離開這條軌道／他要順著這條軌道走下去」。儘管呂貴品這首詩敘述節奏顯得拖沓，但有意思的是王家新、韓東和呂貴品在《在山的那邊》、《山民》和《遠方有大事發生》這三首關於「遠方」的詩中都是採用了敘述的呈現手段並且都設置了父親和兒子之間的對話。顯然，「父親」、「兒子」對「遠方」的態度是矛盾的，而這正體現了 1980 年代先鋒詩人們的集體衝動、反叛和自由的願望。1985 年春天呂貴品完成詩作《向南走》，這似乎預示了不久之後那場轟轟烈烈的現代詩群體大展的前奏。1985 年呂貴品辭去吉林大學教師的公職南下深圳與徐敬亞匯合。曾經有人告訴過王小妮說中國有兩個地方乞丐最願意去，一個是東北，一個是深圳。理由是東北人心熱，深圳人手鬆。而王小妮和徐敬亞這兩個東北人卻機緣巧合與深圳結緣，儘管其中的辛苦和流放之感只有他們自己最能體悟。

1985 年 1 月 3 日東北極其寒冷的時刻，徐敬亞幾乎是兩手空空獨自一人從長春火車站登上南下深圳的列車。

在王小妮印象裏徐敬亞用他那隻慣用的左手抓住門邊的鐵扶手登上了火車。這一刻在他們看來無疑是「大抉擇的時候」。火車一直向南，「他的腳再也不用落在這片雪地上」。儘管徐敬亞是被迫離開吉林，但是深圳作爲一個遙遠的「南方」也正好暗合了那一年代青年人所嚮往的一個夢想。在三個多月離別的日子裏，王小妮帶著幼子等待並接連寫下了《車站》、《家》、《方位》、《獨白》、《告別》、《冬夜》、《愛情》、《三月》、《日頭》、《岔路》、《晚冬》、《完整》等近 20 首詩歌。在《車站》這首詩中我們能夠看到一種難以言說的別離的惆悵以及命運的無奈感。也許此刻只有相互安慰和彼此撞身取暖，「手緊插進大衣口袋／你的車廂終於隱去／很好／束著肩，匆匆走過窄路／一團濃厚的煙／使我們彼此再也不能望見／／眼淚開始流動／這什麼也不說明／路軌走

向車站／就是爲了曲折錯雜／很好正合你意」。分別數月之後，王小妮也終於坐上開往「中國最南面的邊界線」深圳的火車，「從當時那個很狹窄的小火車站裏走出來。迎面看見大幅的美國香煙廣告，還有一棵過於茂盛、彷彿正在爆炸之中的亞熱帶大樹。那是我一生中呼吸最暢快的時刻。我是輕鬆而寬納地一步步走進廣東話奇形怪狀的密網。我不知道該向哪個方向走，但是它當時是我想像中的自由之城。」〔註15〕而殘酷的事實卻是因爲「現代詩流派大展」《深圳青年報》社被解散，王小妮也遭到單位解職。在 1987 年夏天這場所謂的「驅徐運動」中徐敬亞又獨自一人回到東北。正是當時這種動盪的生活以及陌生的深圳給王小妮心靈上以巨大衝擊，而 1980 年代末期卻成了她詩歌的爆發期。1988 年其油印詩集《我的悠悠世界》問世。其中就有那首後來廣爲傳頌的《不認識的就不想再認識了》：「到今天還不認識的人／就遠遠地敬著他／三十年中／我的朋友和敵人都足夠了。／／行人一縷縷地經過／揣著簡單明白的感情。／向東向西／他們都是無辜。／我要留出我的今後。／以我的方式／專心地去愛他們。／／誰也不注視我。／行人不會看一眼我的表情。／望著四面八方。／他們生來／就不是單獨的一個／注定向東向西地走。／／一個人掏出自己的心／扔進人群／實在太眞實太幼稚。／／從今以後／崇高的容器都空著。／比如我／比如我蕩蕩來蕩去的／後一半生命」。同樣是 1988 年夏天，徐敬亞和孟浪（時爲深圳大學出版中心編輯）爲了《中國現代主義詩群大觀 1986～1988》出版事宜坐火車來到長沙。徐敬亞還獨自暢遊湘江並在橘子洲頭意氣風發地與孟浪合影留念。這還不算過癮，徐敬亞和孟浪還坐火車去了韶山沖。徐敬亞甚至趁管理員不在，將一隻腳踩在主席故居的一張大木床上拍照。這一時期王小妮的詩歌給我們呈現的是與日常生活相關但又被日常生活中的我們所忽略的「另一個世界」的城市景觀。她以冷峻的審視和知性的反諷以及人性的自審意識抒寫了寒冷、怪誕的城市化時代的寓言。而這些夾雜著眞實與想像成分的白日夢所構成的寒冷、空無、疼痛與黑暗似乎讓我們對城市化的時代喪失了耐心與信心。我們所看到的是灰暗城市裏車站和天橋上的人流，沈暗臥室裏投射進的陽光，水泥曠野裏的仰望者和砸牆者，在時光的斑點中瘋狂行駛的列車上顛簸動盪的靈魂，塗脂抹粉又難掩荒蕪的現代城市。這一切都使得我們不斷驚悚於現代化進程中一再

〔註15〕王小妮：《一直向北：我的人生筆記》，時代文藝出版社，2007 年版，第 198 頁。

被忽略的寒冷與眞相。王小妮這種「不相信」的質疑性的姿態和冷靜的觀察視角讓我們看到了一場場飛降的大雪般的嚴酷與寒冷。一個被不斷改造和拆遷的現代化城市裏車流和人流都在瘋狂飛奔，而詩人則是那個時時爲時代踩下刹車的人。她不是旁觀者，也不是道德律令的持有者。她是一個持續的發問者，是一個城市寒夜裏的失眠者和心悸者。她同時也是一個孤獨的介入者，她的詩歌正在等待我們的呼應。基於此，冷靜的反諷成爲王小妮這些關於城市詩歌寫作不得不爲之的選擇。值得注意的是王小妮關於城市的詩歌大多都帶有很明顯的時間性場景，比如清晨、中午、黃昏、夜晚等。而圍繞著這些場景則出現了光芒與陰影，寒冷與溫暖並存的平淡無奇但是又具有強大心理勢能和象徵力量的核心意象。在屋子裏的陽光、乾涸河道上的夕陽、暴風雨之夜的閃電、稀薄的月光、無光的燈以及火車窗口刺目的陽光中我們可以發現王小妮詩歌文本中所顯現的時代光影以及無處不在的巨大陰影。而與這些場景和意象相關的則是詩人的情感基調是反諷的、冷峻的、悖論的、無望的。這是否印證了對於曾經的鄉土中國和具有農耕情懷的人們而言，每個人都宿命性地成爲了大大小小城市裏的異鄉人和精神漂泊者？而對於由北方南來的詩人王小妮是不是更是如此？王小妮詩歌的視點既有直接指向城市空間的，又有來自於內心淵藪深處的。而更爲重要的還在於王小妮並沒有成爲一個關於城市和這個時代的廉價的道德律令和倫理性寫作者，而是發現了城市和存在表象背後的深層動因和晦暗的時代構造。而她的質疑、詰問和反諷意識則使得她的詩歌不斷帶有同時代詩人中少有的發現性質素。比如她詩歌中的這些詩句，「後面的後面」，「背後的背後」，「屍體上的屍體」等。王小妮的詩歌往往會選擇一個很小的日常化切口，但是她最終袒露出來的卻是一個個無可救藥的痼疾與病竈。在此意義上王小妮是一個後工業時代或者一個後社會主義時代裏的寓言創設者。她的「小詩歌」就是「大社會」。而王小妮也更像是一個城市裏的巡夜人，她的虛弱的燈盞在城市黑暗的最前線，而她所要迎接的風雨要更爲嚴酷。而失眠和偏頭疼的詩人形象則爲我們打開了寒夜裏一個個窄門，當我們擠身進入的時候那迎面而來的寒冷讓我們在些許清醒中重新認識了自己、認識了身處的這個城市以及這個時代最爲日常又最爲步步驚心的眞相與風暴。

當多年之後王小妮和徐敬亞在深圳的一個公園的草坪上平靜而悠閒地合影的時候，1980 年代的先鋒詩歌以及個人遭際是否也變得平靜？儘管徐敬亞

經受了命運的磨難，但是他幸運地趕上了（更準確地說是「創造了」）一個詩歌的黃金年代。簡單舉一個例子，當時江河、楊煉和顧城在北京做詩歌講座之前，消息（確切地說是「廣告」）已經提前登在了《北京晚報》上。即使是在 1980 年代的最後一年，當徐敬亞和宋詞、溫玉傑這三個東北人在珠海喝酒的時候他們也受到了公眾的特殊「擁戴」和禮遇，「最後的高潮，場面感人。不知什麼時候。餐廳老闆已落座傾聽，還聽得如醉如癡。後來也一起喝了起來，中間甚至喊出了『你們全是神人啊』這樣的句子。於是，整個餐廳的服務員小姐團團圍成一圈，站在我們四人周圍。每當妙語出籠，全場一片鼓掌聲、叫好喝彩聲。」〔註16〕

　　中國先鋒詩歌經歷了集體的理想主義的「出走」和「交遊」之後，詩人的「遠方」（理想和精神的遠方）情結和抒寫已經在 1990 年代宣告終結。尤其是新世紀以來不斷去除「地方性」的城市化和城鎮化時代，我們已經沒有了「遠方」。順著鐵路、高速路、國道、公路和水泥路我們只是從一個點搬運到另一個點。一切都是在重複，一切地方和相應的記憶都已經模糊不清。一切都在迅速改變，一切都快煙消雲散了。

第三節　從貴州道到廣場「啓蒙」的泛政治狂想

　　布爾迪厄的「場域」理論在目前的中國文學研究界已經成了「顯學」，幾乎人人都在各種文章中談論「場域」。而談論上個世紀 60 到 80 年代的先鋒詩歌尤其是南方與北方詩歌的關係，布爾迪厄的「場域」理論確實十分湊效。按照布爾迪厄的說法，一個時期的「場域」在獲得其自主性和主導地位之後就會隨之出現一個二元對立結構。也即在主導性「場域」之外存在一個邊緣的、非主導性的時時覬覦主導性結構的一個張力結構。這兩種結構此消彼長的衝突和張力關係構成了「場域」的變動史。在當代漢語詩歌史上尤其是在 60 年代初期到 80 年代中期，以北京爲核心場域的北方詩歌無疑佔有著高高在上的主導性地位。無論是北京的各種沙龍和讀書小組，還是導引性的先驅詩人食指名滿天下的詩歌寫作，甚至是白洋淀詩群、「今天」和「新詩潮」接連不斷的強勢影響，這都不斷加重和渲染出這一時期北方詩學的強大和不可撼動。實際上相對處於「邊地」的貴陽也並不像黃翔（被貴州詩人稱爲「詩歌

〔註16〕徐敬亞：《燃燒的中國詩歌版圖》，《天南》，第 3 期（2011 年 8 月）。

界的顧準」）等人後來所偏激地指責他們完全被北方詩人忽略，貴陽連同那些詩人一起成爲詩歌史不能輕易繞開的存在。1995 年夏天，貴州紅楓湖詩會後徐敬亞、唐曉渡還專門到貴陽市郊看望黃翔，「黃翔流著眼淚，說著那些年的往事。我和曉渡都說歷史不會淹沒一位詩人」〔註17〕。

　　雲籠霧罩的貴州高原向來以其「多山」著稱。這裡的高原、山地、丘陵、壩子等特殊的地理景觀及其所生成的文化景觀自具特色。處於遙遠的「邊地」和「外省」的貴州加之特殊的政治年代形成以黃翔和啞默爲代表的悲劇性命運，這使得一些詩人的寫作和詩歌行動充滿了激烈的政治情結和運動心理。我們首先可以在「邊地」貴州的地理風貌上瞭解這一地區詩人的生活處境、性格特徵和寫作環境：「川黔道上形勢的險惡，眞夠得上崎嶇鳥道，懸崖絕壁。尤其是踏入貴州的境界，觸目都是奇異的高峰：往往三個山峰相併，彷彿筆架；三峰之間有兩條深溝，只能聽見水在溝內活活地流，卻望不到半點水的影子。中間是一條一兩尺寬的小路，恰容得一乘轎子的通過。有的山路曲折過於繁複了，遠遠便聽見大隊駄馬的過山鈴在深谷中響動，始終不知道它們終究來在何處。從這山到那山，看著宛然在目；但中間相距著是幾百丈寬的深壑，要經過很長的時間才能達到對面。甚至於最長的路線，從這邊山頭出發是清晨，到得對山時已經是黃昏時分了。天常常醞釀著陰霾，山巔籠罩著一片一片白穀似的瘴霧，被風嫋嫋地吹著，向四處散去。因爲走到這些地方，也許幾天才能看見一回太陽；行客則照例都很茫然於時間的早晚，一直要奔波到夜幕低垂，才肯落下棧來。在貴州界內最稱險絕的是九龍山溝，羊角硵，石牛欄，祖師觀……這幾處，都是連綿蜿蜒的山嶺，除了長壑天壍之外，石梯多到幾千級。從坡角遙望聳入雲端的山頂，行旅往來宛如在天際低徊的小鳥，更沒有想到自己也要作一度的登臨。」〔註18〕險峻無邊的群山、深不見底的溝壑、成千上萬難以計數的山路和石階以及漫延的陰霾霧瘴使得貴州詩人更多的時候處於沉默和孤獨的幻想之中。同時大聲叫嚷的方言以及同樣倔強、暴烈的性格也在詩歌中得以呈現。特殊的地理環境、山地文化（山地占貴州全省的 87%，餘下部分爲丘陵和壩子）導致這裡長時期成爲邊緣的「外省」。而在上個世紀的七八十年代，貴州本土詩人對這種「外省」身份的焦灼以及迫切希望得到北京「中心」認可的心理導致了一系列地震般的詩歌行動

〔註17〕徐敬亞：《燃燒的中國詩歌版圖》，《天南》，第 3 期（2011 年 8 月）。
〔註18〕蹇先艾：《在貴州道上》，《東方雜誌》，第 26 卷第 9 號，1929 年 5 月 10 日。

和泛政治化的狂想。這種邊地性的焦慮與緊張卻恰恰在很大程度上使得這些詩人相當敏感多思，他們對當時以北京爲中心的詩歌和政治動向極其關注。1976 年「四・五事件」發生沒多久，遠在貴陽的黃翔就寫下了《不，你沒有死去——獻給英雄的 1976 年 4 月 5 日》——「你的鐵錘般沉重的拳頭／仍然還在沉默中挑戰和應戰／你的血肉模糊的身軀／仍然還在無聲地控訴和吶喊……／你將重新高舉起覺醒的旗幟／戰勝那曾經用槍口對準你的／把人的權利莊嚴地大聲宣佈」。

　　與此同時以貴州爲象徵的西南詩歌對強勢北方詩歌的羨慕、挑戰和覬覦、不滿恰恰呈現除了特殊年代地方詩歌和話語空間的不對稱性。無論是小範圍的聚集於野鴨塘的詩歌沙龍，還是文革結束之後黃翔數次帶著宣言、扛著詩歌到天安門廣場、西單民主牆和北京的高校演講都呈現出西南這種邊地性詩歌的弱勢特徵以及因此而生發的強烈的抗議性。而黃翔等詩人的這種抗議性恰恰是通過更爲急躁和誇張的政治運動式的手段得以進行的。所以在當時特殊的歷史語境之下這種運動手段是不可能被主流權力所接受的。黃翔令人唏噓感歎的個人遭際已經說明了一切。當然現在看來上個世紀 90 年代西方對黃翔的「接受」顯然又是得力於這種強烈的政治寓言效果和黃翔同樣強烈的政治和運動情結。儘管黃翔曾經爲此而受難，但是從後來看這無形之中給他帶來了「寶貴」的文化資本。黃翔在 1990 年代開始受到西方的關注和接受，1992 年英國國際名人傳記中心將黃翔和啞默收入第 10 屆《世界知識分子名人錄》，同時啞默和黃翔獲得 1992～1993 年度世界名人提名。英國國際名人傳記中心授予黃翔世界知識分子稱號和二十世紀成就獎。1993 年初，英國國際名人傳記中心和美國國際名人中心聯合邀請黃翔和啞默出席在美國波士頓舉行的第 20 屆世界文化藝術交流大會。而如今黃翔和他的妻子正在美國的別墅裏寫詩、寫字。黃翔得到了「國際」的認可和榮譽實際上卻有著非常特殊的意味，甚至在一些深諳個中原由的詩人看來有過度的誇張和荒唐的色彩，「1992 年，我不斷收到英國劍橋國際名人傳記中心寄來的東西，《國際名人錄》，《國際知識分子名人錄》，《成功者》（若是旁觀者，我就繳納成本費了），《二十世紀成就獎》……高興了一陣子，很快就成了我們的笑話。我和趙野老拿這事開心。但我想到當時處境非常艱難的黃翔或許有點用。便推薦了他和啞默。若不其然，他因此受邀去了趟美國。又作了幾次眼眶潮紅的『死亡

朗誦』。聲稱『規模宏大』。結果只有 20 來人。許多還是 1978 年『民主牆』的朋友。在他寄給我的華人報紙上，除了一條簡訊，我注意到，幾乎同時，不遠的公園裏，正舉辦一個『中國式的』遊園活動，數以千計的美國人，排著隊，品嘗小吃，看雜技和土風舞，用中文取名……而不是讀詩」〔註 19〕。而通過黃翔等詩人對北島等「今天」詩人的強烈不滿，甚至直接將槍口對準艾青以及當時對文革、政治和毛澤東的激烈評價都能夠顯現出一種邊緣詩歌存在的無處不在的的焦慮。這種焦慮在特殊的年代竟然是以如此特殊和激烈的方式體現出來。說到黃翔很容易讓人想起北方的食指，甚至食指的文學史意義更多的時候被指認爲高於黃翔。這自然引起包括黃翔在內的貴州詩人的不滿，比如張嘉諺所抱怨的「可直至十多年後，在論及那一段詩歌史實時，連新詩潮最權威的『首席評論家』謝冕，也極謹慎地將他列名在『食指』之後。而『食指』其人，無論『獨立寫作的先行期』還是其詩的容量、份量、力量和重量，顯然難與黃翔相提並論。此外，便是以『崛起』詩評著稱的徐敬亞與後崛起的詩人們對黃翔的盲視、曲解與迴避。」〔註20〕

　　黃翔曾經說過自己從來都沒有和北京的那幫「今天詩人」們有過交往，但這明顯與事實不符。這又在很大程度上說明黃翔這位西南詩人對北京詩人的不滿和某種覬覦心理。芒克的家裏，有黃翔和啞默送給芒克的一幅書法：「天生我才必有用」。1979 年秋天黃翔帶領「啓蒙」的成員到北京會面「今天」詩人。在圓明園留下了這歷史性的一刻，當時有北島、芒克、黃銳、江河、陳邁平、甘鐵生以及黃翔、莫建剛、薛明德、張玉萍、於美好等人。1980 年代，時在北京的貴州詩人王強曾帶著黃翔到芒克家裏，宣傳黃翔創立的「宇宙天體星團」，「我至今沒明白這個『宇宙天體星團』到底是何物？是個詩人團體呢，還是什麼新的思潮或者新的發現？反正我猜得出這種稀奇古怪的花樣兒肯定都是老黃翔的產物。因爲他這個人從不甘寂寞，所以免不了要折騰。」〔註21〕至今芒克仍然留有當時自己帶著黃翔夫婦和王強在圓明園的一張照片。當時是冬天，在圓明園的廢墟下芒克這位北方詩人顯得格外高大，他的身旁是黃翔夫婦。黃翔穿著淺色的羽絨服，秋瀟雨蘭穿著深色的大衣、圍著毛圍脖。1993 年夏天的一個傍晚，芒克帶著食指、黃翔、黑大春等人去

〔註19〕鐘鳴：《旁觀者》（第二卷），海南出版社，1998 年版，第 765 頁。
〔註20〕張嘉諺：《中國摩羅詩人——黃翔》，打印稿。
〔註21〕芒克：《瞧！這些人》，時代文藝出版社，2003 年版，第 121～122 頁。

拜訪崔衛平〔註22〕。而當 1993 年與詩人過從甚密的攝影家肖全給芒克拍的照片遭受到芒克的憤怒和尖銳批評的時候，我們還能夠從這些瑣碎甚至在一般文學史家那裡毫無意義的日常細節中能夠看到以芒克爲首的這些曾經叱吒詩壇的北方詩人的性格和仍然時時閃現出的北方精神——直率、天眞、灑脫、不羈。柏樺也曾在 90 年代初「現代漢詩」編委會稱芒克爲「極權」詩人，當時在安徽爲期三天的編委會上，芒克強行拉著柏樺喝酒、打籃球。

在敘述文革時期的詩人時由於種種複雜的原因，同樣在文革時期進行「地下」寫作群體受關注程度顯然不如食指和白洋淀詩群〔註23〕。黃翔在 90 年代寫給鐘鳴等人的信中反覆強調自己對貴州詩人群被忽略的強烈不滿。值得提及的是1994 年作家出版社擬出版黃翔詩文選集《黃翔——狂飲不醉的獸形》一書。以下是當年作家出版社製作的海報：

作家出版社 　　　　　　　最新隆重推出

《黃翔——狂飲不醉的獸形》

三十年風雨兼程　　三十年坎坷人生　　三十年心血之精華

歷史並非虛構存在，民族裂變的靈魂
決不裝飾以虛幻的色彩和淺薄風尙的花冠，
而是殷紅荊棘悲劇的沉寂。

但是由於種種原因，尤其是政治原因，收入黃翔 1959 年以來的詩歌、詩

〔註22〕 崔衛平：《郭路生》，《持燈的使者》，廣西師範大學出版社，2009 年版。
〔註23〕 錢玉林在談到「上海詩人群」時認爲這些時間上要早於「白洋淀」詩人群，更早於「朦朧詩」作者的上海「地下詩人」，這些與紅衛兵造反奪權無緣的「平民的兒子」至今仍被歲月沉埋被現今的詩壇所排斥和遺忘。當下沒有一家刊物能發表他們當年的詩作，但錢玉林認爲這些詩人在 30 年前所發出的聲音「終究沒有全部消隱，沒有全部隨時光泯滅。他們保存下來的可貴的一部分，因陸續出版（這非常不易），已漸漸爲國內外新詩研究者、十年『文革』文學研究者所注意。」參見《BLUE》，2001 年第 1 期。

論、隨筆的《黃翔・狂飲不醉的獸形》詩文集最終沒有出版。該書遲至 1998 年 8 月才由紐約天下華人出版社出版。黃翔至今已出版大量的詩文集，也有少數的新詩選本〔註 24〕將黃翔歸入「朦朧詩人」的行列，但黃翔的詩作至今仍是得到有限範圍的認可。儘管一些新詩史和文學史在敘述文化大革命時期的「地下」詩歌時仍會禮貌性地談到黃翔和貴州詩人的簡略情況〔註 25〕。

　　黃翔 1941 年 12 月 26 日出生於湖南桂東，半生命運多舛。而他的出身更是在當時給他帶來難以想像的厄運，父親是國民黨東北保密局的局長，母親早年畢業於復旦大學。因為特殊的家庭背景，黃翔出生不久就被帶到湖南桂東農村的養父母家。因為出身不好，黃翔從兒童時代就被視為危險的異類分子，8 歲時即被遊街和關押。這種政治災難給黃翔一生產生難以言說的影響。14 歲的黃翔從湖南回到貴陽，在工廠當學徒。而三年之後，也即 1959 年黃翔在青春期的衝動下登上了開往大西北的列車。而因為企圖偷越國境罪黃翔被勞改三年。文革爆發不久，在抄家中父親的照片、委任狀以及黃翔的詩歌手稿、書信都被作為罪狀的鐵證。黃翔以現行反革命罪入獄，精神崩潰的黃翔曾幾次被送進精神病院。如此酷烈的人生命運和政治遭際無形中加速了黃翔爆裂的反抗性，也形成了難以抹去的政治情結。

　　處於「流放」中的黃翔最終在啞默位於野鴨塘的房間以及廢棄的天主教堂裏找到了詩歌、音樂和靈魂的安頓之所。

　　當時沙龍主要涉及音樂、詩歌、哲學等，主要人員有啞默、黃翔、李家華、郭庭基、白志成、江長庚、曹秀清、李樂年、戴舜慶、包曉冬、朱虹等。黃翔拿著自製的巨大蠟燭在啞默房間裏朗誦《火炬之歌》的情形也在今天成了詩歌史上的傳奇，儘管這種傳奇曾長時期被淹沒在北方詩歌的巨浪之下。值得注意的是當時的沙龍也不能排除男女之間情感的因素，比如貴州詩人圈裏至今幾乎不被提及的幾位女性，如譚曉星、陶娟娟、朱虹等。當文革結束，鬱積多年的火山終於可以噴發了。1978 年 10 月 10 日黃翔帶領「啟蒙」成員方家華、莫健剛等扛著詩歌進了北京。《火神交響詩》被張貼在人民日報社的牆上。僅僅一個月之後，黃翔、李家華、方家華、楊在行、莫健剛、胡長論

〔註 24〕 如洪子誠、程光煒編選的《朦朧詩新編》（長江文藝出版社，2004 年版）和謝冕、唐曉渡編選的《在黎明的銅鏡中・朦朧詩卷》（北京師範大學出版社，1993 年版）。

〔註 25〕 需要強調的是黃翔在 1958 年即已開始發表詩歌，洪子誠、程光煒編選的《朦朧詩新編》（長江文藝出版社，2004 年版）認為黃翔是在 1965 年開始發表詩歌是一種不確切的說法。

等人（羅賓孫和黃傑在大字報上簽字，但因故未到北京參加活動）再次到北京張貼詩歌大字報《致卡特總統的信》以及李家華的長篇評論《評〈火神交響詩〉》。李家華這篇文章以極具煽動性和挑戰性的言辭「清算」了文革，「他們用揚聲器反覆播送一種聲音發動進攻，用書籍、報刊反覆講一種觀點發動進攻……在他們的大舉進攻面前，人們白天沉默寡言，夜晚惶恐不安，有如在劫難逃的驚弓之鳥……在他們滅絕人性的紅色戰爭面前，健康的人會突然病倒，正常的人會突然發瘋，抵抗力差的會突然死去……每天都有服毒自殺和上弔喪命的消息傳來……厄運隨時都可能他降臨到每一個人的頭上……惶惶不可終日……絕望已經到了極限……只有一個希望在心中擴張著：地球儘快爆炸，讓製造罪惡的人和被罪惡毒害的人全部同歸於盡」。當時大字報由 90 張句型紙組成，長度竟然近 100 米。他們在大字報上留下的地址是貴陽八角路一號。此後黃翔接二連三到北京高校演講，他的政治情結是如此的強烈。極強的革命後遺症和過於膨脹的自我意識和占位衝動在很大程度上損害了這些詩人和詩歌，「啊中國，我看見你站起來了，在民主牆上。／你在這兒站著大聲疾呼，大聲發言。／你手裏提著油印機的滾筒，／或者一張剛油印好的詩篇，／身上沾滿了藍色的黑色的油墨。／你被無數的人包圍著，是的，／無數的人，越來越多的人，／男人們，女人們，老人們，孩子們」（黃翔：《民主牆頌》）。

當黃翔 1978 年第二次到北京時幾乎完全成了政治運動的重演。

他在廣場上高呼「文化大革命必須重新評價」，「毛澤東必須三七開」。每一次來北京黃翔等人有兩件事必須做，一是吃烤鴨，一是到天安門前合影。而當時身居北京的北島對外省詩人和刊物的評價顯然更具準確性和預見性，「《啓蒙》在北京的效果並不理想。批《啓蒙》的大字報姑且不談，在一些有思想的年青人也反響不大。我和我的朋友們認為，主要原因在於內容過於空乏，而且把自己的位置擺得太高，這樣容易失去群眾」〔註 26〕。值得注意的是黃翔和李家華因為分歧而導致「啓蒙社」分裂。1979 年 3 月李家華等人在北京西單民主牆和北京大學宣佈成立「解凍社」。李家華等一行人離開北京後又一路在南京、上海、杭州、貴陽等地宣傳「解凍社」。值得注意的是南京和上海等地也都有民主牆，一般設在廣場上，比如上海的人民廣場民主牆、重慶解放碑附近的民主牆。李家華和汪印風於 4 月 5 日早上在重慶被捕，關押

〔註 26〕北島 1978 年 12 月 9 日寫給啞默的信。

於原來的中美合作所，後又轉押至貴陽的豺狗灣看守所。而這場轟轟烈烈的民主運動和「地下」刊物活動是短暫的。1979 年 3 月《探索》發表魏京生的文章《要民主還是要新的獨裁》使得這場民主運動很快因爲政治風向的變化而戛然結束。

北京已經成爲黃翔等西南「邊地」詩人心目中的一個高大的舞臺。這給那個時代包括黃翔在內的「外省」詩人製造了運動和詩歌的雙重幻覺──只有北京才是唯一的展示中心。而這種核心所帶來的影響和力量確實可以從黃翔當年進京時的轟動場面中得以印證：

> 一百多張巨幅詩稿卷成筒狀，如炮筒，如沉默的炸藥，如窺視天宇的火箭，我抱著它上了火車、扛著它進了北京城。……牆上出現了一把我自畫的火炬。接著，兩個籮筐那麼大的字「啓蒙」赫然顯現。接著，是我親自奮筆疾書的《火神交響詩》……街上的交通馬上被堵塞。我應群眾的要求即興朗誦。在手挽手地圍住我、保護我的人群中，我只有一個感覺：一個偉大的古老的民族的肌肉正在我周圍重新凝聚。我第一個人點了這第一把火。我深信，我一個並不爲世界知曉的詩人，在北京街頭的狂熱的即興朗誦，遠勝於當年匈牙利詩人裴多菲朗誦於民族廣場。〔註27〕

北京，這個政治和文化、文學的中心在 60 到 80 年代不僅吸引著來自西南的像黃翔這樣的「邊地」詩人，同樣身出北京的詩人對北京、天安門廣場、西單民主牆以及各個高校所懷有的那種衝動也是今天的人難以想像的，「我之所以選定北京，因爲在那兒，立於天安門廣場，撒泡尿也是大瀑布！放個屁也是驚雷」〔註28〕。換言之，在那樣一個特殊的時代北京作爲北方乃至全國詩歌的中心召喚著南方和北方的詩人來到這裡「朝拜」。當然，身在北京的北島、芒克等詩人照之邊緣的其他省份的詩人還是天然獲得了一種地理、文化和心理上的優勢。同時北京的這種中心位置不能不受到「外省」詩人的妒忌甚至不滿。加之像黃翔這樣的過於自我膨脹的詩人，即使像北島這樣冷靜、平和、客觀的詩人也不能不對黃翔這樣的南方詩人敬而遠之。1983 年，北島等人曾到貴州遵義參加一個詩會，途徑貴陽時北島卻沒有和黃翔聯繫，這使黃翔大爲惱火。而去北京時黃翔則聯繫一切可能聯繫的詩人，時在《新

〔註27〕黃翔：《狂飲不醉的獸形》，《大騷動》，1993 年第 3 期。
〔註28〕黃翔：《狂飲不醉的獸形》，《大騷動》，1993 年第 3 期。

觀察》工作的北島因為工作原因耽擱了與黃翔的見面。結果黃翔居然找到《新觀察》雜誌社並當面質問北島。黃翔曾在 1986 年「第三代」詩歌運動的熱潮中帶著剛剛炮製的「中國詩歌天體星團」再次來到北京。這次黃翔、啞默等人同樣野心勃勃，「詩歌天體星團將以野公牛和野母牛的方式瞪視和騷亂『小視』自己的新舊『紳士詩壇』，將以颶風嗥叫水面的姿勢蕩滌一切精神界的浮渣泡沫。泡沫消失，渣滓蕩盡，水底原岩方始微露水面」，「一切製造『詩歌』和『理論』的『小爐匠』滾開！一切空頭『理論』與詩創造不相契合者滾開」〔註29〕。黃翔企圖在北京再次引爆詩歌，他先後在北大、人大、北師大、中央工藝美院和魯迅文學院等地舉行詩歌朗誦和即興演講。但包括北大那次，黃翔等人的活動多被叫停。黃翔也因為擾亂社會治安以及「引動學潮」而再次入獄。至此，「啓蒙」和「天體星團」宣告結束。

　　文革期間錢理群在貴州安順師範教書，其時住在婆家灣水庫附近的一個小房子裏。一個偶然的機會錢理群與張嘉諺相識並開始讀書和交流活動。1980年 10 月，張嘉諺在貴州大學主編民刊《崛起的一代》。第一期即發表針對艾青和周良沛等「大詩人」的批判文章，刊物後來被禁。而遠在西南僻壤的青年詩人對艾青等成名詩人的不滿也似乎暗示了一個年輕詩人時代的到來，「當艾青擺出權威的架勢，蔑視無權無勢的年輕人的挑戰，並企圖利用政治的力量將其扼殺時，他就已經宣告了自己作為一個有良知的知識分子與詩人的死亡，艾青的詩歌創作就是由此走下坡路的，這絕非偶然」〔註30〕。

　　那麼多的外省詩人對北京的印象是一致的，他們認為這裡才是中國詩歌的核心。而當他們懷著莫大的期待和熱情來到這個巨大的廣場的時候迎接他們的卻是極大的反差，冷漠還有深深的失落。1980 年代中期「非非」主將楊黎出川北上，「在北上的火車上，『非非』的楊黎，激動地估算著迎接場面，當走出『四點零八分』的車站時，卻沒看見一個歡迎者」〔註31〕。1993 年秋天，黃翔從美國回到貴陽後在一次飯桌上無奈地抱怨道「我們生不逢時，一切都被北京那幾個占光了，真是早叫的公雞，晚到的賓客。」〔註32〕

〔註29〕《天體詩歌星團宣言》，油印。

〔註30〕 錢理群：《詩學背後的人學》，《中國低詩歌》，人民日報出版社，2008 年版，第 3 頁。

〔註31〕 鐘鳴：《旁觀者》（第二卷），海南出版社，1998 年版，第 739 頁。

〔註32〕 李家華（路茫）：《我和黃翔的友誼矛盾和鬥爭——〈啓蒙社〉、〈解凍社〉歷史回顧》，打印稿。

第四節　從茶館和蒼蠅館開始的「地方癖性」

在 1980 年代先鋒詩歌的地理版圖上四川以其極其鮮明、生猛、火辣和張揚的「地方性知識」使得詩歌場域的中心和重心同時發生傾斜──「說到四川，我不能不驚異於那片彷彿特別適宜詩歌生長的土壤。那裡青年的詩頗有滿山燈火、萬頭攢動的氣象。」〔註 33〕也正如一位四川本土詩人所言和任何別的地方的詩歌相比較「四川第二詩界的詩歌的生命力量和語言力量都會被相當地突出。幾乎所有重要的現代主義詩人和後現代主義的詩人都生活在四川，他們以精神王者、精神聖徒或精神流放者的方式混淆於人群並高踞於人群，他們以颶風和閃電的速度不斷將自己夷爲廢墟」〔註 34〕。李怡曾在關於現代四川文學的研究中比照巴蜀文學與其它地方文學的地域性差異，「與湘西比較，同樣生活在封閉狀態的巴蜀實力派毫無純樸可言，與北方比較，他們的力量也很難向著雄壯的境界轉化，與沿海相比，他們的狠毒和陰暗更無遮無擋，精赤裸擴」〔註 35〕。

不僅茶館和蒼蠅館以及大學校園成爲四川先鋒詩歌「地方癖性」的生發地，而且作爲一種詩歌精神也影響到了整個 1980 年代詩壇──「在當代詩歌幅員遼闊的版圖上，某些省份、城市無疑是具有特殊意義的：譬如四川，自上世紀 80 年代以來，就源源不斷輸出著一茬又一茬的詩人，以及各式各樣火辣的宣言；川籍詩歌的成就，必定是詩歌史上重要的一頁」〔註 36〕。然而四川 1980 年代的先鋒詩壇並非給人們留下的都是激動人性和歡欣鼓舞的印象。1988 年 4 月 25 日在上海臨近蘇州河的一個簡陋的寓所裏，朱大可、宋琳和何樂群展開了一次詩歌的對話。朱大可將之歸結爲「盆地妄想症」。在朱大可看來「這個毛病主要表現在四川詩人身上。四川盆地是一個被高山峻嶺圍困的一個狹小地域，這批詩人對自身生命被包圍的感覺特別強烈」，他們因爲「超越空間的意識非常強烈」而想當「世界領袖」〔註 37〕。而正是這種「盆地妄想症」使得四川在 80 年代先鋒詩歌運動中獨領風騷。這些川

〔註 33〕陳超：《生命詩學論稿》，河北教育出版社，1994 年版，第 195 頁。
〔註 34〕開愚：《中國第二詩界》，《作家》，1989 年第 7 期。
〔註 35〕李怡：《現代四川文學與巴蜀文化闡釋》，湖南文藝出版社，1995 年版，第 63 頁。
〔註 36〕姜濤：《沒有共識，又何需爭辯──北京詩歌印象》，《巴枯寧的手》，北京大學出版社，2010 年版，第 81 頁。
〔註 37〕朱大可、宋琳、何樂群：《三個說話者和一個聽眾──關於詩壇現狀的對話》，《當代作家評論》，1988 年第 5 期。

籍詩人頻頻推出的生猛詩作、火辣宣言和火爆刊物製造了一波又一波的詩壇熱浪,「激越的『麻辣文化』鼓舞著造反者的神經。從來沒有『出川』經驗的內地詩人,居然戲劇性地成了先鋒詩歌的中堅。」〔註38〕

值得注意的是鑒於四川封閉阻隔的地形地貌,人們很容易指認這裡滋生出的文化和民性必然也是封閉保守和自我循環的。而事實上巴蜀文化自身就是移民文化從而帶有文化上的開放性、包容性、多元性以及異質性,「由於盆地的地理位置正處於我國西部高原和東部平原的交接地帶,處於黃河流域和長江流域的交匯地帶,這種東與西、南與北的特殊的交叉位置,又促成了巴蜀先民很早以來就形成的積極突破封鎖、開拓對外交通的奮鬥意識與鬥爭精神。」〔註39〕正是這種「邊緣」位置的多元文化和文化心理使得衍生出來的文學面貌和文人性格區別於其他地區。正如蘇軾所言「文章之風,維漢爲盛。爲貴顯暴著者,蜀人爲多。蓋相如唱其前,而王褒繼其後。峨冠曳佩,大車駟馬,徜徉乎鄉閭之中,而蜀人始有好文之意。」(《謝范舍人書》)而在陸游看來「四方商賈所集,而蜀人爲多」(《入蜀記》)。

在二十世紀中國歷史上位於西南的「蓉城」似乎一直扮演著非常重要的角色。而特殊的地理位置也不能不影響到文化性格,誠如李怡所指出的無論是從傳統中國或是從現代中國的整體發展來看「大西南『偏於一隅』的地域位置都決定了它在整個中國文化版圖上的『邊緣性』,而這種邊緣性的結果又往往是雙向的,它既可能造成封閉狀態下的遲鈍,也帶來了偏離主流文化潮流中心話語壓力的某種自由與輕快,於是,一旦社會的發展給大西南人某種創造的刺激和召喚,他們那無所顧忌的果敢與勇毅也同樣的令人驚歎。」〔註40〕這種因爲地域的「邊緣性」所導致的封閉與張揚的雙重性格尤其在「第三代」詩歌運動中有著極其生動地體現。在 1980 年代的先鋒詩歌群落中四川詩人的走動和交遊是最爲突出和頻繁的,幾乎北京、東北、雲南、貴州、南京、上海都是他們酒桌上搖晃的身影。而 1986 年韓東和小海等南京詩人第一次到成都的時候,那種詩人喝酒甚至打架的場面「令人駭然」(韓東語)。以這次詩人聚會爲例,四川的三十多個詩人都參加了。結果是楊黎醉酒後耍酒瘋踹破了萬夏的家門,馬松和一個三輪車夫發生衝突並大打出手甚至不得

〔註38〕朱大可:《流氓的盛宴:當代中國的流氓敘事》,新星出版社,2006 年版,第193 頁。
〔註39〕姚曉娟編:《巴蜀文化》,吉林文史出版社,2010 年版,第 10 頁。
〔註40〕李怡:《大西南文化與新時期詩歌的消長》,《詩探索》,2000 年第 3〜4 輯。

不讓警察動用警棍帶到派出所訊問。而就建國後的成都而言，流沙河的「草木篇」事件以及《星星》詩刊的命運可以約略看出這座西南城市的特殊性。在反右運動中被打成「極右分子」的流沙河對成都更是懷著既愛又恨的心理。1956 年春天流沙河到北京參加全國青年文學創作會，隨後進入中國作家協會文學講習所第三期學習。由於流沙河表現突出中國作家協會文學講習所要調其來這裡工作，但遭到流沙河的婉拒。按照他自己的說法是他只想做一個自由的成都人，而不想做北京人。1956 年 10 月 30 日在北京開往成都的火車上，在秋色漸濃的時節「心情悒鬱」的流沙河一連氣寫出了 5 首散文詩，總題為《草木篇》。當這些詩在 1957 年《星星》創刊號上發表後卻招來禍端，詩人從此深陷漩渦之中。後來，流沙河也有些後悔，「試想當初留在北京，文學講習所環境不險惡，前輩多，輪不到我當靶子，很可能就混成左派了。畢竟是成都這環境害得我吃了大苦頭，是不是呢？」〔註 41〕這是一個為成都人叫魂的詩人！如果說這還是詩人命運的話，那麼在 1958 年成都會議期間在毛澤東主席的號召下成都開始動員全體民眾拆除老城牆就更為可怕了。1958 年 4 月 1 日成都市人民委員會發佈通告──為了城市環境衛生和城市建設，計劃將我市現有城牆分期全部拆除，城牆土作為填溝填塘和消滅蚊蠅孳生之地，城牆磚石作為城市建設之用〔註 42〕。而連同城牆被拆除的還有老成都的記憶！

在運動年代，成都的人民南路廣場作為重要的公共空間成了那個特殊年代的見證！廣場上毛澤東揮手的巨大雕像以及「團結起來爭取更多勝利」的條幅見證了上山下鄉一代人的淚水、文革中的武鬥以及「三·五事件」。當那些成都知青下放到各個地方，連同人民南路在內都成了美好而痛苦的回憶，「那滔滔的錦江，那壯麗的人民南路，依舊是當年的倩影」。1976 年北京天安門的「四·五運動」早已經被歷史反覆記述，而同樣是紀念周恩來總理逝世的更早發生在成都的「三·五」悼念活動卻幾乎被淡忘。「天下未亂蜀先亂」再一次得到印證。1976 年 1 月 8 日周恩來總理逝世後，成都民眾自發組織了遊行等紀念活動。當時的人民南路廣場、春熙路、鹽市口、總府街、建設路各地都是追悼的輓聯、花圈、漫畫、布告以及貼滿牆壁的詩詞。當時金剛砂布廠女工徐慧署名餘心所寫的長詩引起了轟動，而作者也因此受到清查和關

〔註 41〕 流沙河：《為成都人叫魂》，《成都：近五十年的私人記憶》，四川文藝出版社，1999 年版，第 3 頁。

〔註 42〕 成都市人委辦公廳：《成都市法令彙編》，第四集，1959 年 6 月。

押。而毛澤東逝世後，人民南路廣場成了最主要的悼念場所，幾十萬人湧向
這裡。廣場上依然是毛澤東揮手的雕像，只是廣場上多了數以百計的花圈，
背後的樓上多了黑底白字的條幅──「偉大的革命導師毛澤東主席永垂不
朽！」「偉大領袖毛主席永遠活在我們心中！」

　　而提起成都這座城市，茶館和火鍋、蒼蠅館已經成為這個城市帶給我們
最強烈的印象。按照四川說法老成都有三多，廁所多、茶鋪多、館子多。據
此，有研究者從茶館、火鍋等這些公共空間研究中國的當代詩歌和社會發展
〔註43〕。正如四川本土詩人翟永明所強調的火鍋和茶館是四川人萬萬離不開
的兩樣「特產」〔註44〕。四川詩人與火鍋、茶館、飯館（蒼蠅館）以及晚近
時期酒吧的關係幾乎是天然不可分的。至於萬夏、翟永明、李亞偉、二毛、
楊黎、尚仲敏等都曾開有酒吧、咖啡館和餐館就不足為奇了。成都詩歌在 1980
年代的崛起確實與城市和市民文化的日益放開有關。茶館、飯館甚至 1980
年代的四川詩人的住宅居所都成為帶有公共性和交互性的特殊詩歌空間。
「第三代」詩歌以校園詩人為主體（「今天」和「啟蒙」詩群是以工人階級
身份出現的），所以校園周邊低廉的蒼蠅館和茶館就成為這一代人詩歌活動
的重要根據地和公共空間，「每天上午 10 點左右，我和胡鈺起床後開始相互
串門，多數時候還有敖歌、小綿羊和 80 級的楊洋、萬夏等人，幾個人碰齊
後就去坐茶館，在茶館裏或寫詩或賭博，學校附近的『怡樂茶館』幾乎每天
有十幾個人聚在那裡或寫詩或讀書或賭錢，這夥人的 4 年大學的白天時光幾
乎都消耗在這類地方了」〔註45〕。四川詩歌的生猛可以從這些四川詩人的日
常生活中窺見一斑。我曾看過一張非常生猛的「匪氣」和「俠氣」十足的照
片：萬夏和宋渠、宋煒兄弟從陡峭的山上一躍而下的瞬間。三個人都留著 80
年代特有的長髮，雙臂老鷹一般張開，嘴巴更是張得大大的好像是在喊著什
麼激越亢奮的口號。尤其是萬夏雙眼兇猛地瞪視前方……1993 年歐陽江河
離開生活了 15 年的成都，「對這座城市的一切已經習以為常：它的街頭火鍋
和露天茶飲，它的潮濕，它的壞天氣，它的自行車鈴鐺，它的小道消息和插
科打諢，它的清淡和它的慢」〔註46〕。

〔註43〕最具代表性的研究者是王笛。此外敬文東的博士論文《在火鍋與茶館的指引
　　　　下》以及在此基礎上整理、修訂的《抒情的盆地》一書對成都的火鍋和茶館
　　　　與詩歌的關係進行了別開生面的考察與闡釋。
〔註44〕翟永明：《紙上建築》，東方出版中心，1997 年版。
〔註45〕李亞偉：《英雄與潑皮》，《豪豬的詩篇》，花城出版社，2006 年版，第 225 頁。
〔註46〕歐陽江河：《成都的雨，到了威尼斯還在下》，《站在虛構這邊》，生活·讀書·

　　成都特殊的地理環境造就的食材、飲食文化以及「擺龍門陣」的悠閒心理使得這裡的人更容易成為美食家甚至「饕餮之徒」——「當其時也，四鄉水紅海椒大量上市。大挑、小擔湧入市區，大街小巷、路邊院裏便成了紅海椒的天下。各家各戶，或用菜刀宰，或用杵刀杵，或用絞肉機絞，或用磨子推，到處都可聽到刀俎之聲，通城彌漫著一股新鮮海椒的辣味兒。」〔註47〕特殊的地貌和氣候形成了四川特殊的食材，比如成都辣椒、茂汶花椒、郫縣豆瓣、永川豆豉等。川菜為中國八大菜系之一，菜品高達1000多種。川菜起源於川西的成都、樂山（形成上河幫），川東的重慶（形成下河幫）和川南的自貢（形成小河幫）等地，以麻、辣、鮮、香為特色，多用炒、煎、炸、薰、泡、燉、燜、燴、貼、爆、乾煸、乾燒等烹調法，以魚香、麻辣、酸辣、椒麻、蒜泥、芥末、紅油、糖醋、怪味為特色味道，以辣椒、胡椒、花椒、豆瓣醬等為主要調味品。其中最具特色的菜品和小吃有宮保雞丁、魚香肉絲、麻婆豆腐、回鍋肉、夫妻肺片、東坡肘子、毛肚火鍋、燈影牛肉、乾燒桂魚、怪味雞、五香鹵排骨、粉蒸牛肉、乾煸牛肉絲、擔擔麵、賴湯圓、龍抄手等。正如李怡所說四川菜肴不在於菜本身而在於加工和配料以及調配，「四川人吃四川飲食似乎也不僅僅在於填肚子而更看重其觀賞、嗅吸、咀嚼、回味的這一『過程』」〔註48〕。例如作家陽翰笙對四川名菜夫妻肺片的自我陶醉般的描述就非常具有代表性和說服力，「刀工講究，切得來像紙一樣薄，透明、調料突出辣椒和花椒。然後，半天之內，嘴裏還感到麻辣。花椒、辣椒用料極不一般。花椒是涼山地區漢源縣出的大紅袍，顏色鮮紅，又麻又香。即是說，麻得正派，不光麻了了事，還留給香味。」〔註49〕石光華是詩人，也是飲食家。兒時在成都東門油簀街和東大街交界口的小面店裏工作的爺爺給了石光華以最早的川菜啟蒙。石光華在《我的川菜生活》中除了詳細介紹回鍋肉等四川名菜的做法和心得之外，還記述了他和一些川菜朋友以及四川那些「饕餮之徒」的詩人之間的飲食交往，比如孫靜軒、萬夏、宋渠、宋煒、楊黎等。正如石光華所說自己精於川菜烹製除了家庭原因之外更與其結交的朋友有關，而這些朋友中更多的是「文字上的同道」。這正應了那句話「久病成醫」，

　　　　　新知三聯書店，2001年版，第297頁。

〔註47〕崔顯昌：《舊蓉城市民生活漫憶》，《龍門陣》，1987年第1期。

〔註48〕李怡：《現代四川文學的巴蜀文化闡釋》，湖南教育出版社，1995年版，第109頁。

〔註49〕陽翰笙：《出川之前》，《陽翰笙選集》（第5卷），四川人民出版社，1989年版，第47頁。

「久吃咸廚」。甚至石光華還經常能夠與萬夏在荣市場相遇。那時萬夏住在青石橋荣市附近，而石光華就在緊挨著青石橋荣市的花市旁邊。而在那些彌漫著川荣芳香和麻辣的氛圍中，詩人們的飲酒、談詩在今天看來令人如此神往，「冬至那天，學校裏開會，等我從十幾裏外騎車趕回家，已是深夜 10 點，老婆孩子和與我住在一起的祖母都睡了。我和萬夏才忙著在小火爐上架起陶罐，燉上狗肉，一大口自己泡的杞酒，兩個朋友喝到快要天明，狗肉全熟的時候，罐裏也基本上沒有了。雖然外面天寒地凍，留在心中的，只有溫暖，家的、朋友的、詩歌的、酒的。現在，也常常和朋友從月上西樓喝到日出東方，但那時的溫暖，卻很少了。」〔註 50〕然而最令石光華難忘和感念的是老詩人孫靜軒。在石光華看來孫靜軒的詩豪氣澎湃，而他做的荣則精細有加，「手中飲食常有錦繡」，「微妙之中見玲瓏之心」。曾經的「莽漢」詩人二毛更是以美食家自居，甚至他在美食界的影響完全覆蓋了他曾經的詩人身份。鳳凰網對他的介紹是——詩人大廚的「美食心經」。現在二毛最常幹的也是樂此不疲的一件事就是把四川的食材空運到北京的「天下鹽」餐館然後親自燒製烹煮。而以萬夏居住的古臥龍橋街為例，不足 200 米的小街上足足有十幾家蒼蠅館。甚至對於萬夏這樣一個典型的成都「饕餮分子」來說他還煞有介事地品評過四川火鍋和北京火鍋的區別，「1985 年的時候，重慶火鍋就是老竈火鍋那種，燒煤球，一隻大鍋裏放著九宮格格，不管你認不認識，大家圍著它一起吃，這種看似粗俗的打法，當時在有些裝逼的成都還非常稀少。成都很土，吃的還是小鍋，像北京涮羊肉的鍋，小銅鍋，燙得有禮有節，並且文質彬彬。」〔註 51〕在 1980 年代四川先鋒詩人飲酒史上最為壯觀的一次是萬夏等人從成都喝到重慶沙坪壩，然後帶著重慶詩人又折回成都繼續喝。出現在酒桌上的幾乎囊括了當時四川所有的先鋒詩人，萬夏、柏樺、張棗、周倫祐、吉木狼格、李亞偉、傅維、鄭單衣、廖亦武、楊遠宏、趙野、潘家柱、胡小波、鐘鳴、歐陽江河、孫文波、翟永明、宋煒、宋渠、楊黎、石光華、劉太亨、席永軍、巴鐵、苟明軍、何小竹、尚仲敏、二毛、燕曉東、小安、王琪博、梁樂、楊萍、瑞生、張孝等。

　　而在這些公共空間裏除了蒼蠅館之外茶館也對先鋒詩歌和文學生態起到了不可替代的作用。正是從一個個茶館開始，「地方癖性」被薰染得如此不同。而由這些茶館和蒼蠅館所構成的地方性知識正好成為 1980 年代四川

〔註 50〕石光華：《我的川荣生活》，陝西師範大學出版社，2004 年版，第 5 頁。
〔註 51〕萬夏：《蒼蠅館》，《天南》，第 3 期（2011 年 8 月）。

詩人的一種尺度，這種尺度能夠測量出「現實與虛擬現實、地理學意義上的國家與文本意義上的國家、詞與物、聲音與意義」〔註52〕。

每個作家和詩人在第一次走進成都的時候都會被這座城市特殊的氛圍所感染。1938 年，時年 31 歲的東北漢子蕭軍到達成都時無比驚異於那些大大小小的各色茶館。他曾發出這樣的慨歎——「江南十步楊柳」而「成都十步茶館」。而對於四川本土作家沙汀而言，他太熟悉這裡的茶館對於老百姓的重要性了，「除了家庭，在四川，茶館，恐怕就是人們唯一寄身的所在了。我見過很多的人，對於這個慢慢酸化著一個人的生命和精力的地方，幾乎成了一種嗜好，一種分解不開的寵幸，好像鴉片煙癮一樣」〔註53〕。

1949 年 10 月，成都解放前夕。

漢學家馬悅然在春熙路的一家茶樓上一邊喝茶，一邊用老式的錄音機錄製著茶館的嘈雜聲和街道上的吆喝聲。而馬悅然不可能知道從這一時刻期，四川茶館的命運將有著翻天覆地的變化。建國後成都的茶鋪和茶館多臨街、鄰水而建，茶也以最便宜的茉莉花茶和珠蘭花茶爲主。而到了文革時期茶鋪作爲「資產階級的藏污納垢之地」經歷了蕭條期。

到了 1980 年代茶館才重新開始眞正進入到市民的日常生活當中。即使是當下，當外地詩人第一次到成都的時候，茶館、火鍋、酒吧以及當地的方言和「粉子」都帶來那麼多難以計數的想像和印象。在「70 後」詩人沈浩波那裡他的組詩《成都行》對成都的詩人生活有著詳盡而特殊的描述，「我到成都去 / 這可眞是一個舒服的城市 / 從早上開始 / 躺在茶樓裏 / 舒服啊 / 一群人喝酒 / 喝完了再喝 / 酒量變得特別大 / 舒服啊 / 鱔魚的熱火鍋 / 黃蠟丁的冷火鍋 / 舌頭麻掉半邊還想吃 / 舒服啊 / 再別說成都還有女人啊（《成都行·舒服》）〔註54〕。在《成都行》中沈浩波在白領館茶樓、南風茶樓、粵式飯館、火鍋店、川東老家、「紋身」酒吧、府南河上的石橋、郫縣賓館等這些成都的地方空間中發現了這個城市以及生長在這裡的詩人們的特殊癖性。

而成都和四川之所以在 1980 年代成爲「第三代」先鋒詩歌運動的中心不

〔註52〕歐陽江河：《成都的雨，到了威尼斯還在下》，《站在虛構這邊》，生活·讀書·新知三聯書店，2001 年版，第 299 頁。

〔註53〕沙汀：《喝早茶的人》，《沙汀文集》（第 6 卷），四川人民出版社，1982 年版，第 261 頁。

〔註54〕特殊在於這首詩中提到了眾多的女性形象，這些形象的特徵都是美麗、風騷，如楊濤、楊玲、安靜、張小靜、劉濤、翹翹、西西以及未提名字的女人。

能不與這些公共空間的功能以及變化有著密切關係。二十世紀初的時候成都有 30 萬居民,街巷四五百條,社區組織也相對完善,有保甲、行會、善堂、同鄉會、清明會等等。1949 年時成都人口激增了一倍(656920 人),但是隨後茶館等公共空間卻大大縮減。民國初期成都茶館在 600 家左右,到了 1914 年成都有茶館的街道數量為 311 個,茶館總數為 9958 家之多〔註55〕。而隨著社會動蕩,三四十年代成都茶館數量一直維持在六百左右。1951 年建國初期則由 660 家減少為 541 家,到了六七十年代茶館數量更是寥寥可數,而到了 80 年代以來成都的茶館至少在 3000 家以上。在二十一世紀的今天,在四川的一些小鎮上簡陋的茶館裏至今仍然懸掛著「概不賒賬」,「休談國事」的條幅。早年民諺所說的「一城居民半茶客」、「茶館是個小成都,成都是個大茶館」的成都在建國後到 1970 年代茶館、火鍋、餐館等這些公共空間在不斷縮減。其數量達到了歷史上非常低的水平甚至達到了名存實亡、奄奄一息的地步。由於逐漸強化政治功能和集體秩序,這些公共空間的功能也是單一化的,已經逐漸喪失了日常休閒娛樂、組織聚會、糾紛調解、商業買賣、精英分子活動等諸多功能。如果說二十世紀初期四川尤其是成都曾經關於茶館的功能展開過激烈的爭論(比如是否允許女性到茶館喝茶看戲)不可避免帶有現代文明色彩的話,那麼新中國成立後關於茶館等公共空間功能的爭論是不需要有個人聲音的。在建國後到 1970 年代,這一時期的公共空間所承載的個人性、日常性和自由性的功能空前弱化和衰落。隨著這一時期私營茶館的倒閉、整改和改為集體所有,茶館數量不僅急劇減少,而且在改變時代的城市結構的同時也改變了人們的生活和思維方式。而到了 1980 年代這些公共空間的休閒、娛樂和公共性的真正復活以及數量上的激增為這一時期的詩人交往、生活和寫作都提供了非常合宜的場所。相比之下,早在 1930 年代成都的一些像中山公園的茶社居然有文人通過詩歌進行賭博活動〔註56〕。

茶葉和茶文化似乎一直更為南方所鍾情,而南方的氣候、環境和土壤甚至文化氣象更適合於培養茶文化的公共空間。陸羽《茶經》所言「茶者,南方之佳木一尺,二尺,乃至數十尺,其巴山峽川有兩人合抱者,伐而掇之」。而值得比較的是北方和南方喝茶習慣的不同,這從南方與北方茶館產生的差異上可以看出來。成都的茶館多衍生出戲院,而以北京、天津為首的茶館則是從戲院和公共澡堂等場所中衍生出來的一種「點綴」。北方人一般很少有

〔註55〕《成都省會警察局檔案》,93-6-2635,成都市檔案館藏。
〔註56〕《新新新聞》,1936 年 5 月 24 日。

到茶館去喝茶和聊天的習慣，而更多是在自己家裏完成。這與成都人一大早就跑到茶館喝茶擺龍門陣的習慣形成了強烈反差。南方的茶文化更爲發達，也更爲平民化和日常化。而北方喝茶則成爲大多數人可有可無的點綴，只成爲「有閒階層」和精英分子的特殊消遣。基於此，就北方尤其是華北地區與南方相比茶館和飲茶習慣顯然居於次要位置，而成都以及江南等地則恰好相反，「北平任何一個十字街口，必有一間油鹽雜貨鋪（兼茶攤），一家糧食店，一家煤店。而在成都不是這樣，是一家很大的茶館，代替了一切。我們可知蓉城人士之上茶館，其需要有勝於油鹽小茱與米和煤者」〔註57〕。就空間文化和地方性層面考量，特殊的地理環境以及四川人的散居方式使得出行和商品買賣都更爲依賴茶館作爲暫時休息和交換物品的場地，而陰濕的天氣也更容易讓人乾渴。再加之成都等地的水質問題以及長時期的燃料匱乏也使得居民更願意到茶館去喝茶，甚至有家庭主婦還讓茶館代爲做飯煮菜。同時，成都盆地尤其是川西和川南更適合種植茶葉，竹葉青（峨眉山）、鵝蕊（峨眉山）、蒙頂甘露（蒙山）、文君綠茶（邛崍）、青城雪芽（青城山區）、川紅工夫（宜賓）、早白尖（宜賓）已爲茶客熟識。這也是爲什麼川地文人的詩文中屢屢出現茶館和茶葉的原因了。而長時期的交通運輸條件的極大限制和運輸成本過高使得四川當地茶葉更多的時候是自產自銷。正如巴波所說「至於茶館的多寡，記憶所及，北方不如南方多，南方要數四川多，四川境內要數成都多」〔註58〕。

特殊時期的成都茶館形成了一個濃縮的社會，以茶館爲中心展開的是形形色色的各色人等和社會光影，「在中國，沒有任何一座城市像成都那樣有如此多的茶館。如果把茶館視作城市社會的一個『細胞』，那麼在『顯微鏡』下對這個細胞進行分析，無疑會使我們對城市社會的認識更加具體深入。」〔註 59〕茶館也爲每個時代的知識分子和公眾人物考察社會百態和政治時局提供了一個最爲合宜的窗口。早在 1940 年代就有人用民謠的方式通過茶館抒發了對當時政治的批判和諷刺，「晚風吹來天氣燥， ／東街茶館眞熱鬧，

〔註57〕 張恨水：《蓉行雜感》，曾智中、尤德彥編：《文化人視野中的老成都》，四川
文藝出版社，1999 年版，第 281 頁。
〔註58〕 巴波：《坐茶館》，彭國梁編：《百人閒說：茶之趣》，珠海出版社，2003 年版，
第 294 頁。
〔註59〕 王笛：《茶館：成都的公共生活和微觀世界 1900～1950》，社會科學出版社，
2010 年版，第 7 頁。

／樓上樓下滿座呵，／茶房開水叫聲高。／杯子、碟子叮叮噹當、叮叮噹當響呀，／瓜子殼兒劈裏啪啦，劈裏啪啦滿地拋。／有的談天有的吵呀，／有的苦惱有的笑。／有的在談國事，／有的在發牢騷。／只有那茶館老闆膽子小，／走上前來細聲細語，細聲細語說得妙：／『諸位先生，生意承關照，／國事的意見千萬少發表。／談起了國事就容易發牢騷呀，／惹起了麻煩你我都糟糕。／說不定一個命令你的差事就撤掉，／我這小小的茶館也貼上大封條。／撤了你的差事不要緊啊，／還要請你坐監牢。／最好是『今天天氣……哈哈哈哈』，／喝完了茶來回家去睡一個悶頭覺』。／『哈哈哈哈，哈哈哈哈……』滿座大笑，／『老闆說話太蹊蹺。』／悶頭覺，睡夠了，／越睡越苦惱。／倒不如，乾脆！大家痛痛快快講清楚，／把那些壓迫我們、剝削我們、不讓我們自由講話的混蛋，／從根鏟掉，／把那些壓迫我們、剝削我們、不讓我們自由講話的混蛋，／從根鏟掉。」（《茶館小調》，長工詞、費克曲）至於老舍的《茶館》、沙汀的《在其香居茶館裏》更是通過對北京和回龍鎮（四川）的茶館折射出時代的風雲變幻以及以王利發和邢麼吵吵為代表的一北一南的特殊性格。較之穩重、精明的王利發，吵嚷不休、精力十足、愛打哈哈又火炮性子的邢麼吵吵則形象地體現了四川人的性格。蓄了十年鬍子、粗話一籮筐的邢麼吵吵「一路吵過來了。這是那種精力充足，對這世界上任何事物都採取一種毫不在意的態度的典型男子。他時常打起哈哈在茶館裏自白道：『老子這張嘴麼，就這樣：說是要說的，吃也是要吃的；說夠了回去兩杯甜酒一喝，倒下去就睡！……』現在，麼吵吵一面跨上其香居的階沿，拖了把圈椅坐下，一面直著嗓子，乾笑著嚷叫」〔註60〕。至今，成都的茶館仍然風風火火，詩人、知識分子仍然在這裡談詩論道。北京儘管也有茶館，但從數量和喝茶的人數而言都絕對不可能和成都相比。而老舍筆下的裕泰這樣的老茶館以及櫃檯、爐竈、涼棚、長桌、方桌、條凳、板凳、茶碗、開水和氤氳開來的北方的鄉俗、文化只能在殘留在記憶深處，「這種大茶館現在已經不見了。在幾十年前，每城都起碼有一處。這裡賣茶，也賣簡單的點心與菜飯。玩鳥的人們，每天在遛夠了畫眉、黃鳥等之後，要到這裡歇歇腿，喝喝茶，並使鳥兒表演歌唱。商議事情的，說媒拉纖的，也到這裡。那年月，時常有打群架的，但是總會有朋友出頭給雙方調解，三五十口子打

〔註60〕沙汀：《在其香居茶館裏》，《抗戰文藝》，第 6 卷第 4 期，1940 年 12 月 1 日。

手，經調解人東說西說，便都喝碗茶，吃碗爛肉面（大茶館特殊的食品，價錢便宜，作起來快當），就可以化干戈為玉帛了。總之，這是當時非常重要的地方，有事無事都可以來坐半天。在這裡，可以聽到最荒唐的新聞，如某處的大蜘蛛怎麼成了精，受到雷擊。奇怪的意見也在這裡可以聽到，像把海邊上都修上大牆，就足以擋住洋兵上岸。這裡還可以聽到某京戲演員新近創造了什麼腔兒，和煎熬鴉片煙的最好的辦法。這裡也可以看到某人新得到的奇珍──一個出土的玉扇墜兒，或三彩的鼻煙壺。這真是個重要的地方，簡直可以算作文化交流的所在。」〔註61〕

　　當我們走入四川，走進成都，分佈在東門、西門、南門、北門以及武城門、復興門、通惠門各個街道的商業場、春熙路、南府街、中山公園、鼓樓街、少城公園（現在的人民公園）、安樂寺、東大街、東城根街、西御街、祠堂街上的悅來茶園、陶然亭、鶴鳴茶社、濃蔭茶樓、芙蓉廳茶樓、萬春茶園、錦春茶樓、惠風茶社、懷園、宜春樓、二泉茶樓、可園、漱泉茶樓、安樂寺茶社、枕流茶社、綠蔭閣、飲濤茶樓、養園、三益公等等茶館可以看到這個城市飲茶文化的興盛。而以茶館和路邊簡易茶棚為基點所展現在我們面前的不同時代的街道、戲園以及官員、茶倌、女茶房、商人、小販、文人、工匠、買農產品的農婦、妓女、袍哥、阿飛、苦力、江湖郎中、算命先生、說書的、賣唱的、洗腳工、掏耳朵工、女招待等三教九流可以看到時代、政治、經濟、生活和文學的交錯摻雜以及共生。而這些茶館以及飲茶文化生成的成都人的精神狀態、癖性以及文學性格都是值得我們關注的。

第五節　濕熱盆地的詩人性格與方言屬性

　　文革年代曾經在知青中偷偷流傳著一首歌曲，從中我們能夠感受到四川人特有的性格──「二唱我老師，／老師是屁眼癢的，／天天上門來動員喲，／騙我去邊疆羅喲。／／哎嗨喲／騙我去邊疆羅喲」。當先鋒詩歌熱潮在 80 年代轉向四川的時候我不由得想起那句老話──「天下未亂蜀先亂」。柏樺在詩歌中高呼──「今天我要重新開始／研究各種犧牲／漫天要價的光芒／尖銳的革命骨頭／／在此時　在成都／所有的人回過頭來／把馬車給我／把極端給／把暴力和廣場／給我！」（《秋天的武器》）

〔註61〕 老舍：《茶館》，《老舍劇作選》，人民文學出版社，1978 年版，第 73 頁。

　　自然地貌（山脈、盆地、丘陵、平原、河流）、居住環境也形成了特定的人文環境和本地人的對生活、文化以及社會的特殊心態和性格，比如成都人好吃好耍悠閒的生活方式，幽默戲謔的生活態度，火辣尖刻、樂觀豁達、玩世不恭又自以為是的多變性格。當聽到四川人說出「有啥子了不起的嘛，天塌下來，無非也只是多了一層蓋的被子嘛」我們就會有一番深刻的感受。「川妹子」的性格更是成了四川的另一個標誌。特殊的盆地形成了成都的內陸腹地城市的特徵，廣闊的盆地以及處於長江上游地區也形成了相對的封閉性和獨立性，「鎖閉山區同山下的平地之間沒有任何往來，因此必然形成獨立的世界」〔註62〕。巨大的四川盆地如此豐腴卻也又如此偏僻邊遠，至於蜀地諺語「天下未亂蜀先亂，天下已定蜀未定」是對這一巨大盆地形成的封閉性以及過強的獨立性的最好注腳。四川地處西南，「兼有南方文化的絢麗多情和西部文化的雄健堅韌」〔註63〕。同時四川人性格也形成了天生的矛盾性，「巴蜀社會的封閉和保守有目共睹，而巴蜀之人卻常有叛逆越軌之舉；川人一方面直爽熱情，另一方面卻又狡黠多變，一方面吃苦耐勞、倔強剛毅，另一方面卻又欺軟怕硬、外強中乾」〔註64〕。很長時期裏成都平原的農民是散居的，而北方農民則是傳統的聚居。這種自足性、獨立性和封閉性使得成都在十九世紀和二十世紀現代化進程中的速度是緩慢的，甚至一度程度上排斥了西方國家和中國其他省份地區的影響和同化——起碼是延緩了這種同化的進程。

　　當然地理構造對人的心理、文化和性格的影響不是一成不變的，而這體現在劇烈變動時代的文學寫作中就要更為複雜和多變。57 萬平方公里的四川以廣闊的盆地為主的地貌特徵以及盆地四周高大的秦嶺、橫斷山脈、雲貴高原和巫山形成了天然的庇護和穩定的地理結構，也同時形成此地對外界的某種疏離、排斥和保守狀態〔註65〕。據此，對傳統的儒家等正統文化的疏離就使得這些原住民就形成了自足、目空一切、憋悶和生怕被遺忘的火爆、激進、

〔註62〕費爾南·布羅代爾：《菲利浦二世時代的地中海和地中海世界》（上卷），唐家龍、吳模信等譯，商務印書館，1996 年版，第 39 頁。
〔註63〕李怡：《現代四川文學與巴蜀文化闡釋》，湖南文藝出版社，1995 年版，第 7 頁。
〔註64〕李怡：《現代四川文學與巴蜀文化闡釋》，湖南文藝出版社，1995 年版，第 7 頁。
〔註65〕例如新文學史上四川遲至 30 年代以後才以群體的崛起狀態影響到當時文壇，而即使是 30 年代邵子南為了買泰戈爾詩選跑遍成都也尋找不到。參見李怡《現代四川文學與巴蜀文化闡釋》，湖南文藝出版社，1995 年版。

急躁的性格以及散漫、悠閒的沉溺和偏激的幻想。這種幻想轉換為詩歌就形成了磅礴、粗礪的面貌和炸藥桶似的高分貝大嗓門和沒有低音的「方言」，「啊，大盆地！你紅顏色的泥土滋養了我們／你群山環抱的空間是我們共鳴音很強的胸膛／／歲月誕生自你的腹部，奧秘和希望誕生自你的腹部／你是世界上血管最密集的地方，平原上遍佈桔樹、血橙、紅甘蔗等血液豐富的植物／你翻耕過的泥塊像火苗蔓延開去，洋溢著一千種熾熱而複雜的感情……蒼涼的高原風從西北蕩進來，喧嚷著，起落著，像自然之神不可名狀的琴聲／向我們展開一種壯美、高遠，瘋狂的氣勢／我們的頭髮如飄卷的馬鬃嗚嗚發響，大盆地！／我們要溯你所有的河流而上，我們狂想著沒有邊緣的天地」（廖亦武：《大盆地》）。詩歌和方言的關係似乎一直受到人們的普遍忽視，而地理環境所形成的特殊的巴蜀方言高大的音量背後是滔滔不絕的自信、咄咄逼人的自我盤詰和雄辯、尖銳、逆反的思維方式以及反駁成性的爭執習慣，「最讓人吃驚的，首推四川詩人說話的音量，他們簡直在吼叫、咆哮。不管他和你在什麼場所，交談什麼內容，他沒有用衝動熱烈震耳欲聾的聲音說話，說明他沒有興趣把精力投入都這次談話中來。他們一旦用心，就會就任何一件事情與你辯論、爭執，使你意識到在他眼裏所有的事情都成問題，對此他們已經抱有整整一套個人見解，或者正在為就眼下談到的話題形成卓爾不群的見解高速地自我辯解著」〔註66〕。這讓我們想到的是蜀犬吠日的場景！而這種高音量方言的形成是來自於對高大山川、河流還是來自於嘈雜的火鍋店和茶館不得而知。實際上這還在緊鄰四川的貴州那裡有著類似的反應，方言的大聲量系統的形成與高大的山體和深邃的山谷、崎嶇的山路存在著天然關聯。山高人稀，人們需要扯開嗓子招呼同班鄉里，高亢悠長的吆喝能夠在寂靜的山谷中有長時間的迴蕩與延伸〔註67〕。「扯聲賣氣」、「扯五逗六」、「擺龍門陣」、「沖殼子」、「編框框」、「日媽搗娘」等這些帶有「初民社會」特徵的「語言」是高聲的、粗魯的、調侃的、戲謔的、幽默的。這些高分貝的形象生動的方言釋放出了四川人獨一無二的性格。四川方言多少會讓北方人產生一種特殊的印象，甚至作家陳翔鶴曾在小說《古老的故事》中用一個北方女性角色表達了對巴蜀方言的不滿，「我一聽見你們貴省的語言，就想要更加倍的對

〔註66〕 蕭開愚：《生活的魅力》，《詩探索》，1995年第5輯。
〔註67〕 《地形與民俗》，《地理》，人民教育出版社，2006年版，第26頁。

他們加以詛咒。如果這裡找得出一個純粹的北方姑子庵的話，我確是願意到那裡去的」〔註68〕。然而時過境遷，這種屬地性格、方言和作風卻使得四川詩人在1980年代能夠成為公然與北方的「今天」和「朦朧詩」人「叫板」的資本。說到方言和詩歌的關係，有必要談論方言和地方甚至文化、政治的關係。在很長時期裏以北方語音爲標準音、以北京話爲核心的「普通話」對「方言」處於絕對的壓倒性優勢和主導地位。在來自四川的評論家敬文東看來很多事實都表明相對於普通話而言四川方言顯然處於異數和邊緣的位置。制度化的北方化的普通話對四川方言構成的是強大的逼迫作用，「在上海一間簡陋的餐廳裏，蕭開愚告訴過我一件軼事。說的是他剛來上海生活時，一位四川籍醫生在一家很闊氣的火鍋廳請他吃飯。這位醫生很早就離開了四川；大約是想聽到溶解著自己青少年時代遙遠回聲的四川『方言』吧，他提議用四川話交談。事情的結局很令人尷尬：他們用四川『方言』談不了多久時，又改爲習慣上的普通話」〔註69〕。而這反映在當代詩歌上就是北方和「普通話」對「外省」和「方言」的壓抑和絕對的「領導權」與「話語權力」。而賀敬之、郭小川、艾青、臧克家、馮至、食指、北島等詩人顯然在這裡獲得了一定的「優先權」，儘管這些詩人自身並不一定能認識到或者他們可能不太認同這種看法。與此相應建國後那些南來的作家和詩人則在普通話形成的文學生態中主動或被動地放棄了「方言」寫作。而現代詩歌史上劉半農和徐志摩等南方詩人的方言寫作則成了不再複製的歷史記憶。

　　建國後的四川詩歌長期處於被壓抑和邊緣的位置，而四川詩歌在80年代的崛起在於這些生猛的年輕詩人在文化激蕩之下全方位的出擊和占位心理——辦刊物、飲酒做詩、交換詩歌、詩歌朗誦、交往串聯、詩歌沙龍、校園報告。幾乎歐陽江河、柏樺、周倫祐、鐘鳴、張棗、楊黎、翟永明等都曾在四川的各個大學裏進行過詩歌講座。而當年歐陽江河在四川大學的一個階梯教室裏面對著幾百名學生講座的題目是「從傳播學的角度談詩歌的『凡界』、『佛界』與『魔界』。從中能夠看到四川詩人非同一般的學術勇氣和想像力，這在其他省份是難以做到的。1980年代四川詩歌給我留下的印象與羅中立1981年參加全國青年美展時的《父親》是契合的。儘管油畫《父親》

〔註68〕陳翔鶴：《古老的故事》，《陳翔鶴選集》，四川人民出版社，1980年版，第234頁。
〔註69〕敬文東：《抒情的盆地》，湖南文藝出版社，2006年版，第66頁。

也是一個妥協的產物，比如在巴中「父親」的左耳朵上架一支圓珠筆以示改革背景下新的「農民形象」。但是在更深層的文化意義上一個普通底層農民的無比滄桑深重的臉部特寫代替了以往政治年代由領袖充當的「父親」形象。這個巨大的畫作給那個時代的衝擊正如緊隨其後的四川詩歌，生猛、火辣而極具衝擊力。儘管同樣是四川人的歐陽江河曾在 1985 年成都的一次會議上對羅中立發難。說到四川繪畫界，與羅中立同代的畫家時在四川美院學習油畫的何多苓曾經在 1984 年創作過一幅名為《第三代人》的油畫（與艾軒合作）。這個「第三代人」顯然與何多苓和翟永明以及歐陽江河、柏樺、鐘鳴、張曉剛等人的交往和影響有關。在何多苓這裡，第一代是五六十年代上學的一代，第二代是文革一代，而第三代是文革後這一代。這是畫家對那個年代的觀察和思考。《第三代人》畫面上呈現的是「第三代人」的青年群像，每個人都斜挎一個書包。這些大學生似乎在行進當中又似乎滿懷心事，眼睛盯向前方又顯得有些迷茫。整個畫面以灰色為主色調，而畫面的正中位置那個身穿紅外套的大眼睛的長髮女子則很容易讓人想到當年的翟永明。而這個女子形象的原型正是翟永明，身後兩個高大的男人一個是張曉剛，一個是劉家琨。

四川先鋒詩歌的興起與繪畫、音樂等藝術的碰撞和合作是分不開的。而北京的先鋒詩歌也是如此，比如「今天」詩人與「星星畫展」的關係。當時江河名重一時的經典之作《星星變奏曲》就是為「星星畫展」所作的詩作。如栗庭憲、楊益平、李永存等就與北島、芒克等人有著深入的交往。至於畫家邵飛和北島的關係更是為詩歌界所熟知，儘管他們早已在不同的人生路上前行。這些畫家都曾在《今天》的創辦與發展過程中以及當時的各種詩歌活動中起到了相當重要的作用。1978 年夏天，全國各地上訪的群眾把大字報貼在西單的一條長牆上。西單民主牆自此形成。出於對當時政治和文化形勢的判斷北島對芒克說如果再不做出點事情出來就白活了。而當時詩人黃翔以及以尹光中為首的貴州五個畫家將詩歌和畫作張貼在民主牆。北京的「星星畫展」由黃銳和馬德升在 1979 年年初開始籌劃，而直到 7 月份才開始確定畫展的方案並找到當時北京市美協主席劉迅。當時商量的地點是西單民主牆、圓明園和復興門的廣播大樓。最後定在中國美術館東側的小花園。這裡既是十字路口交通發達又緊挨美術館，具有不言自明的空間象徵性和重要性。展覽時間定於 9 月 27 日到 10 月 3 日，而當時《建國三十週年全國美展》正在展

出。9 月 26 日上午王克平和嚴力等人將油印的請帖和海報張貼到展覽館和北大、人大、北師大等高校，展出引起空前轟動。而不多久，29 日美展遭到北京公安部門的查抄並貼出公告。這引起參展畫家和群眾的不滿。北島等人在街頭公園的長椅上宣讀抗議書並隨後在 10 月 1 日國慶節這天組織了抗議遊行，隊伍從西單民主牆到王府井的北京市委大樓。此後畫展得以繼續展出，地點轉為北海公園的「畫舫齋」。

　　萬夏后來曾經從成都地理的角度勾畫出在 1980 年代先鋒詩壇上叱吒風雲的詩人的分佈圖——以人民南路廣場（現在的天府廣場）毛澤東主席的雕像為中軸線，歐陽江河和翟永明在南一環路上，一環路向東六七站就是鐘鳴和黎正光，萬里橋是楊遠宏，合江亭和九眼橋是趙野、胡小波、白望等。1980 年代先鋒詩歌的反叛性和暴動性在四川詩歌中得到了最為生動和傳神的體現，而這種偏執的叛逆性格可能剛好印證了「西南」是一部「叛逆的歷史」的說法〔註 70〕。確實晚清近代以來，政治的、文化的「暴動」大多是從南方或由南方人發動所引發的。1980 年代四川詩人的數量居全國之首，而這些詩人的活動能量和詩歌熱情更是其他省份的詩人難以比肩的。至於這些「敏惠輕急」（《隋書·地理志》）的四川詩人之間同樣火爆的江湖習氣和山頭作風更是讓別省的詩人望塵莫及。很大程度上 1980 年代四川先鋒詩歌的崛起也與巴蜀詩歌此前的文化環境相對薄弱有關，同時這也與四川文學在當代以來所受到的長期壓抑心理有關。自現代文學史上湧現出了康白情、郭沫若、巴金、沙汀、何其芳、陳敬容、李劼人等為數眾多而又聲名赫赫的人物之外，進入建國後蜀地文學幾乎一落千丈。僅流沙河和白航等《星星》編輯曾在 1957 年以聞名全國的「毒草」這樣的特殊方式閃現過一次。萬夏和李亞偉等人在 1980 年代的詩歌活動中不斷用火辣的嗓音高聲朗誦，他們留給人們的印象是過度膨脹的熱情和青春的力比多在喝酒、打架和寫詩中的發泄、耗損與揮霍。萬夏在公眾面前「翻滾、跳躍、痙攣」，「展覽著詩人被過分蓬勃的青春燒焦的額頭」〔註 71〕。而李亞偉更是無數次在醉酒之後表現出好鬥的本性。廖亦武和李亞偉在海南的大街上已經喝得爛醉如泥，而李亞偉卻扛著他要去揍人打架〔註 72〕。而這種膨脹和宣泄還更為典型地呈現了這一代詩人的四川性格，這是被壓抑了很久的四川性格的狂飆突進式的爆炸。這與同樣是四川詩人的

〔註 70〕葉曙明：《草莽中國》，花城出版社，1996 年版。
〔註 71〕廖亦武：《朗誦》，《現代漢詩》，1994 年春夏卷。
〔註 72〕廖亦武：《朗誦》，《現代漢詩》，1994 年春夏卷。

郭沫若在五四時期的「天狗」般吞噬一切的高分貝的狂叫是如此的類似。照之北京和儒學影響下的中正規範，巴蜀則因缺少儒家等正統文化的影響而呈現出了叛逆和「異端」色彩，「在中國文化傳統中居楨於柱石地位的儒家文化並沒有像北方與吳越那樣鋪下自己深厚的『規範』的土壤，因而它沒有孕育出更多的認同者、適應者，在巴蜀地區，中國文化傳統本身也就相對顯出了某種動搖性，較多的反叛者由此而出」〔註73〕，「同齊魯、吳越等地區的現代作家比較起來，傳統中國文化『內化』進個人人格的深度，融進血液的濃度可能要相對的淺一些，小一些，或者說就是傳統文化與個人生命的膠合是在意識的上層進行。」〔註74〕這種心理爆炸和反叛一切的性格在「莽漢」和「非非」這些「大男子主義」詩人身上有淋漓盡致地體現。無論是當年胡冬所說的「他媽的詩」和「好漢詩」，還是萬夏高歌的「莽漢詩」都不一而足體現了四川詩人的暴動性格和不可稀釋的「破壞」欲望以及「造反有理」的精神。正如李亞偉用川東方言所吶喊出的「搞亂！破壞！以至炸毀封閉或假開放的文化心理結構！莽漢們老早就不喜歡那些吹牛詩、軟綿綿的口紅詩！莽漢們本來就是以最男性的姿態誕生於中國詩壇一片低吟淺唱的時刻。」〔註75〕在「莽漢」詩人的通信中我們可以看到李亞偉等人對「外地」詩人極其強烈的排斥心理，「為了打垮外地那些鳥詩人，我正在草編一個集子」（1984年11月27日）。

　　在酒精和「他媽媽」詩的荷爾蒙的衝動下，西南詩人急於另立門戶。

第六節　「山城」與柏樺的「下午性格」

> 「世界是一個舞臺，
> 　我的青春已逝，現在已輪到你們。」
> 　看，他又變了一個腔調
> 　他那哭聲讓周圍的人憤怒。
>
> ──柏樺：《謝幕》

　　四川先鋒詩歌和1980年代的關係是一個宏大而值得開掘的話題。無論如

〔註73〕 李怡：《現代四川文學與巴蜀文化闡釋》，湖南文藝出版社，1995年版，第127頁。

〔註74〕 李怡：《現代四川文學與巴蜀文化闡釋》，湖南文藝出版社，1995年版，第135頁。

〔註75〕 李亞偉：《莽漢主義大步走在流浪的路上》，《創世紀》，1993年。

何這一時期的詩歌風向已經轉到了四川，這是不爭的事實——儘管這一過程過於短暫而喧囂。

在轟動一時的 1986 年的現代詩歌群落大展中列出的詩歌團體和流派計64 家，而來自四川的竟然多達 11 個，占到了 17%。這不能不是一個值得研究的現象。而四川特有的地理環境、陰鬱濕熱的天氣和文化環境可能更容易使愛擺龍門陣的四川人在詩歌中找到合適的說話方式。而在象徵和隱喻的層面 1980 年代有些四川詩人的寫作不是作為「方言」的母語寫作，而是一定程度上對北方以「朦朧詩」和普通話為代表的仿寫，如「整體主義」和「新歷史主義」。當時的廖亦武、歐陽江河、石光華、宋渠、宋煒等人更多是步北方以及全國「尋根文化」的熱塵說著脫離「本土」和個體生命體驗的雜糅的語言。而「整體主義」和「新歷史主義」的短暫命運和微弱的影響顯然有著這方面的原因。作為四川詩歌的代表詩人，歐陽江河最初的史詩建構和野心直接來自於北方的楊煉，正如當年的柏樺所回憶的在重慶兵站歐陽江河的家裏，歐陽江河高昂著頭、走來走去地朗誦楊煉的詩歌⋯⋯〔註76〕。而按照鐘鳴的看法則是歐陽江河「受北方的影響，喜歡抒情的氣氛和強烈的觀念，意象支離破碎，隨意朝任何方向發展。就技巧形式而言，明顯在柏樺等人之下。」〔註77〕

除了成都之外，山城重慶對先鋒詩歌的推動作用同樣特殊而巨大。

重慶地處巴蜀盆地東部，其北部、東部及南部分別有大巴山、巫山、武陵山、大婁山環繞。地貌以丘陵和山地為主，坡地面積大，故有「山城」之稱。又因為有長江和嘉陵江在此交匯，故重慶又別名「江城」。而李商隱的「巴山夜雨」則成為我們對這個地方的深刻印象。曾因寫出《尋路中國》而聞名的美國人海斯勒在涪陵師專從事外語教學的時候也對中西在地理和文化上的差異深有心得。海勒斯的中國同事尚老師儘管沒有去過涪陵但是認為涪陵應該是出美女的地方，理由很簡單，因為涪陵「有山有水」所以「出美女」，「在成都我碰到過一位涪陵人，她也給我講了同樣的事情。『但那兒的人有時候脾氣不好，』她提醒我說，『因為那兒天氣太熱，而且山很多。』我經常聽到類似的說法，這表明中國人對待自然環境的態度與外國人截然不同。當我看到

〔註76〕柏樺：《左邊——毛澤東時代的抒情詩人》，江蘇文藝出版社，2009 年版，第101 頁。
〔註77〕鐘鳴：《旁觀者》（第二卷），海南出版社，1998 年版，第 861 頁。

那些呈梯狀的小山包，注意的是人如何改變土地，把它變成了綴滿令人炫目的石階的水稻梯田；而中國人看到的是，關注的是土地怎樣改變了人。剛到學校那幾天，我總在想這個問題，尤其是因爲我所有學生的成長都與這片土地緊密聯繫。我很想知道，四川這種地勢崎嶇不平的自然環境怎樣影響了他們。同時，我也不知道未來的兩年裏，這會對我有什麼樣的影響」〔註78〕。

即使重慶和成都同屬巴蜀文化圈，但是相距 1000 華里的距離還是讓它們之間有了差異。即使是像柏樺（1956 年 1 月出生於重慶）這樣的重慶詩人在1984 年第一次走進成都的時候仍然被它強大的「異樣」氛圍所感染，「是如此地令人樂而忘返。涼爽代替了酷熱，秩序代替了混亂，時間本能地在此放慢了下來，甚至靜止不動。哦，時間在這裡養尊處優並信步於茶肆、酒館、竹林或鳥籠。」〔註79〕鐘鳴把柏樺譽爲「共和國的三個顴骨」之一（另兩個是北島和黃翔）。1986 年，柏樺考取四川大學中文系研究生。也是在這一年他的成名作《在清朝》在成都誕生。按照柏樺自己的說法《在清朝》是他獻給成都的「情詩」──「安閒和理想越來越深／牛羊無事，百姓下棋／科舉也大公無私／貨幣兩地不同有時還用穀物兌換／茶葉、絲、瓷器∥在清朝／山水畫臻於完美／紙張泛濫，風箏遍地／燈籠得了要領／一座座廟宇向南／財富似乎過分∥在清朝／詩人不事營生、愛面子飲酒落花，風和日麗／池塘的水很肥／二隻鴨子迎風游泳／風馬牛不相及∥在清朝／一個人夢見一個人／夜讀太史公，清晨掃地／而朝廷增設軍機處／每年選拔長指甲的官吏∥在清朝／多鬍鬚和無鬍鬚的人／嚴於身教，不苟言談／農村人不願認字／孩子們敬老／母親屈從於兒子∥在清朝／用款稅激勵人民／辦水利、辦學校、辦祠堂／編印書籍、整理地方志／建築弄得古香古色∥在清朝／哲學如雨，科學不能適應／有一個人朝三暮四／無端端的著急／憤怒成爲他畢生的事業／他於一八四○年死去」。80 年代先鋒詩歌熱潮中的這首代表作竟然是來自於成都對一個重慶詩人的激發。實際上柏樺這首名爲《在清朝》的詩更確切地說應該叫《在成都》。是成都這個特殊之地以其特有的精神氣息和文化根性喚起了一個年輕人閒適的「前朝」般的舊夢以及由此造就的「陰淒幻美」的風格。

柏樺曾把自己的性格歸結爲典型的「下午性格」。他在毛澤東時代所形成的帶有母親情結的心理特徵在很大程度上暗合了南方文化和詩歌精神的陰性

〔註78〕彼得·海斯勒：《江城》，李雪順譯，上海譯文出版社，2012 年版，第 6 頁。
〔註79〕柏樺：《左邊──毛澤東時代的抒情詩人》，《西藏文學》，1996 年第 3 期。

氣質。而在我看來這種煩亂、敏感、神經質的絕望、不安、恐懼、亢奮、尖銳刺耳的抗議以及緩慢而無事生非的表達欲、懷疑心理以及極左的衝動都更符合我要論述的西南的詩歌精神。80 年代柏樺於重慶完成的很多詩歌都非常典型地呈現了柔軟、古典、溫潤的南方「陰性」詩學,「就一般而言,我有些懷疑真正的男性是否真正讀得懂詩歌,但我從不懷疑女性或帶有女性氣質的男性(按:男詩人多有女性氣質,這一點是眾所周知的,布羅茨基就說過這樣的話:「我甚至比茨維塔耶娃更像一個女性。」)。她們寂寞、懶散、體弱和敏感的氣質使得她們天生不自覺地沉湎於詩的旋律。」〔註80〕

六七十年代,那時的詩人對一座城市的記憶仍然是紅色革命所製造的宏大而單一的印象。比如鐘鳴在談到對重慶印象的時候只有小說《紅岩》和文革時期的一些傳聞,僅此而已。紅岩,無論是在文學裏還是在革命記憶中都成了人們對重慶這座城市的重要標識。紅岩位於重慶西北郊的嘉陵江南岸,原名紅岩嘴,因其地表由紅色的葉岩以及地形酷似延伸到江邊的鷹嘴而得名。紅岩在國共戰爭的時候因為地下黨組織和《挺進報》以及大批革命者的犧牲而成為聖地。紅岩這個名字最為形象地體現了烈士的鮮血和革命的紅色記憶。起於秦嶺的嘉陵江由北向南流入四川盆地,在重慶匯合於長江。1997年之前,嘉陵江上只有兩座高聳的大橋。特殊的地形給重慶人尤其是苦力們製造了難以想像的障礙和痛苦。正如當地民諺所唱——「好耍不過重慶城,山高路不平。口吃兩江人,造孽多少下力人」。嘉陵江使人想到的是 1938 年逃難到重慶的東北作家端木蕻良所寫的歌詞《嘉陵江上》:「那一天 / 敵人打到了我的村莊 / 我便失去了我的田舍、家人和牛羊 / 如今我徘徊在嘉陵江上 / 我彷彿聞到了故鄉泥土的芳香 / 一樣的流水 / 一樣的月亮 / 我已失去了一切歡笑和夢想 / 江水每夜嗚咽的流過 / 都彷彿流在我的心上」。

說到重慶詩人不能不提到著名的「九葉」詩人陳敬容。

陳敬容(原名陳懿犯,曾用筆名芳素、藍冰、成輝、文谷、默弓等)1917年秋天出生於四川樂山市中區較場壩鐵貨街。命運是如此捉弄人,她的多半生幾乎都是在各地的漂泊中度過的。那些她曾經愛過的人一個個離他而去,而始終不離不棄伴隨她的卻只有詩歌。甚至在很多時候,在異鄉的漂泊和情感的動蕩中詩歌成了陳敬容撞身取暖的唯一方式。詩歌也成了她特殊的日記

〔註80〕柏樺:《左邊——毛澤東時代的抒情詩人》,江蘇文藝出版社,2009 年版,第92 頁。

和精神動蕩的見證。陳敬容從樂山出走未果,此後到成都再次出走前往遙遠的北平,再一路從北平到成都、重慶、蘭州、臨夏、平涼,再折回重慶的磐溪、上海、香港、北京……。我們可以想像在火車、汽車、輪渡上陳敬容夜路中清瘦的身影,而是什麼力量使他克服磨難一步步堅強地堅持了下來?或許正如她自己所說──「在艱難的行程中你用手按著自己的創傷」。陳敬容出生的這一天是舊曆「鬼節」,而這一年樂山遭受到幾十年不遇的水災,人們一出門街道上到處都是渾濁不堪的泥水。這肆虐的洪水作為她一生命運的開始似乎多少暗含了一些悲劇色彩。那所古老而寬大的房子給小小的陳敬容並沒有帶來多少歡樂,「窗外淅瀝地下著陰寒的小雨,夜之森嚴充塞著這所古老而寬大的房子」(《父親》)。記憶裏更多的是作為軍人的父親陳懋常(畢業於保定陸軍學堂,時為四川軍閥手下一名軍官)一年四季冷冷的眼神和陰沉沉的臉。父親在家的時候窗子隨時都是緊閉的,而他每日的抽煙喝酒更是使得屋內空氣污濁。母女們只能在沉默中忍受。只有父親不在家的時候陳敬容和姐妹們才能夠與母親歡快地交談。而母親卻常年患病臥床,不斷咳嗽和哮喘。母親越來越消瘦虛弱,而深夜裏母親劇烈的咳嗽聲讓年幼的陳敬容體會到人生的無常和痛苦。在白天陳敬容最愛做的一件事就是來到離家較遠的白塔街上,蹲在一個角落裏靜靜地看遠處的淩雲山和大佛。甚至在晴好的日子裏她還可以望見峨眉山上的積雪。母親在結婚後曾千方百計爭取到縣城女子師範讀書,但遭到丈夫和婆婆的極力反對而失敗。所以母親一直十分支持女兒上學讀書。陳敬容的祖父陳耀庭是一位秀才,飽學詩書。慈厚的祖父對陳敬容偏愛有加,所以從四歲開始陳敬容在父母的反對下接受祖父的蒙學教育。而那些《百家姓》、《三字經》、《弟子規》、《女兒經》、《孝經》漸漸難以滿足陳敬容的求知欲望,她甚至在祖父午睡的時候溜進那個巨大的書房。書房裏的光線很不好,窗外是一道高大的成年長滿了青苔的圍牆。她只能躲在窗下借著斑駁的光線偷看那些不被祖父允許看的「禁書」──《紅樓夢》、《三國演義》、《三國志》、《儒林外史》、《封神榜》、《西遊記》、《水滸傳》等。當 12 歲那年冬天的一個黃昏陳敬容讀到《聊齋誌異》的時候,那個鬼魅花妖的世界竟然讓她如此癡迷和驚喜,「怎樣地驚奇,狂喜,又怎樣地駭怕!那些鬼怪,狐狸,等等的故事,真叫人毛骨悚然!好像它們都在窗隙裏,門縫裏向我窺看,好像它們已經進到屋內,躲在那些擁擠的傢具背後,好像每一條,每一

片影子都在蠕動著，向我逼過來！」酷愛詩詞的祖父親打開了陳敬容的詩歌大門，在年幼的時候她就在祖父的指導下手抄詩經、楚辭、民謠和唐詩。祖父還擅長算卦。他曾借助幾枚銅錢知曉了年幼的孫女將一生漂泊，孤獨無助。如果說年幼的陳敬容在祖父這裡接受的還只是一般意義上的傳統教育，那麼當 13 歲的她在樂山女子中學開始讀書的時候，她迎來的是一個迥然不同的新式教育。當時樂山女中的教員都是受到了新文化運動影響的青年，在這些新式老師的影響下魯迅、茅盾、郭沫若、巴金、冰心、俞平伯、朱自清、葉聖陶、鄭振鐸等新文學作家以及外國的都德、左拉、拜倫和柯羅連科、阿志巴索夫等開始進入陳敬容的視野並對她今後的寫作產生了重要的影響。與此同時，陳敬容也對《說文解字》、《左傳》、《古文辭類纂》等書產生濃厚的興趣。時在清華大學研究院讀研究生的樂川人曹葆華（1906～1978）剛好在 1931 年回到故鄉，在女子中學暫時做英文代課教師。當時陳敬容在女子中學 2 班讀書。受新文化運動尤其是北平文化界自由和獨立精神的影響，曹葆華在學生中不斷傳播新思想和新文化。他經常帶著學生在校外郊遊並朗誦一些詩人的詩作。陳敬容開始用筆名「芳素」在校報上發表詩歌和短文。1932 年，年僅 15 歲的陳敬容一生的漂泊命運過早地開始了。在曹葆華不斷的鼓勵下，5 月 23 日在晨曦的微光中陳敬容只帶了幾件換洗衣服就與曹葆華一起從樂山三江匯合處的肖公嘴碼頭登上了一隻木船。當時只有曹葆華的四弟曹葆素以及陳敬容的同學李華芝在岸邊揮手作別。在陳敬容出走的時候，她的母親卻重病在床。在船經三峽神女峰的時候，茫茫夜色裏的陳敬容內心與江水一樣動蕩不息。這個瘦弱卻倔強的少女以行動爲一個時代女性的自由做出了回答，「不安定的靈魂，自由地在眞理的清泉中」（《幻滅》）。當 1980 年代的朦朧詩人舒婷在神女峰寫下「與其在懸崖上展覽千年／不如在愛人肩頭痛哭一晚」的時候，半個世紀前的另外一個女性卻早已經開始了自由和獨立的遠行。三天後，船到萬縣的時候陳敬容萬萬沒有想到因爲走漏消息父親已安排當地人在此處攔截。陳敬容被截回強行帶回樂山，關進一間狹小的房子裏。從此，陳敬容失去了自由。但是那間黑暗而壓抑的房間卻並未能羈絆正處於青春衝動和理想憧憬中的陳敬容。在陳敬容的絕食抗議以及朋友和其他家人的反覆勸說下，嚴厲守舊的父親才最終同意她到成都繼續讀書。成都留給陳敬容的記憶就是水門汀築成的街道以及到處賣花的人。而僅僅兩年之後，1934 年冬天執

拗的陳敬容再次因爲曹葆華而獨自離開四川前往北平（曹葆華將路費寄到了陳敬容就讀的成都私立中華女子中學）。此次出走，陳敬容都沒有想到此後幾十年她都沒有機會再次回到故鄉去。當她在老年返回故鄉時迎接她的是一個個親人荒草萋萋的墳塋。在迷茫的暗夜裏陳敬容的心和那隻搖晃的小船一樣動蕩不息。1935 年 2 月歷經兩個多月的輾轉跋涉，陳敬容終於在清華大學見到了曹葆華。七・七事變爆發後陳敬容與曹葆華離開北平前往成都。一路上他們不斷在車站和旅館遭到日本憲兵的盤查和搜身。陳敬容經常在半夜裏因爲噩夢醒來，她的腦海裏出現最多的就是日本鬼子森森的刺刀和猙獰的面容，「每個崗位上的皇軍各自把刺刀端直了些，帽檐下睜著一雙老鼠似的眼睛，直望著火車走來，便咧著嘴獰笑」。而在陰鬱的天氣和冷雨裏，在波濤洶湧的大海上陳敬容不能不爲國家的命運而心情煩悶和痛苦，「天是灰色的，像一道橋拱，在這底下人類的血液交流著。我憑著鐵欄，聽海上風濤怒吼，令人想像陰暗的戰場上，密密的槍彈在風中急旋的聲音。海浪起伏著沉鬱的顏色，沉鬱的，人類幾千年來不息的憤怒……」。

　　到成都後，曹葆華在石室中學教書，陳敬容則到四川大學園林系讀書。然而成都溫怡的秋天卻並沒有給這位四川女子帶來了平靜和歡愉的時光。

　　成都離樂山並不遠。陳敬容和曹葆華的分手地是成都。1939 年春暖花開的時候陳敬容卻感受到前所未有的寒冷與痛苦。曹葆華與陳敬容分手後前往延安，自此飄萍天各一方，二人此後再沒有任何聯繫。愛人竟成了陌路人。與曹葆華分手後陳敬容獨自一人搬到四川大學的女生宿舍，獨自承受情感上的折磨，「寂寞鎖住你的窗，／鎖住我的陽光，／重簾遮斷了凝望；／留下晚風如故人／幽咽在屋上」（《窗》）。儘管此時的陳敬容所在的成都離樂山盡在咫尺，但是性格極其堅韌獨立的她卻沒有回到故鄉去。她只能在寒冷的夜色裏遠眺故鄉、遙祭亡母。她不停追問「墓草青了還是黃了」，她的淚水只能和著迷蒙的霧無聲流淌，「我的心在夜裏徘徊，／夜伴著我，／我伴著不可知的悲哀。／一張不可見的琴弦上／響著另一世界的／奇幻的喪樂……／誰在這時候幽幽哭泣？」（《夜歌》）因爲在戰亂年代裏不斷地漂泊，陳敬容的生活連同她的寫作一樣都變得無比沉重、蒼涼和寂寞。正是如此，在不斷的出走和漂泊中陳敬容對時間和生命有著其他同時代女性所沒有的深入體驗和認知。另一位「九葉」詩人唐湜對陳敬容的評價非常準確，「我該指出在詩人面前的最大最有力的現實是時間，在時間所帶來的憂患的沉埋裏，詩人像是一個現

代荒原上的阿拉伯罕或一個心靈孤島上的魯濱遜在踽踽獨行，用最原始的石頭取火照耀自己的心靈，燒熟自己心靈的食糧使自己生活下去」（《嚴肅的星辰們》）。後來的研究者在談論包括陳敬容在內的「九葉」詩人的時候都會強調他們的知性色彩、哲學思辨、思想的知覺化、客觀對應物以及開闊的意象化的手段等等，但是對於陳敬容而言1930年到1945年的十多年間的詩歌撲面而來的卻是周身寒噤。陳敬容的第一本薄薄的詩集《盈盈集》（文化生活出版社）裏面絕大多數的詩歌都是她在客居異地的深夜以及顛簸的夜車上完成的。透過這些漫漫長夜，我們感受到的是搖曳如豆的燭光裏這位女性瘦削臉頰上的兩行清淚。

1939年夏天，剛剛經歷完初戀創傷的陳敬容又迎來了又一份情感。只是陳敬容沒有料到這次的情感傷害比上次更深。她的傷口被抹上了又一層鹽巴！陳敬容與時在重慶的青年作家沙蕾（1912～1986）相識，那時沙蕾給陳敬容寫下了大量的情意綿綿的情書。在這些滾燙的甜言蜜語前陳敬容再次對愛產生憧憬。1940年春天陳敬容跟隨沙蕾來到重慶。這座霧濛濛的山城還處於寒冷之中，陳敬容每天感受到的只有陰暗和寒冷以及嘈雜的市聲和滿身的疲倦。當時陳敬容和沙雷住在一條極其吵嚷的臨街的房子裏。陳敬容面對的是塵土飛揚的街道和不平的坡路，而下了雨之後又是沒過小腿的泥濘。短暫停留數月之後，該年秋天二人前往沙蕾的故鄉——蘭州。沙蕾是回族人，他的性格放蕩而暴躁。這是陳敬容最後不得不離開他的原因。一年之後女兒沙靈娜出生。而需要照顧的母女所迎來的卻是沙蕾的粗暴和虐待。沙蕾經常最醉酒和發脾氣的時候打得陳敬容遍體鱗傷。因為工作原因沙雷離開蘭州去了青海，自此沒有工作的陳敬容只能在忍饑挨餓中照顧年幼的嗷嗷待哺的女兒。西北生活在陳敬容看來正像是做了一場荒涼的夢。壓抑、窒息和處於水深火熱中的陳敬容在蘭州結識了正在西北從事抗戰文學活動的另一位「九葉」詩人唐祈（1920～1990）。1945年初，在空前的寒冷、飢餓和痛苦煎熬的陳敬容終於發出了出走的呼號——「聽那呼喚……近了，那呼喚；／聽呵，聽呵，我要走！」陳敬容撇下年僅四歲的大女兒沙靈娜以及病重的小女兒從蘭州出走。不幸的是小女兒沙真娜因病夭折。沙蕾聞訊陳敬容出走後竟然帶著年幼的女兒沙靈娜乘一架軍用飛機追蹤到了重慶，然後帶陳敬容一同到了上海。僅僅數日之後，陳敬容忍受不了沙蕾的折磨還是撇下女兒逃離。直到近十年之後陳敬容才終於與女兒娜團聚。1957年的一天，陳敬容和女兒在上海的大

街上竟然偶遇沙蕾。沙蕾本想上前搭話，而陳敬容拉著女兒頭也不回地飛速離開。對於這段不幸的婚姻生活陳敬容和沙蕾都在有意迴避，所以今天我們見到的相關材料極少。以沙蕾為例，在他後來的簡歷和簡短自傳中他居然對蘭州時期與陳敬容在一起的生活隻字不提。可見二人彼此都積怨頗深。關於這段情感經歷，1989 年陳敬容因病辭世後女兒沙靈娜才在《懷念媽媽》一文中略有提及。在沙靈娜看來父親沙蕾從來都不是一個腳踏實地的人，同時他又是大男子主義者和沉溺於情欲的放縱主義者（沙蕾與其他女性存在著婚姻之外的兩性關係）。逃離蘭州和沙蕾的陳敬容辭隻身一人沒有任何依靠。經過三個多月的輾轉奔波她終於到達四川江津白沙鎮，投奔其弟弟陳士型。在弟弟這裡他瞭解到多年來家裏的諸多變故。1938 年老家鐵貨街遭到日本飛機轟炸，家中八個親人頃刻間化為烏有。而在經歷了多年的漂泊和情感煉獄之後重慶的磐溪竟然迎來了她寫作的高潮期。在磐溪三個多月的時間裏，她白天在藝術專科學校以及附近的小學教書謀生，晚上則拖著疲倦的身體回到住處撥亮煤油燈開始寫作。在陳敬容看來，夜裏杜鵑的淒切啼鳴更像是自己「青春的輓歌」。小鎮磐溪距離樂山近一千里，陳敬容強烈感受到自己就是一隻永不停留的候鳥。這注定了一生都要不斷漂泊，「我沒有回到我的家鄉。也許有一天我會回去，那也將只作極短暫的停留。我將永遠地飛著，唱著，如杜鵑一樣；當我流盡了最後一滴鮮血，我也不會企求一個永遠安息的所在」。客居異鄉的陳敬容在一個個靜寂的午夜裏獨自承受冷雨與內心的淒苦。儘管窗外是田野和群山以及河流，但是陳敬容只能在文字中面對自我傾訴。這一時期除了寫作大量的詩歌和散文之外，陳敬容還翻譯了一些法國的現代詩歌。不幸的是這些譯稿在 1948 年她離開上海時全部丟失。儘管磐溪的陳敬容也是孤獨無助的，但是在她的詩集《盈盈集》和散文集《星雨集》中我們還是可以看到磐溪給這位年輕而經歷滄桑的女性以暫時的靈魂撫慰。罕見的安靜歲月給陳敬容留下了一段美好的記憶。陳敬容為自己在磐溪的生活寫了一個「自畫像」──「在黃昏的岸邊 ／遙望隔岸的燈火點點， ／你想像一些燃燒的眼睛， ／它們的歡樂有緋紅的顏色， ／它們的歎息也發亮 ／像那些銀色的夜星」（《自畫像》）。這短暫的安靜時光也使得此時的陳敬容對生活和愛情充滿了些許的憧憬。這時期陳敬容的詩歌所體現的情感既是落寞的也是平靜的，可以說是悲欣交集。而機緣巧合，陳敬容在蘭州相識的唐祈為了躲避迫害竟然也來到了磐溪。磐溪時期他們的交往給陳敬容帶來了安靜與寬慰。他們一起在

水邊談詩和回憶過往，也一起前往曾家岩 50 號何其芳的寓所進行文學交流。
1947 年 1 月 10 日時在上海的陳敬容給遠在重慶的唐祈寫了一首詩來回憶這段
難得的時光——「像雨後的天空，高朗而遼闊，／濾過的泉水中泥沙絕少，
／奔濤靜息，水仙在岸上盈盈地開」。在莽莽的如獸脊一樣的群山的夜色裏，
在嘉陵江的流淌裏，這個女性多麼希望能有一個人來敲開這扇寂寞的門扉，
「假如你走來，／在一個微溫的夜晚／輕輕地走來，／叩我寂寥的門窗」（《假
如你走來》）。而命運並沒有如此眷顧她，她沒有迎來因為幸福和愛情激動得
落淚的機會。透過房間裏閃爍的燈火，我們看到的仍然是那扇斑駁而緊閉的
門窗。陳敬容將此時的自己看作是一條不安靜的河流，她的相關詩歌和散文
中布滿了針刺一樣的疼痛和哀戚。在《盈盈集》和《星雨集》中可以看到磐
溪給這位年輕而經歷滄桑的詩人以暫時的靈魂撫慰和美好記憶，「在黃昏的岸
邊／遙望隔岸的燈火點點，／你想像一些燃燒的眼睛，／它們的歡樂有緋紅
的顏色，／它們的歎息也發亮／像那些銀色的夜星」（《自畫像》），「我從疲乏
的肩上／卸下艱難的負荷：／屈辱，苦役、／和幾個囚獄的寒冬……／／將這
一切完全覆蓋吧，／用你們快樂的鳴唱／隨著你們的歌聲，／攀上你們輕盈
的翅膀，／我的生命也彷彿化成雲彩，／在高空裏無憂地飛翔」（《飛鳥》）。
躲避迫害的另一位「九葉詩人」唐祈也從西北來到磐溪，而居住在曾家岩 50
號的何其芳更是使得重慶成為重要的詩歌之地。而早在 1935 年，時年僅僅 18
歲由樂山來北平的陳敬容正處於客居北方的孤獨之中，而故鄉只能在夢裏
了。此後的 50 年她都沒有再能回到故鄉去，但是故鄉仍然是美麗而難忘的—
—「幾回欲忘了又憶起／春風年年吹過巫峽／吹上古凌雲，吹陳年的香火／
在山廟裏燃起，吹深遠的禪堂／響著木魚，吹千年的大石佛／張開笑眼，望
著三峨／頂上的白雪，吹舟子／從萬里外歸來還高唱著：／／天下之山水在蜀
／蜀之山水在嘉／蜀之山水在……」〔註81〕。

重慶這座山城給我們留下的詩歌記憶還有毛澤東在 1945 年 9 月 6 日到重
慶沙坪壩南開中學津南村寓所拜訪南社詩人柳亞子的情形。在寓所，毛澤東
將手書在第十八集團軍重慶辦事處信箋上的《沁園春·雪》（該詩寫作於 1936
年）贈送給柳亞子，轟動一時。而重慶留給人們的另一個深刻印象是發生在
建國前夕即 1949 年 9 月 2 日的朝天門地區的震驚中外的罕見火災……。

曾經的「陪都」一直為重慶人津津樂道還是難掩的悲涼和落寞？重慶佔

〔註81〕陳敬容：《幾回》，《北平晨報·詩與批評》，1935 年 5 月 9 日第 52 期。

地 8.1 萬平方公里，雖然從 1930 年代開始這裡的城市化進程中交通得以發展，但是重慶特殊的地形還是導致了交通的極大不便。重慶市區屬於半島形地勢，半島的中端和後端又爲崎嶇山脈，從長江到嘉陵江要繞過半島的大半部分。作爲「第三代」詩歌的重鎮和策源地之一（1997 年化爲直轄市），山城重慶的狹窄、曲折、逼仄、潮濕、火辣、封閉、憋悶呈現在重慶人身上就是火辣、灑脫、粗糙、自信和幻覺，「重慶就這樣在熱中拼出性命，騰空而起，重疊、擠壓、喘著粗氣。它的驚心動魄激發了我們的視線，也抹殺了我們的視線。在那些錯綜複雜的黑暗小巷和險要的石砌階梯的曲折裏，這城市塞滿了咳嗽的空氣、抽筋的金屬、喧囂的潮濕、狹路相逢的尷尬、可笑而絕望的公共汽車，以及汽車裏易於勃起的熱情性器、紅色的衝鋒的迷宮，難以上青天的瘋狂，重慶的本質就是赤裸！詩歌也赤裸著它那密密麻麻的神經和無比尖銳的觸覺」，「崇山峻嶺腰斬了這座城市的鴻篇巨製，將它分割成互不關懷的八塊或九塊（現在更多，應是幾十塊，因爲重慶已成爲直轄市）。傳統中國應有的串連品質及人情輕撫與這個城市徹底絕緣，形成了另一種面目全非的中國生活：寂寞的自我囚徒、孤僻的怪人、狂熱的抒情志士、膽大妄爲的夢想家、甚至希特勒崇拜者」〔註82〕。從 80 年代初期起，柏樺和那些重慶詩人就是在當年文革時期武鬥最嚴酷的城市裏，在解放碑、歌樂山、雪田灣、石板坡、十八梯、觀音岩、大田灣、陳家灣、豬市壩、沙坪壩、李子壩、渣滓洞、洪崖洞、七星崗、烈士墓和各種各樣的水橋、旱橋以及中國科技情報所重慶分所這座老式的灰色辦公樓等一系列城市地圖上從事著詩歌的交往和串連。而當地生動的方言和「黑話」——扁掛、髒班子、操哥、錘子、牙刷、洗白——正像當時的重慶詩歌一樣充滿了粗糙的活力和異常生猛的想像力。1980年代以四川爲首的「第三代」詩歌運動更像是極端的左翼抒情詩人的青春期衝動和鬥爭情結對當時詩歌秩序的否定和狂熱而激動的尖聲叫喊。柏樺在《海的夏天》中有這樣的詩句——「憤慨的夏天／有著娟潔的狂躁和敏感／愁緒若高山、若鐘樓」。這不僅是一個人青年記憶的表述，更表達了 1980 年代的詩歌症候和精神狀態。就是在這種憤慨、狂躁、敏感、焦慮、偏執和愁緒中打開了以西南爲核心的先鋒詩歌的大門。在這一時期的四川詩歌中我們看到的詩歌精神是激進的、暴躁的，而上個世紀三四十年代成都曾經體現出的柔

〔註82〕柏樺：《左邊——毛澤東時代的抒情詩人》，江蘇文藝出版社，2009 年版，第99～100 頁。

靜的詩歌性格似乎早已成為詩壇絕響和前朝舊夢。1937 年秋天的一個清晨，陳敬容在成都的一個院子裏寫下這樣的詩句：「我愛長長的靜靜的日子，／白晝的陽光，夜晚的燈；／我愛單色紙筆，單色衣履，／我愛單色的和寥落的生」（《斷章》）。

　　1980 年代的先鋒詩歌運動不能不帶有典型的毛澤東時代運動精神的餘緒。這從當時詩人們頻繁的聚會、集結、飲酒、打架、印刷「地下」刊物、傳單、閒遊、串聯的集體性方式中得以淋漓盡致地呈現。儘管此時的青年詩人對極權政治懷有一種天生的不滿和反抗，但是弔詭的是這種不滿和反抗的方式卻同樣是政治運動化的。這不能不是中國詩歌的一種慣性的發展軌迹，甚至也是一種思維的牢籠，「瞧，政治多麼美／夏天穿上了軍裝／生活啊！歡樂啊！／那最後一枚像章／那自由與懷鄉之歌」（柏樺：《1966 年夏天》）。政治和生活，自由和禁錮，詩歌和運動就是如此複雜地集結在五六十年代出生的那代詩人身上。這多像「最後一枚像章」！此後，中國的先鋒詩歌運動基本結束，而是呈現為更為嘈雜的形形色色的詩歌活動。而對於在重慶西南師範大學上過學的詩人鐘鳴而言，由於其典型的南方性格和對南方詩歌的傾心，從 80 年代後期到 90 年代鐘鳴的很多詩歌比如《歷史歌謠與疏》具有代表性地呈現了這位詩人的精神氣質和西南地方之間的高度契合。實際上，按照柏樺的說法鐘鳴是很早就鍾情和迷戀地方詩歌尤其是南方詩歌的詩人，「為了追尋『南方』或『外省』這個概念，他逆流而上獨自一人大量研究有關『南社』的各種文獻，從柳亞子、蘇曼殊等人身上找到近代中國文人的『南方傳統』。」〔註83〕

　　那個年代的青年詩人對電影《列寧在 1918》和舞劇《紅色娘子軍》是非常的熟悉。這甚至無形中成了他們的集體意識：狂熱的政治運動和曖昧的個體欲望。

　　無論是程度不同的認同還是最終的反抗，運動心理成為他們思考生活和詩歌的一種方式。而禁忌年代裏舞臺上那些「南方」女戰士的的身體，尤其是是那些罕見的大腿和裸露的半截雪白的胳膊是如此強烈地刺激著這些青年對身體、女性和欲望的觀察與想像方式。而鐘鳴和歐陽江河都曾在文工團和文革時期的文藝巡演中有著扮演革命樣板戲和現代芭蕾舞劇《白毛女》、《紅色娘子軍》的經歷。歐陽江河在現代革命芭蕾舞劇《白毛女》中扮演「大春」，

〔註83〕柏樺：《今天的激情：柏樺十年文選》，上海人民出版社，2006 年，第 77 頁。

鐘鳴在《紅色娘子軍》中扮演「小龐」。基於極其相似的政治環境和文化場域，蘇聯的文學傳統與中國當代文學的緊密程度是人所共知的。而那個時代所成長起來的一代人他們是如此天然地認識了政治和鬥爭，也是如此富有意味的在政治運動的尾聲中以特殊的方式從政治運動中發現樂趣，甚至是從政治中發現欲望和異性的想像，「色情圖畫皆能成為導致勃起的無生命的客體，這並沒有什麼奇怪之處，我這裡所要指出的是，在斯大林俄國那種清教徒式的氛圍中，人們會因為一幅百分之百社會主義現實主風格的、題為《入團》的畫而情欲勃發，這幅畫的印數很大，幾乎每間教室裏都有張貼。畫上的諸多人物中間，有一位年輕的金髮女子坐在椅子上，她兩腿交叉，露出了兩三英寸寬的大腿。使我瘋狂、讓我魂牽夢繞的，倒不是她的這一小段大腿，而是她的大腿與她身上那件深褐色的裙子所構成的對比。就在那個時候，我學會了不再相信所有那些關於潛意識的噪音。我認為，我從不用象徵來幻想──我看到的永遠是真實的東西：乳房，屁股，女人的內褲」〔註 84〕。像少年時代的布羅茨基偷看舅舅的四大卷的《男人和女人》一樣，文革時期成長起來的詩人和作家大多具有這種身體的「窺視」欲望。這在王朔的小說《動物兇猛》中有生動的展示。而就詩歌而言，情感、欲望、身體、青春和力比多衝動更是代表了 80 年代詩人整體的精神氛圍。

柏樺在文革中到重慶巴縣農村當過知青，而那時鄉下的勞動尤其是美妙的自然景象給他留下了深刻印象。此後柏樺從重慶到廣州、成都、到南京，再回到重慶、成都的不斷漫遊似乎在精神稟賦上暗合了中國古代詩歌尤其是南方詩人漫遊的傳統。儘管不同時期柏樺的「出走」有著複雜的原因，甚至可能有著難以排遣的個人痛苦，但是不停的地理場景的變更尤其是南京和後來的江南漫遊給柏樺的詩歌寫作產生了非常重要的影響。這種南方氣象的濡染和浸潤打開了柏樺江南式的詩歌美學。

1978 年春天，22 歲的柏樺由重慶赴廣州外語學院讀書。期間柏樺手抄了30 多本的詩歌，抄下記憶終生的北島的《回答》、《雨夜》、《習慣》、《黃昏·丁家灘》等詩。1981 年春天，姚學正、李克堅、柏樺、黃念祖等人成立廣州青年文學協會並以工人的名義創辦刊物《五月》。這種方式與北島的《今天》竟然如此相似。有時，詩歌的歷史會以驚人的方式重演。1973 年北方的水鄉

〔註84〕 布羅茨基：《小於一》，《文明的孩子》，劉文飛譯，中央編譯出版社，2007 年版，第 16 頁。

白洋淀正上演年輕的詩人芒克和多多的一年一度的「詩歌決鬥」,而 10 年之後這在西南的「第三代」詩人張棗和柏樺這裡得以重現。1983 年 10 月柏樺起身到西南農業大學教書,不久之後與從長沙來川外讀研究生的張棗相遇,一段深厚的詩歌友誼從此開始。確切地說在此之前兩個人曾經有過一次極其短暫的見面。而柏樺的匆匆離去正是因爲他看到了張棗與自己極其相似的詩歌品質,這讓他既驚訝又有些不滿。而從 1984 年開始,隨著張棗和柏樺的深入交往,他們像前輩詩人芒克和多多一樣繼續著一場新的詩歌決鬥。當兩個人開始詩歌「決鬥」的「絕對之夜」(張棗語)開始的時候,在 2010 年的一個早春英年早逝的張棗都不會想到他們和當年白洋淀以及「今天」詩人一樣成爲二十世紀中國詩歌史尾聲中不多的詩歌傳奇之一,「我和諧的伴侶 / 急躁的性格,像今天傍晚的西風 / 一路風塵僕僕,只爲了一句忘卻的話 / 貧困而又生動,是夜半星星的密談者 / 是的,東西比我們更富于果敢 / 在這個堅韌的世界上來來往往 / 你,連同你的書,都會磨成芬芳的塵埃」(張棗:《秋天的戲劇》)。張棗的早逝多像他自己所說的「芬芳的塵埃」,而這是否印證了 80 年代初的那個夜晚張棗在柏樺那裡寫下的兩個簡短而宿命性的字:「詩讖」?

在重慶,張棗寫了一些詩歌。1984 年 12 月 5 日深夜,張棗一口氣寫下了《題辭》和《等待》兩首詩。這些詩歌的完成既呈現了一個湖南來的詩人對重慶的觀感,同時也是在這個城市裏張棗和柏樺詩歌交往和友誼的見證。1985 年 1 月 21 日,重慶。張棗給即將過生日的柏樺寫下了兄弟情誼般的詩《故園——柏樺兄生日留存》:「春天在周遭耳語 / 向著某一個斷橋般的含義 / 有人正頂著風,冒雨前進 / 也許那是池塘青草 / 典故中偶爾的動靜 // 新燕才聞一兩聲 / 燃燒的東西眞像你 / 你以爲我會回來 / (河流解著凍),穿著白襯衣 / 我夢見你抵達 / 馬匹嘯鳴不已 // 或許要灑掃一下門階 / 背後的瓜果如水滴(像從前約定過) / 陽光一露面,我們便一齊沐浴」。隨著柏樺和張棗的詩歌交往,在他們身邊又集結了付維、鄭單衣、楊偉、王凡、李偉、文林、付顯舟、劉大成、王洪志、陳康平等校園詩人。隨著張棗詩歌寫作的漸入佳境,柏樺認爲張棗的詩歌最終要達到的目的地是——北京,「張棗的聲音那時已通過重慶的上空傳出去了,成都是他詩歌的第二片晴空,接著這隻鳥兒飛向北京」〔註 85〕。可見在這些南方詩人看來,北京仍然是詩歌神聖殿堂的象徵。

〔註85〕柏樺:《左邊——毛澤東時代的抒情詩人》,江蘇文藝出版社,2009 年版,第118 頁。

而更值得注意的是後來圍繞著「今天」和先鋒詩歌在北京詩歌圈有一個重要的神秘人物──趙一凡（1935～1988）。趙一凡對當時北京「地下」詩歌的資料收集起到的作用是有目共睹的。而當時四川的「第三代」詩歌運動中在西南農業大學校園後面山坡的一個平常的農舍裏一個叫周中陵的人開了一個打印室。這在當時手抄和油印詩歌十分流行的年代是非常稀有的。就是這個以打字為生的周中陵，竟然在繁重的生存壓力面前狂熱地自學美學，狂熱地喜歡詩歌。在他的周圍無一例外都是詩人朋友，柏樺、張棗、李亞偉、廖亦武等詩人都曾在這間農舍裏聚集、喝酒、吟詩。而在「第三代」詩歌運動中一份重要的民間刊物綠色封面的《日日新》就是 1985 年春天在這裡誕生的。而歷史是如此地巧合和不可思議！周中陵因自小小兒麻痺導致左腿殘疾，這與北京的坐在輪椅上的趙一凡的命運是如此相似！趙一凡自幼因病致殘，兩度臥病在床達 15 年，常年在輪椅上生活。略微不同的是趙一凡因為詩歌成了痛苦的受難者，而周中陵則因為詩歌成了歡樂的鼓動者。

而當南方正展開轟轟烈烈的「第三代」詩歌運動的時候北方的「今天」詩人卻感受到了空前的落寞並陷入對當年白洋淀詩歌輝煌期的回憶和輓歌當中。這從另一個側面顯現出北方在一度的輝煌過後呈現出空前而少有的落寞和「邊緣特徵」。而後來的《現代漢詩》則成為北方詩歌的最後的理想閃光。

值得注意的是北方和南方詩人因為性格和地方文化上的差異在詩歌修改上的區別。無論是食指的詩歌寫作還是不久發生於白洋淀的「地下」寫作，後來受到洪子誠、程光煒等詩歌史家不信任的一個重要原因除了詩歌繫年問題之外，另一個更重要的原因就是食指、北島、多多等這些詩人曾在不同時期修改自己的詩作。而這些詩人包括北島時至今日仍然對詩歌修改三緘其口，保持沉默。我在博士論文《當代詩歌史寫作問題研究》中曾梳理過食指、北島等詩人的不同詩歌版本和詩作的改動情況。而為什麼這些北方詩人對詩歌的修改情況不置可否？這其中的原因是什麼呢？是覺得修改詩歌是詩人的權利，還是詩歌改動代表了不同時期的美學趣味，甚至還隱含了對前期詩歌寫作的某種不滿和補充？其中原因筆者無力作出判斷，但至少這種集體性的修改行為應該有一定的地緣性格以及詩歌歷史觀在起作用。因為比照之下我們會發現南方的詩歌尤其是四川詩人對詩歌的修改、甚至是相互之間的修改從來都是「明目張膽」開載布公地進行，而不是遮遮掩掩、忸怩作態。儘管歷史語境不同，但是這其中至少應該包含了地方差異所導致的詩歌性格的不

同。在 1980 年代四川詩人互相修改詩歌甚至形成了一種風氣，比如張棗和柏樺在第一時間閱讀到對方詩歌時都樂此不疲地予以修改。這既是相互的信任，也是對自己詩歌趣味和技藝的信任與炫耀。張棗曾改動過柏樺《名字》一首的最後一節，張棗曾為柏樺的一首詩起了一個非常貼切也讓柏樺非常服氣的名字《白頭巾》。歐陽江河、張棗和付維一起改動過柏樺的《在清朝》。比如歐陽江河把《在清朝》的「安閒的理想越來越深」改為「安閒和理想越來越深」，付維把《在清朝》的「夜讀太史公，清晨捕魚」修改為「夜讀太史公，清晨掃地」，付維還把《望氣的人》中的「一個乾枯的道士沉默」改為「一個乾枯的導師沉默」。而我們現在所看到的版本《在清朝》、《望氣的人》等都是這些朋友共同完成的傑作。

第七節 「莽漢」的暴動：「我要去北邊」

早在 1982 年，位於四川盆地中北部和嘉陵江中游的南充小城就比較早地出現了「第三代人」詩歌活動。按照楊黎比較誇張的說法，萬夏（南充師範學院中文系）、胡冬（四川大學歷史系）和廖希（西南師範大學中文系）於 1982 年的詩歌聚會和活動是因為萬夏當時的中學女同學帥青。1982 年 10 月，在萬夏和胡冬等人的前期聯繫和策劃下來自南充的萬夏、朱志勇等人，來自成都的胡冬、趙野、唐亞平等五人以及來自重慶的廖希、馬拉等人在西南師範學院進行了後來漸漸輻射到四川其他校園的詩歌活動。儘管這次熱鬧的僅僅三天的詩歌活動沒有取得什麼實質性的進展，更多還局限於青春的激情和對未來詩歌的美好暢想。但恰恰就是這種青春的狂妄和大膽設想，在這次會憶上這些同齡人將自己定名為「第三代人」〔註86〕並決定出版《第三代人》詩集。同年年底，胡冬和趙野到南充與萬夏商討「第三代人宣言」。

1984 年，萬夏和胡冬在一次酒桌上針對有人罵他們的詩歌是「他媽的詩」、「混蛋的詩」，於是決定就寫「他媽的詩」給這些人看看。「莽漢詩」由此產生。在「莽漢」的誕生過程中除了來自於詩人面對面的討論之外，更多的是來自於李亞偉與萬夏、馬松、胡冬、二毛和胡玉等人之間極其頻繁的通信。那一時期的詩歌活動主要來自於詩人之間的交遊（一種類似於當年紅衛

〔註86〕 對於「第三代人」這一概念的最早提出以及具體指涉目前仍有巨大爭議和分歧，哪怕是在這一代詩人內部。按照萬夏的說法第一代人指的是郭小川、賀敬之等，第二代是北島們的「今天派」，第三代就是萬夏他們自己了。

兵的「串聯」）和通信。這些四川詩人的信件中出現最多的詞彙就是「媽的」、「媽媽的」、「他媽的」、「他娘的」、「狗小子」、「臭小子」、「奶奶的」、「油爆的」。李亞偉等人甚至把四川之外的詩人都蔑稱為「鳥詩人」。

1984 年 3 月 2 日李亞偉給胡玉寫了一封信，鼓動寫作「男子漢」氣派的詩。短短 200 來字的一封信李亞偉竟然重複使用了六次「媽媽的」。

> 胡玉：
>
> 　　把你的長篇大哭放下，寫一點男人的詩，兄弟們一起在這個國家復辟男子漢，從而打倒全國人們寫的媽媽詩。名字暫定為莽漢，這種鳥詩我們暫訂半年合同，簽到人都是些還來不及和鬍鬚的男人，把一切都弄來下酒！
>
> 　　你我都是羅馬角鬥士是復辟古風的韓愈和一些奇怪的硬東西硬玩意。媽媽的口紅詩媽媽農民詩，媽媽的哲理，媽媽的編輯部，媽媽的讀者和稿費！
>
> 你的親兄弟　　　亞偉

儘管萬夏和胡冬在分別寫出《莽漢》、《打擊樂》和《我想乘一艘慢船去巴黎》（此詩有兩個版本，有的名為《我想乘一艘滿船到巴黎去》）之後不久即告別了「莽漢」，但是李亞偉卻在這種「莽漢」精神的巨大策動和感召下帶著「豪豬的詩篇」瘋狂地上路了。

在這些嚎叫的「莽漢」身上我們能夠在 1893 年表現主義大師蒙克的《尖叫》中找到精神上的呼應。李亞偉等「莽漢」身上真正體現了一種文化和心理的生猛不羈的青春叛逆和張揚，「更能體現四川作家青春氣息的還不在於生理的年齡」，「重要的是他們當中相當一部分都在很長的時間內保持著青年人的活力與開朗，滿懷著青年人的天真與幻想，更富有青年人的豐富而多變的情感，許多四川作家都是心理上的青年」〔註 87〕。這似乎正如巴金所說「我不是一個冷靜的作家」〔註 88〕。正是因為這種天真、開朗、豪放、叛逆的青春期心理以及不冷靜的「青年」性格，巴蜀大地孕育出李亞偉等如此奇怪而出類拔萃的詩人。

在不斷的逃課、打架、流浪和酒精、女人的刺激下「莽漢」詩人開始跨

〔註 87〕 李怡：《現代四川文學的巴蜀文化闡釋》，湖南文藝出版社，1995 年版，第 140 頁。

〔註 88〕 巴金：《關於〈家〉10 版改訂本代序》，《巴金專集》，四川人民出版社，1982 年版，第 350 頁。

出南充小城在四川甚至北方產生影響。此時的李亞偉正像腰間掛著詩篇的一頭豪豬，而不是獅子或老虎。豪豬，個頭小，頭部像老鼠，全身上下長滿黑棕色的利劍一樣的刺兒。受到攻擊或驚嚇，這些毛刺根根直立。20 歲出頭的李亞偉以高亢的川東方言和罕見的力比多喊出了那一代人的衝動：「聽著吧，世界，女人，21 歲或者／老大哥、老大姐等其它什麼老玩意／我扛著旗幟，發一聲吶喊／飛舞著銅錘帶著百多斤情詩衝來了／我的後面是調皮的讀者，打鐵匠和大腳農婦」（《二十歲》）。這種「粗糙」甚至「粗礪」的口語美學和身體文化姿態更新了那個時代青年詩人的詩歌認知。當然這種詩歌寫作方式是以耗費青春和激情為代價的。也就是說這種寫作精神只能靠一時的衝動而很難得以維繫。而令人不可思議的是，在這一點上芒克和李亞偉居然有著驚人的相似。老芒克至今仍然在酒桌和詩壇上叱吒風雲，仍然在隨意中袒現自由、率真的天性。老芒克仍然會在酒後對人揮拳相向、大打出手，即使是唐曉渡這樣多年的哥們和好友也曾遭受芒克酒後失控的老拳。而李亞偉至今仍然像老芒克一樣喝酒、寫詩、打架。儘管李亞偉因為常年喝酒胃部已經動過手術，但是這對於李亞偉而言算不了什麼。2007 年 1 月我作為評委去內蒙額爾古納參加第二屆「明天‧額爾古納詩歌獎」的頒獎。當北京灰濛濛的冬日煙塵轉換為額爾古納廣闊的草原和莽莽的白樺林，我幾乎是以近乎狂醉的心情呼吸著這裡的一切。海拉爾車站，零下二十幾度的天氣。我在斯琴格日勒、韓紅和鳳凰傳奇的歌聲中不停在雪地上來回走動好去除周身的寒氣。在去額爾古納的路上，雪原、白樺、羊群和藍得讓人生疑的天空讓我們感謝詩歌給了我們聚會的機會。臨近半夜，我和江非因為勞累幾已進入夢鄉，但是曹五木、沈浩波這兩個傢伙卻喝得大醉。曹五木不停打電話，在屋子裏來回竄動。最後曹五木在眩暈中打著海嘯般的鼾聲入睡，我和江非則在黑暗中接受這非人的折磨。江非在抽煙，那明滅的火光成了一種無聲的反抗。第二天早上吃飯的時候，李亞偉在飯桌上大發牢騷，痛罵昨天晚上兩個不好好睡覺的傢伙「野驢」似的在房頂上折騰。接下來的幾天，我和李亞偉住在恩合農俗村一個俄羅斯式的院落裏。那時已是凌晨，人們紛紛回房睡覺，而李亞偉卻仍獨自一人坐在廳堂裏喝酒，大聲打電話。莽漢就是莽漢啊！李亞偉在後來的頒獎典禮上和一個俄羅斯姑娘喝酒喝高了，幾乎是被一個「80 後」詩人以及其他人攙著回了住處。那天李亞偉酒後還揮拳打了一位年輕詩人，他被攙到住處後就人事不省。從這裡依然能夠看到當年這個「莽漢」年輕時的「風采」。

在這一點上，芒克和李亞偉屬於同道中人，也屬於布魯姆所說的那種強力詩人。其持續燃燒的熱情和天才的歌唱是詩人中罕見的。

值得糾正的是李亞偉的「莽漢」詩歌和行動並不是直接受到了嚎叫派金斯伯格的影響。直至 1986 年李亞偉才第一次接觸到金斯伯格的《嚎叫》並且用川東方言甩出一句「他媽的，原來美國還有一個老莽漢。」李亞偉應該說是在最典型的意義上呈現了四川詩歌的性格。就像火熱的四川盆地和嘈雜火辣的火鍋店一樣，李亞偉的火爆、直率、無所顧忌的激烈和自由反抗的癖性被痛快淋漓地噴射出來。狂想症、語言暴力、架空的詩歌熱望和難以揮泄的力比多都在詩歌中找到了釋放和噴發。這在李亞偉寫於 1987 年的《陸地》一詩中有著直接的對應。這首暴躁的詩不分行、無標點，類似於狂人和暴徒的自言自語和狂熱叫囂，「一九八四年那一跤才夠厲害那是怎麼啦那天空怎麼啦你怎麼啦我他媽到底怎麼啦剛才怎麼啦用磚頭毒藥跳樓自殺你又把我怎麼啦不寫遺書又怎麼啦不做好人不做詩人做件東西怎麼啦怎麼把頭撞向地球去拼命啦老子得一天不混一天混半天你又把我怎麼啦我怎麼你又怎麼啦你算老幾我活在世上又算老幾我們都不怎麼卻要幹倒藝術幹倒莽漢幹倒女朋友這又怎麼幹不倒又怎麼把自己轟隆一下幹倒又怎麼啦女朋友您一點也不漂亮關我什麼事兒啦怎麼啦怎麼啦我他媽今兒個到底怎麼啦」。而被政治弄得疲軟多年、喪失自由和活力的中國詩歌正是需要李亞偉這樣的狂飆突進式的詩人對僵化的寫作模式和詩歌秩序的「挑釁」以及更本質上對詩歌語言的「挑釁」，「曾經在漫長的時光中寫作和狂想，試圖用詩中的眼睛看穿命的本質。除了喝酒、讀書、聽音樂是為了享樂，其餘時光我的命常常被我心目中天上的詩歌之眼看穿，且勾去了那些光陰中的魂魄。那時我毫無知覺，自大而又瘋狂，以為自己是個玩命徒」〔註89〕，「我至今還不是一個和語言和平共處的詩人」，「與其說我是憑著技巧、感覺和酒膽毋寧說我是憑著命中的一種呼喚而在語言的群山中迂迴和摸索」〔註90〕。

李亞偉在 1980 年代有一張照片非常值得注意和回味。畫面上李亞偉的長髮被風吹向左邊，他的左手緊緊握住右邊的手臂，彷彿受了重傷或者正準備挽起袖管還擊。而他那雙不羈而凌厲的眼睛正斜視前方，準備隨時發出挑戰。這鮮明體現了這位大學時代的校拳擊隊成員的不安分個性。四川詩人生動的詩歌故事和詩人形象在李亞偉等人的照片影像中得到最為傳神的詮釋。1983

〔註89〕 李亞偉：《豪豬的詩篇》，花城出版社，2006 年版。
〔註90〕 李亞偉：《急剎車》，《現代漢詩》，1994 年春夏卷。

年夏天，李亞偉和萬夏、胡鈺正離開校園在逃學的路上。遠處是一片山地和低矮的莊稼，三人並排站立。李亞偉頭戴一頂農民式的草帽，歪著身子，左手放在右臂下；胡鈺個小居中；右邊是萬夏，左手叉腰，右手搭在胡鈺肩上。三人表情有些嚴肅，可能正在為逃學的路費和吃飯問題發愁。大學時代少不了郊遊，在一張照片上我們可以看到畫面正中草地上橫臥一人，畫面左側是一個高個子燙過頭髮的女大學生，右側是側身站立的李亞偉。李亞偉左手夾著煙捲，右手提著吉他，穿著當時流行的喇叭褲。1984 年夏天，李亞偉留起了長髮和小鬍子。照片上的他蹲在床上，雙手抱攏，眼睛無所事事地瞪視前方。他的身邊是在床上正在練習倒立的二毛，只穿短褲。多麼急迫地等待發泄的青春衝動和詩歌暴動！此後一段時間，李亞偉經常是以長髮示人，酒桌上則赤膊上陣。在大學即將畢業前夕，李亞偉、萬夏、馬松、胡鈺等人所在的中文系和另外兩個大學的 30 多名學生與兩個工廠和一個街道的 40 多名社會閒散人員和流氓展開了一場群毆事件。結果是李亞偉、揚帆和馬松被關進拘留所。這次校園鬥毆事件也導致馬松、石方、尹家成被勒令退學，李亞偉、揚帆、胡鈺記大過，敖歌留級，小綿羊被開除。我們能夠在 1984 年南充師院中文系的畢業合影上看到第一排的李亞偉等三人的髮型非常特殊，其他的人差不多都是長髮，而他們則是平頭（顯然是從拘留所剛出來不久）。而被勒令退學的馬松卻不以為然，請看他的自陳——「63 年 10 月出產於母親。賞讀三年半大學，打架與寫詩」。我們能夠在這些詩人的日常生活和詩歌行為中看到80 年代四川詩人最惹人注目也最為極端的一面——先鋒、生猛、另類、行動、串聯和流浪，「80 年代萬夏的奇裝異服及髮型花哨是相當有名的，他不能代表英國服飾師及紐約夜生活中的玩意兒，他不屬於資產階級，但他可以代表莽漢主義的理論」〔註 91〕。值得注意的是以李亞偉等毛頭小子為代表的狂飆突進的「莽漢」詩歌和行動不僅呈現了這一年代詩歌的先鋒精神和叛逆色彩，而且也是這些出生於 1960 年代詩人的政治情結和運動精神在詩歌中的體現。這仍然是毛澤東時代一代人在少年時期未完成的紅色革命和階級鬥爭的某種變形和延續，「1968 年，毛澤東在天安門廣場檢閱三百萬紅衛兵，萬夏 6 歲、我 5 歲，兩個小男孩，被革命的光輝照得紅彤彤。我們沒有得到主席的檢閱，大串聯的列車中也沒有我們，武鬥的時候我們在哈著腰撿子彈殼，我們當時

〔註91〕 李亞偉：《流浪途中的「莽漢主義」》，《豪豬的詩篇》，花城出版社，2006 年版，
　　　　第 216 頁。

目不識丁，但能背語錄，從大人的腋下和胯襠下往前擠從而出席各種批鬥會」
〔註 92〕。這些年輕氣盛、魯莽、強壯的青年與當年的紅衛兵是如此相像，只
是前者是階級運動的闖將，後者是詩歌運動的強者。以張小波爲例，他遠離
詩歌下海作爲書商後，我們看看他運作的暢銷書以及他圖書公司的名字就可
以看出那一代人的性格和情結，比如鳳凰聯動文化傳媒有限公司，重慶鳳凰
決定圖書傳媒有限公司、北京共和聯動圖書有限公司。

　　「莽漢」詩歌的意義一定程度上還在於這些詩人的生活方式和詩歌行動
以及它們體現在詩歌寫作中的活力和魄力代表了與以往詩歌（包括「今天」
詩人在內）不一樣的寫作方向。像海子的「到遠方去」一樣，出生於川東的
李亞偉在 80 年代的詩歌中也不斷有向遠方出發的衝動。

　　看看他這一時期的相關幾首詩作的題目就可以看到青春期式的躁動甚至
「暴動」心理──《遠方是一個洞。洞中是另一片大陸。》、《遠方擱淺在地
平線上。你以眺望的方式到達那裡。》、《遠方被早晨傍晚扛來扛去，越扛越
遠。從今天到昨天，從今年到去年。》、《你被固定在一個角色的位置上。遠
方被卡在遠方動也動不得。》、《遠方一伸一縮。這是到達的一種方式。》、《遠
方在遠方大喊一聲「哎喲」》、《遠方走過來喘著粗氣，就你媽近得要命》。這
種遠方情結竟然與當年「迷惘的一代」的出走方式如此驚人地相似。顯然時
代賦予了這一時期的「遠方」以理想主義的色彩。儘管李亞偉等「莽漢」嘴
裏不斷罵罵咧咧，但這正是骨子裏的「理想主義」的極端呈現。而這種遠方
很多時候是與「北方」相一致的，甚至有時候是可以替換的。可以看到無論
是在潛意識裏還是在自覺層面，「北方」尤其是北京仍然是李亞偉這樣的南方
詩人衝動的動因和行動的目標。這種不無強烈的「北方」意識鮮明地體現在
他的詩歌《進行曲》中。

> 走過大街小巷
> 走過左鄰右舍窮親戚壞朋友們中間
> 告訴這些嘻嘻哈哈的陰影
> 我要去北邊
> 走過車站走過廣場走過國境線
> 告訴這些東搖西晃的玩意兒

〔註 92〕李亞偉：《流浪途中的「莽漢主義」》，《豪豬的詩篇》，花城出版社，2006 年版，
　　　　第 216 頁。

我要去北邊

走過人民北路師範學院

走過領導的面前

把腳丫舉過頭頂高傲地

走過女朋友身邊

告訴這些尖聲怪氣的畫面

我要去北邊

我要去看看長城現在怎麼啦

我要去看看蒙古人現在怎麼啦

去看看鮮卑人契丹人現在怎麼啦

我要到很遠很遠的地方

去看看我本人

今兒到底怎麼啦

　　李亞偉在《進行曲》中不斷呼號的「我要去北邊」的衝動在另外一個層面上也有 80 年代文化「尋根熱」的情結。在李亞偉看來現代人無疑喪失了很多寶貴的傳統血脈的東西，而北方、長城、蒙古人和契丹人無疑是李亞偉所想像甚至嚮往的曾經強力民族和地域的象徵。然而在北方詩人朱淩波、蘇歷銘、包臨軒、李夢和黃雲鶴那裡喊出的卻是「北方沒有上帝」。1986 年，李亞偉在《闖蕩江湖：一九八六》中仍然在呼喊著要去「北方」：「一九八六年，朋友在煙圈邊等我，然後攜煙圈一起離開大路 ／一九八六年，火車把夏天拉得老長，愛人們在千萬根枕木上等待這個高瘦的男人 ／愛人們！愛人們在濃汁般的陽光中裸戲，終因孤獨而同性相戀 ／一九八六！一九八六！ ／你埋葬在土地下的內臟正在朝北運行 ／你的肩膀，在正午在湖北境內朝北運轉 ／這樣的年月，無盡的鐵軌從春天突圍而來惡狠狠朝江邊酒樓一頭紮去 ／一九八六年！ ／每天所有枕木毫無道理地雷同，一九八六！ ／你這黏糊糊的夏天，我額頭因地球的旋轉而在此搖向高空等待你迎頭痛擊」。80 年代的李亞偉就是這樣因為「北方」而不斷激動著，嚎叫著。而這種豪俠一般甚至帶有匪氣的詩歌性格在一定程度上應該與李亞偉的川東性格有著潛在的關聯，這同時也是重慶性格在詩歌中火熱而赤裸的呈現與揮霍。按照柏樺的說法就是「川東，是重慶賦予的，因為重慶的本質就是赤裸！詩歌也赤裸著它那密密麻麻的神經和無比尖銳的觸覺。川東，沈從文生活的湘西就緊緊挨靠在它的身旁。黔

北、川東、湘西勾連成勢，自成一派，『浪漫情緒和宗教情緒兩者混而爲一』，於此間嬝嬝升騰。在女子方面，它是性的壓抑與死亡，沈從文從此處受惠，寫《邊城》，寫翠翠，輕輕地挽唱著田園牧歌的女性之聲。而莽漢李亞偉的聲音從另一個意義上補足了這種綿密的細膩，提供了另一個地理之聲，那是男性的，游俠的聲音」〔註93〕。值得糾正的是柏樺爲了強調和襯托李亞偉「男性」的一面而片面強調了沈從文寫作「女性」的一面，而忽視了複雜和豐富的沈從文。沈從文湘西時期在關於湘西的小說和散文中有很多都凸顯了強力的「男性」特質。但我想確如柏樺所言李亞偉的川東身份和性格與他的詩歌有重疊的部分，尤其是他詩歌中罕見的鐵鏈一般令人喘不過氣來的逼人氣勢恰如這位高大的川東壯漢的身軀。而不時閃現其中的川東方言和口語也呈現了漢語（或漢化的方言、詩歌化的方言）的活力。川東詩人李亞偉的身上有著四川邊地和湖南交界區域的駁雜性。這個過渡性的區域性格也正如沈從文所描述的「白河的源流，從四川邊境而來，故凡從白河上行的小船，春水發時可以直達川屬的秀山。但屬於湖南境內的，則茶峒爲最後一個水碼頭。這條河水的河面，在茶峒時雖寬約半里，當秋冬之際水落時，河床流水處還不到二十丈，其餘皆一灘青石。小船到此後，既無從上行，故凡川東的進出口貨物，皆由這地方落水起岸」〔註94〕。在柏樺這樣的重慶詩人看來李亞偉和「莽漢」詩歌直接對應的仍然是北方的「今天」和「朦朧詩」的傳統，「對應著這種『文人』化的社會轉型，莽漢的出現，無疑是對『今天』的反撥（僅詩歌內部而言）。正如我們看到的，『今天』的激情是以時代代言人的形象出現的，他無疑是一種傳統知識分子受難、擔當的現代書寫，是歷史宏大敘述和表達。莽漢，代表第三代詩歌的總體轉向，是一種個性化的書寫，農耕氣質的表達，他們用口語、用漫遊建立起『受難』之外另一種活潑的天性存在，吃酒、結社、交遊、追逐女性……通過一系列漫遊性的社交，他們建立了『安身立命』的方式，並爲之注入了相關的價值與意義」〔註95〕。我想，柏樺將「莽漢」詩歌與「今天」進行美學上的比較是具有合理性的，但是柏樺仍然

〔註93〕柏樺：《左邊——毛澤東時代的抒情詩人》，江蘇文藝出版社，2009年版，第146頁。

〔註94〕沈從文：《邊城》，《國聞周報》，第11卷第1、2、4、10～16期，1934年1～6月。

〔註95〕柏樺：《左邊——毛澤東時代的抒情詩人》，江蘇文藝出版社，2009年版，第150頁。

因爲說話者的身份和立場而導致了一定程度上的「自我」和「地方」中心，過於強調了「莽漢」詩歌的意義和價值。包括「莽漢」詩歌在內的很多「第三代」詩歌群體都帶有過於明顯的政治年代的餘緒和運動特徵，很多詩人仍充當著代言者的角色。這些詩人筆下的「我」仍然一定程度上充當了同「今天」詩人一樣的代言人——只是代言的方式和內容有所區別罷了。只是這個代言人所代言的不再是以往畸形宏大的政治和集體，而是扮演了各種文化身份。「第三代」詩歌中的「我」仍然不是純粹的個體意義上的，個體被無限放大爲過於具有顛覆和反叛性的一代青年的整體形象。或者說「第三代」詩歌中的「我」仍然承擔了很多單純個體之外的表徵和功能，仍然承擔著一代人的時代想像、詩歌理解和角色承擔，「我有無數發達的體魄和無數萬惡的嘴臉／我名叫男人——海盜的諢名／我決不是被編輯用火鉗夾出來的臭詩人／我不是臭詩人，我是許許多多的男人／我建設世界，建設我老婆」（李亞偉：《我是中國》），「背著書包，深夜的草原到處都在上晚自習／身著黑夾克的嬉皮士和身佩紅袖章的紅衛兵／在課堂上共同朗讀又夢見周公／謠言使人民普遍成了詩人，少數成了敵人」（李亞偉：《秋收》）。在「今天」詩人這裡他們代言的是英雄和啓蒙者，也包括柏樺所說的「受難者」；而「莽漢」李亞偉等人所要代言的就是「第三代人」有意爲之的不同於前此詩人的立場和姿態，仍然是爲一代人立言。只是這一代人強調的不再是苦難、英雄、大寫的人和啓蒙，而是換成了自由、反叛、冒犯和顛覆以及這一代人特有的流浪、奔走和交遊。這仍然顯現了最後一代「毛澤東時代抒情詩人」的政治情結和血管裏面流淌的政治時代的因子。甚至在「莽漢」詩歌亢奮的吼叫中我們能夠聽到當年「今天」的回聲，正如北島在《今天》創刊號的「致讀者」中所說的「這一時代必須確立每個人生應有的意義，並進一步加深人們對自由精神的理解。」

1984 年夏天，萬夏從南充師院中文系畢業回到成都，並在不久之後組織成立四川青年詩人協會並當選爲副會長。1985 年萬夏和楊黎、趙野等人主編民刊《現代主義同盟》（後更名爲《現代詩內部交流資料》）。1984 年大學畢業到 1986 年短短兩年時間內，萬夏以行爲藝術的方式彰顯著「莽漢」精神——代課、跑龍套、掮客、流浪漢、Y 公司經理、咖啡館老闆、雜誌社美編、百貨推銷員。在第一期的《現代主義同盟》上萬夏等人表現出強烈的詩歌史意識以及企圖超越北方「今天」詩人的「野心」。這期刊物的欄目設置是「結局或開始」，「亞洲銅」和「第三代人」。很明顯在詩歌歷史序列裏北島等詩人被排

在了第一位，而「第三代人」的即將集體登場在這裡奏響了前奏。至於「第三代」中一部分人喊出的「Pass 北島」也暗含了南方詩人對北方詩歌的反撥甚至「反動」。柏樺曾經針對所謂的「第一本」鉛印的民刊《現代主義同盟》發出這樣的判斷──「詩歌以這本萬夏主編的書的形式完成了它絕非人意的神秘轉移，詩歌風水從北京到成都簡直就像從雅典到羅馬。歷史和顯示一個驚人的相似性！」〔註96〕柏樺的這個說法實際上並不完全準確，但是確實存在著四川詩歌在 80 年代的崛起以及其難以消弭的歷史重要性和詩歌美學的重要性。說到詩歌由北京向成都轉移在我看來並不意味著一般意義上的以北京為核心和象徵的北方詩人的詩歌寫作式微和衰落。實際上 80 年代北京湧現了大批的重要的「今天」之後的青年詩人群落，如眾所周知的海子、駱一禾、西川、戈麥、老木以及晚些時候的臧棣、西渡等等。而說到詩歌在 80 年代由北京向四川的轉移確實也說出了另外一個事實，尤其是在 1989 年之後以北京為象徵的北方詩歌體系由於喪失了長期的政治等非詩歌因素的強大支撐而光輝慘淡。這還原出詩歌應有的「邊緣」和「孤獨」品質。

儘管李亞偉作為「第三代」詩歌的重要人物曾經高度評價了這次喧鬧的詩歌運動，正如他所高聲宣佈的「80 年代中期在中國出現的數也數不清的詩歌社團和流派不僅體現了中國人對孤獨的不厭其煩的拒絕和喜歡紮堆，更多的是體現了中國新詩對漢語的一次鬧闐闐的冒險和探索，其熱鬧和歷史意義絕不亞於世界各地已知的幾次大規模的淘金熱」。但是在短暫的喧鬧和輝煌之後留下了大量的詩歌稗草和非詩歌的垃圾和草灰。就四川而言，只有零星的「莽漢」、「非非」作為「流派」得以在詩歌史上存活延續。而同樣是在 1989 年之後四川詩歌和北京詩歌以及全國詩歌一樣在一個新的歷史節點上開始了詩歌的「落寞」轉換。在長時期的孤獨、壓抑、緊張和分裂中中國當代漢語詩歌真正完成了一次最初由政治、次而由經濟再到詩歌本體自身的艱難蛻變和轉換。換言之，1990 年代以來的詩歌才真正走上了詩歌發展和變革的正常之途。當然這樣說並不意味著貶低當年的白洋淀詩群、「今天」和朦朧詩潮以及「第三代」詩歌運動的意義和價值，只是這些詩歌現象和詩歌運動是還不能完全擺脫政治文化和意識形態性的產物和「後遺症」，還顯得不夠純粹。這同時也許就是中國詩歌的宿命性存在和悖論性特徵，詩歌現象和詩歌活動往

〔註96〕柏樺：《左邊──毛澤東時代的抒情詩人》，江蘇文藝出版社，2009 年版，第139 頁。

往是與非詩的政治和複雜的社會背景共生。

當多年之後李亞偉、萬夏、楊黎、歐陽江河、孫文波、瀟瀟等人紛紛離開四川到北京打拼的時候，他們可能沒有想到在遠離詩歌的時代北京這樣的城市帶給他們的重重壓力。儘管楊黎等人仍然上演各種讓人匪夷所思的噱頭，但是可以肯定的是一個曾經的四川詩歌的時代結束了。李亞偉也不得不向朋友抱怨，「我要快點離開這狗日的北平」。北京顯然成了李亞偉這些「外省」詩人們又愛又恨之地，這也顯現出北京這個大熔爐的強大。當年的詩歌青年成了中年書商和畫廊經理，當年的詩歌交往成了今天的商業聚會，當年的「闖關東」置換成了「闖北京」──「闖關東的後代如今又往回闖 / 遠遠看見 / 蚯蚓在黃河邊生銹 // 祖孫八代了 / 弄來弄去 / 不如停在北京發財 / 並且 燈兒喝 // 張哥對我── / 假東北人對假東北人──說 / 咋整呢咋整呢 / 我操，大不了回東北」（李亞偉：《山海關》）。儘管李亞偉在不同時期的詩歌中保持了「莽漢」和四川詩歌的「地方性知識」，但是來北京之後的他的詩歌顯然已經不再是80年代先鋒詩歌精神的繼續了。此時強大的北京以其現代化和城市化的加速度進程取代了80年代的詩歌地方性知識和「青春期」寫作。在人過中年的李亞偉等人身上更多的是無奈和失落，我們看到的是80年代詩歌以及四川詩歌曾經閃爍的詩歌光芒的漸漸黯淡，「海淀區的上空，天堂是無人值班的信息臺 / 雲擡著它們的祖母在暴雨中轟隆隆向朝鮮方向走去 / 一絲綠意才呻吟著從上個世紀的老棉被裏輕輕滑進沿街的服裝店 / 變成了無人注意的中關村的初春，我真不知道這點春光是什麼卵意思」（《新世紀游子》）。

也許，並不遙遠的成都遊人如織的窄巷子32號的白夜酒吧和寬巷子香積廚正在成爲是這個商業時代詩人生活的最準確注腳。

第八節 西昌小城：「非非」的文化策略與語言「反動」

與「莽漢」詩人的詩歌和行動的雙重暴動和反叛相比，「非非」則更大程度上是詩歌理論自身的「暴動」、文化策略與語言反動。

「非非」的出現多少有些像1916年的蘇黎世，在一個叫伏爾泰的餐館裏一群喝醉酒的先鋒藝術青年宣告成立「達達主義」。「達達」的秩序等於無秩序、自我等於無自我、肯定等於否定的言論與「非非」的「消解─抵達」的「前文化」一樣充滿了自相矛盾和自我抵消。儘管「非非主義」的理論有諸

多偏頗和時代局限,但是其價值也是難以低估的,「客觀而論,非非主義作為一個分佈很廣的團體,作為一個觀念紛繁複雜的詩歌學術組織,一個顛倒男女關係的別動隊,一個進行超語義實驗的詩歌的搖滾樂團,其影響,是自『今天派』以來最大的,它超過了『整體主義』,『莽漢主義』以及所有第三代層出不窮的流派與團體。」〔註 97〕儘管鐘鳴的說法有些過於絕對,但還是部分說出了「非非」的意義和影響。而同為四川詩人的歐陽江河則認為「非非」的文本資源主要來自於紅衛兵運動、毛澤東的政治模式和法國新小說派。這顯然更有些不顧事實。

我曾經看到過「非非」詩人們製作的一個名為《非非主義的影響和傳播》的世界地圖(比例尺為 1:10000000)。這份地圖以西昌為核心向世界各地輻射開來。這讓我不由得想到的是當年成吉思汗踏遍歐亞大陸的鐵騎。這份地圖顯示,「非非主義」已經傳播到澳大利亞、新西蘭、美國、加拿大、俄羅斯、德國、法國、瑞典、韓國等幾十個國家。

而為什麼距離成都 800 多公里的四川西南方向的更為偏僻和閉塞的西昌(古稱建昌)產生了「非非」這樣一個特殊的詩歌群體?陳仲義、高爾泰和周國平等學者都曾經有過類似的疑問和不解。我們當然可以從地緣文化和特殊的地方性知識的層面予以考察,例如有人將其原因歸結為橫斷山脈的奇特地貌和粗獷民風,有的則認為是邛海瀘山對人心的陶冶薰染。而「非非」的見證者之一周倫祐的妻子周亞琴曾經針對以上種種推測做出了另一番回答。她認為西昌特有的地貌特徵、晴朗天氣和不同於成都的方言、民俗文化對西昌的詩人產生了特殊的影響。這種說法可能有一定的道理,但是在我看來需要強調的一點則是這一詩歌群體甚至詩歌流派的產生離不開幾個「強力詩人」的重要影響。其中最為重要的就是周倫祐和周倫佐兄弟在文革時期的讀書活動和詩歌沙龍。這種反叛性的先鋒詩歌的寫作實踐和最初的理論倡導為 80 年代中期「非非」的產生奠定了基礎。

1971 年到 1977 年間,周倫祐兄弟以及母親租住在西昌玉碧巷 4 號的閣樓上。當時周倫祐偏重文學,而周倫佐則偏好哲學,二人之間形成了奇妙的互補。文革時期圍繞著周氏兄弟逐漸形成了一個文藝圈子,主要成員有陳守容、王世剛(藍馬,西昌大營農場知青)、周亞琴(西昌醫院醫生)、歐陽黎海(西昌大營農場知青)、劉建森(西昌大營農場知青)、王寧(西昌印刷學校學生)、

〔註97〕鐘鳴:《天狗吠日》,《新陸現代詩志》(臺灣),1996 年第 1 期。

黃果天（西昌川興公社知青）、黃天華、林喻生、白康寧、田晉川、段國愼、胥興和、馮月如、毛彪等。王世剛當時是西昌大營農場的下鄉知青，他和劉建森一起通過周倫佐而結識周倫祐。思想激進的馮月如和毛彪曾想去緬甸參加游擊隊，二人在 1976 年先後被捕入獄。歐陽黎海（文革中爲西昌大營農場知青）則於 1982 年自殺身亡。由於地處偏僻且交流空間有限，當時周倫祐等人讀到的詩歌主要有《馮至詩文選集》、《聞一多詩文選集》、《拜倫詩選》、《中國新文學大系》（詩集）、《中國新詩選》（臧克家編選）、《馬雅可夫斯基選集》、《阿拉貢詩選》、《阿爾貝蒂詩選》等。文革時周倫祐在一家製藥廠當鍋爐工，業餘時間除讀書、學音樂外還喜歡玩蟋蟀。一次單位組織看「革命樣板戲」，周倫祐因爲隨口說了一句「樣板戲還不如斗蟋蟀好看」被單位「廠內點名批判」。當時在西昌的知青圈子中流傳較廣的有兩首詩。其中一首叫《知妹》，「嫩白臉蛋／肩披長辮／行走如飛／快馬加鞭」。另一首則是仿毛澤東十六字令形式的《苦》：「苦／清水蘿蔔乳豆腐／時間迫／三餐一頓煮；／苦／無菜去跳豐收舞／偷隻雞／閉門悄悄煮；／苦／屋角找遍煙屁股／得翻身／牡丹當糞土」。從 1969 年開始周倫祐的寫作就帶有了明顯的反叛色彩和「異端」精神。1972 年的一個傍晚，爲了躲避全城搜查周倫祐和周倫佐在玉碧巷四號院的後院的一棵高大的皂角樹下焚燒二人的手稿和日記。不知何故周倫祐突然有些後悔，他急忙從火中搶出了自己的手抄詩集。這次被焚燒的包括周倫佐的兩部中篇小說《舊青春的祭禮》、《新青春的沉默》和長篇電影劇本《梅花寶石》，還有兄弟兩個的幾本日記。那個漸漸冷下來的傍晚，院子裏破瓷盆下是頃刻間化爲灰燼的文字。這場禁忌時代的大火也成了那一年代詩人的青春輓歌和追悼儀式，「哦，有哪一個時代，青春遭遇過這樣的命運／在哪一個國家，青年一代感受過我們的痛苦／靈魂被窒息，呼吸被約束／睡夢中飄過一絲笑影也會帶來恐怖／我們渴望知識，翻開書本盡是空洞的口號／我們尋求眞理，得到的卻是謊言和謬誤」，「沒有詩歌，沒有音樂，沒有書讀／沒有人關心，沒有人同情，沒有人照顧／操心不完的家務啊：油、鹽、柴、米、自留地／最經常的營養，是半瓢清水煮蘿蔔／我們也有幸福啊，每天傍晚跨進自己的小屋／躲進被窩，用手電照著讀一本手抄的書／我們也有愛情呀，戀愛的方式卻很特殊／戀人在一起，最深情的話語是抱頭痛哭……／／多少個純潔的靈魂被迫塗上偏見的油污／多少個天眞的青年被『改造』成社會動物／悄悄的，憂鬱的蜘蛛爬到我們頭腦裏織網／漸漸的，懷疑的蛀蟲鑽進我們心中寄宿／

一次次教訓，使我們變得陰沉、麻木／呆滯的目光時時蒙著一層冷漠的迷霧／皮鞭下，我們的性格變得沉默、含蓄／習慣於孤獨中沉思，也染上了幾分世故／艱苦的環境，克服了我們青春的狂熱與輕浮／殘酷的現實，啓發了我們思想的廣度與深度」。

　　1973 年在西昌古城，周倫祐和周倫佐留下一張照片。二人比肩而立，意氣風發。而不久之後，周倫佐因爲一篇名爲《疑問》的文章而被捕入獄。爲了防止抄家周倫祐將兄弟倆的手稿和日記託馬道公社的一個名叫王建的女知青那裡保管了一段時間。因此，周倫祐也被隔離審察。極富戲劇性的是幾個月之後周倫祐隔離審察解除後，他去那位女知青所在的生產隊拿寄存的文稿時她早已不辭而別。更爲讓人哭笑不得的是這位女知青曾經住過的那間草房已改做生產隊的牛圈。周倫祐竟然在牛糞和稻草中找出了十分之一左右的文稿（其中包括兩個硬皮日記本上的詩和周倫佐的幾封信），其餘大部分文稿則被牛蹄踐踏踩碎混合在牛糞當中。這一時期周倫祐寫下大量的批判現實和質疑性的詩歌，這些詩作在圈子中秘密傳抄和朗誦。1970 年元旦周倫祐寫下《日記》：「日記是心靈的鏡子／能照出內心的眞實／鏡中，我和自己對話／鏡中，我和自己對質／／對話，揭下虛僞的面紗／對質，審判自己的過失／鏡子能照出心上的灰塵／不清洗，會影響靈魂的正直／／日記裏有朦朧的憧憬／日記裏有痛苦的反思／日記裏有戀人的顧盼／日記裏有不懈的堅持／／日記是心靈的鏡子／能照出內心的眞實／魔鬼在鏡子裏就是魔鬼／天使在鏡子裏就是天使」。爲了防止被追查和迫害周倫祐手抄本詩集上沒有署自己的眞名，而是標明「這是一位死者的遺稿」。通過周倫祐假託作者的舉動我們不僅能夠看出當時文學生態的扭曲和禁錮，而且通過這種特殊的方式道出了那一時代青年人墓誌銘般的內心──「用牙膏皮做成的筆雜亂地寫在幾厚本馬、恩全集的行間和邊頁上的。因爲用的是速記法，便騙過了監獄看守。幾經周折，最後才到了我的手裏。遵照死者的遺願，把它整理出來。此刻，心情是沉重的。死者是我的朋友和精神上的導師，死時很年輕，還不到二十三歲。因爲不幸的家庭，幼年失學，早年過著貧困的生活，靠著自學，學會了讀書寫字。從流犯的祖輩和瘐死的父親那裡，他繼承了叛逆的本能；從母親那裡，繼承了山民的粗野氣質。他像所有的年輕人一樣，有熱情，有理想，有苦悶，有強烈的使命感。他也像所有的青年人一樣，有自己的缺點和弱點。成名成家的誘惑曾使他幾入岐途，廉價的榮譽也曾使他動過心。但是，他很快拋棄了這

些。他走過的道路是曲折的，一旦認準了方向，他就一直走下去──直到倒在刑場。」〔註98〕周倫祐這篇寫於1973年9月23日的假託性文字不僅在「瞞天過海」中帶有強烈的質疑精神和批判意識，還顯現出某種程度上「詩歌烈士」在周倫祐一代叛逆青年那裡的高大位置。周倫祐虛構了這位詩歌「烈士」走上刑場的慘烈情形，而這虛構的一幕竟然帶有「預言性」的與後來張志新的命運如此驚人地相似──「槍殺他那天，我見到他最後一面：胸前掛著一塊紙做的大黑牌，上面寫著打了紅叉的『現行反革命犯』幾個大字。粗大的繩索反綁著雙手，由於久日不見陽光，臉色顯得異常的蒼白，但神情依然鎮靜如故。圍觀的人很多，大都表現得麻木不仁，只有那些血液沒有凝固變冷的青年，感到一些震動，不時從胸中發出幾聲歎息。在押赴刑場時，他在人群中發現了我，臉上頓時露出他那特有的甜美的笑容。他張開嘴，動了動嘴唇，但是沒有聲音。走過了，他又轉過身來對我點了點頭──這該是他最後的告別詞吧！後來我才聽說：在監獄裏宣佈了他的死刑判決後，因爲怕他第二天在刑場上發表蠱惑人心的『反動』言論，劊子手們便依據慣例，將一根細鐵絲穿過他的舌頭……就這樣，在他被槍殺的前夜，劊子手便用最殘忍的手段，迫使他沉默，窒息了他的聲音。這說明他們的神經是何等的脆弱！這正是他們的統治必然要崩潰的朕兆。」〔註99〕虛構的歷史竟然抵達了歷史最爲眞實又最爲殘酷的內核！1975年4月4日清明節前一天，張志新（1930～1975）被押至瀋陽郊外大口刑場執行槍決。臨刑前她被割斷了喉管──「我看見她最後穿的那件囚服，號碼很大，像一件男人的衣服，領於、前胸洇濕一大片，全是血迹。還有行刑前的一張照片：她跪在地上，五花大綁，面容扭曲，脖子上掛著一塊『現行反革命犯張志新判處死刑立即執行』的牌子。當時我飛快地用炭筆素描下來，她的喉管當時已經被割斷，臉扭曲得根本沒了人形。後來畫的時候做了些處理，不像照片那麼慘烈。」〔註100〕1976年周倫祐和歐陽黎海都在西昌農專工作。文革時期周倫祐等人企圖創辦一份油印刊物《鐘聲》，但最終因種種原因而放棄，「但從這裡已可看到十年以後誕生的《非非》雜誌的雛形」（周亞琴語）。作爲這一文學圈子中少有的女性成員，

〔註98〕周倫祐：《生命的呼籲》，打印稿。

〔註99〕周倫祐：《生命的呼籲》，打印稿。

〔註100〕李宗陶：《藝術家李斌打進臺灣市場》，《南方人物周刊》，2006年第7期。據近年來的相關資料包括當年深入調查張志新案件的記者陳禹山竟曝出張志新當年入獄除了政治原因外還有一個是被噤口不提的原因是「婚外戀」。這些說法還有待考證。

周亞琴在單位裏被視爲資產階級思想嚴重的「準敵人」，因爲她不僅穿著喜好與眾不同，而且還與單位的一些「右派」有交往。1976 年的「四・五」運動發生後遠在西昌的周倫祐在激動而悲憤的心情下完成了《民主死了，民主萬歲》一詩，「有誰的逝去引起過我們這樣深切的悲痛？／還有誰，能贏得人民這樣多的眼淚？／我們哀悼他，就是哀悼那多難的民主啊，／他死了，倒塌了民主的最後一座堡壘！／多少年來，他用高大的身軀庇護著人民的利益，／今天他死了，再沒有人爲我們舉起正義的手臂……／沒有水晶棺，也沒有雄偉的陵墓，／在千萬人心裏卻矗立著一座非人工的紀念碑……／——哦，民主，民主死了，民主萬歲！」周亞琴連夜將這首詩抄成大字報並準備秘密帶往北京到天安門張貼。當周倫祐和周亞琴等人準備出發前突然從收音機中聽到運動被鎮壓的消息。這次行動只能胎死腹中。如果沒有那臺收音機，那麼作爲「外省」詩人最早到天安門張貼詩歌大字報的就有可能是周倫祐等人，而不是黃翔等人。但巧合的是二者都身處西南邊地，爲什麼偏偏是遙遠的西南邊地較之其他地方要更爲敏感和尖銳呢？因爲周倫祐的那些詩歌極具挑戰性和反抗性，所以他們不得不四處藏匿詩稿。當時周倫祐和周亞琴暫住在西昌農專圖書館的樓上，他們將詩稿藏在年久失修的地板下。而 1976 年的一個深夜，周倫祐和周亞琴藏匿詩稿和日記的秘密行動今天看來簡直就像當年的地下黨，「我用一張毛巾和一些舊布縫了兩個布袋，把倫祐的詩稿、日記和我的日記裝好，並把口子用針線縫緊，在一個有月亮的夜晚，我們將一張手巾蒙在手電筒上（這樣手電筒的光就不會顯得太亮而引人注意），我們十分緊張的打著手電筒，把樓梯下面的樓板撬開一塊，然後把詩稿放進去，再把撬開的樓板照原樣釘好，我們不敢用釘錘，怕別人聽見聲音，只能用一塊木板輕輕的敲打。」〔註101〕此後幾年周倫祐都是在戰戰兢兢中度過的，「守著一座冰山／我一口一口／吞食著冷漠的冰」（《我守著一座冰山》）。當這些詩稿後來被取出來時，儘管有布袋裝著但是有些已經發潮變黴，有的則被老鼠咬齧過。幸運的是，周倫祐的詩集《青春的輓歌》和長詩《刺刀與玫瑰》（1973 年 10 月 3 日初稿，10 月 31 日二稿改定於西昌醫院外科病房）以及一些日記幸免於難。在文革結束後周倫祐卻因「惡毒攻擊毛主席」的罪名而被隔離審查。隨著思想解放的 1980 年代的到來，周倫祐等人的文學活動範圍不斷擴大。尤其是 1983 年周倫祐被借調到《星星》詩刊擔任見習編輯期間與成都的詩人廖亦

〔註101〕周亞琴：《西昌與非非主義》，《懸空的聖殿——非非主義二十年圖志史》，周倫祐主編，西藏人民出版社，2006 年版，第 60 頁。

—272—

武、黎正光和楊黎等有了深入交往。1984 到 1985 年間周倫祐在西昌工人文化宮和西南師範大學以及成都、武漢等多所高校舉辦的數場詩歌講座爆滿的盛況成爲那一時代急需思想啓蒙一代人的絕好證明。而在這些講座上周倫祐的詩學思想逐漸成熟，這成爲「非非」理論的重要基礎。當時周倫祐提出了象徵的三個層次（比喻想像、象徵想像和直覺想像）、超越「三個現實」（超越心理現實、社會現實和三維空間現實）以及「三逃避」（逃避知識、逃避思想、逃避語法）的方法。這些相關的講座內容後來周倫祐將之整理爲影響巨大的文論《非非主義詩歌方法》當中。

　　1986 年，周倫祐、藍馬等詩人在南昌小城路邊的一個極其普通的火鍋店裏激烈地討論著一個後來在詩歌史上留下的一個強大詩學觀念「非非」，而「非非」也成爲整個 80 年代延續時間最長的詩歌流派。

　　1986 年 5 月 17 日在由西昌開往成都的火車上周倫祐和藍馬激動地交換閱讀了雙方的文章。周倫祐的長篇文論是《非非：當代藝術啓示錄》（刊發時更名爲《變構：當代藝術啓示錄》），藍馬的文章標題爲《前文化主義》。周倫祐覺得「前文化主義」這種提法有些不妥，在周倫祐的反覆勸說下藍馬同意將文章更名爲《前文化導言》。而「非非」誕生前二人在火車上的小小爭論在周倫祐看來爲日後「非非」內部的矛盾種下了前因。《非非》在成都創刊時，周倫祐、楊黎、藍馬、尙仲敏和敬曉東在郊外的一條河邊合影留念。而四川詩人容易鬧分裂的性格在「非非」這裡也有鮮明地體現。在「非非」成立過程中，經楊黎的堅持和萬夏的再三要求，萬夏加盟「非非」。1986 年 5 月 29 日夜裏周倫祐和藍馬由成都乘火車返回西昌，但是 6 月 3 日到 9 日這幾天在周倫祐看來簡直成了「非非」的災難——「在成都的非非主義成員楊黎、敬曉東在萬夏的策動下，瞞著周倫祐和藍馬，對正在排版過程中的《非非》創刊號作了違反《非非》初衷，並足以毀掉《非非》創刊號和整個非非主義的內文大變動！他們不僅把整本《非非》創刊號的內文版面改得亂七八糟，無法辨認，而且在正文的一前一後（封二和封三）加上了兩篇反對非非主義的文章和談話！」〔註 102〕而按照楊黎的說法萬夏還企圖把周倫祐的主編也換掉。周倫祐對此不能不大爲惱火！在趕往成都的銀河印刷廠制止了楊黎等人的「政變」後，他對楊黎說「我允許每一個和我共事的朋友背叛我三次。加上

〔註 102〕周倫祐：《非非主義編年史綱》，《懸空的聖殿——非非主義二十年圖志史》，西藏人民出版社，2006 年版，第 129 頁。

『詩協政變』和這一次，你已經背叛我兩次了」。而辦《非非》的周倫祐出資的 600 元印書款以及外地作者寄來的助刊費 800 多元竟然被楊黎抽煙、喝酒全部花光。即使如此，歷經磨難和戲劇性命運的《非非》創刊號面世時，開篇的詩作仍然是楊黎的《冷風景》。而「非非」此後能夠長時間地延續下來與周倫祐本人的胸襟不無關係。

　　周倫祐在《變構：當代藝術啓示錄》的開篇就引用了喬治‧桑塔亞那的話──「在藝術中異端便是正統」。而至於他們所倡導的「語言還原」、「感覺還原」和「意識還原」以及「逃避知識」、「逃避思想」和「逃避意義」則表達了當時特有的詩歌理想和破壞、重建的衝動與詩歌情緒，但是這一切實踐起來卻是十分艱難的。「莽漢」詩歌具有歷史和美學的雙重意義和價值，但是「莽漢」詩歌以及在文化和語言立場更爲「過火」的「非非」顯然仍然不是眞正意義上的「個性」和「個人化」寫作。在言說方式上他們企圖從象徵、隱喻系統回到「原初」的語言方式並恢復詩歌的日常性。當然這僅限於一部分「第三代」詩人的寫作傾向（如「莽漢」和「他們」），而另一些詩人仍然在「朦朧詩」的話語體系下寫著「尋根詩」和「歷史詩」。在 80 年代的先鋒詩歌運動中理論闡釋得最爲充分和最具系統感的非「非非」莫屬，甚至非非主義的理論建構極其宏大駁雜。當我們翻開「非非主義」的詞典，我們迎面遇到的就是前非非主義、後非非主義、非非感、非非意識、非非狀態、非非價值、非非方式、非非描述、非非結構、非非還原、非非理論、非非語言、非非語境、非價值對立、非抽象、非崇高、非修辭、非確定等等。這一切讓足以詩歌理論家和詩人們眼花繚亂，而弔詭的是理論越爲多極和宏大也就容易導致詩歌實踐的難度甚至會走向理論建設意義上的自我消解。在非非主義中另一個關鍵詞和方法是「變構」，他們強調的是變構詩學、價值變構、藝術變構、語言變構、修辭變構、觀念變構、方法變構、風格變構、形式變構、遞進式變構、逆向式變構、移置式變構、偏移式變構、綜合式變構、還原式變構。而當這些理論進入到寫作實踐當中的時候，這些詩人能夠承擔得起嗎？

　　「非非」的主將楊黎給人第一印象就是充滿挑釁和好鬥。楊黎在更爲極端的意義上呈現了西南詩人性格中極端的一面。幾年前楊黎在北京參與製造的一系列詩歌事件令人生厭，比如支持「梨花體」趙麗華的「第三極」的裸體朗誦、無疾而終的詩歌手稿拍賣以及「自我囚禁」卻幾天之後即翻窗逃跑。此時的楊黎離詩歌越來越遠。而 80 年代的楊黎，與詩歌發生關係的楊黎還是

有其不可替代的價值的。這從他當年的詩歌履歷中可以有所體現。這個六歲
對女性產生極度興趣，十二歲開始喜歡文學，十五歲與同學成立詩社，十八
歲剛剛成年即與人同居並在銀行幹部學校與王鏡炮製民刊《鼠疫》，二十歲開
始此處漫遊，二十四歲圍繞「非非」進行活動並成為主將，一年後隨李亞偉、
藍馬、吉木狼格等人去海南並同年與小安結婚。此後仍然是全國出走、創辦
公司、開酒吧、找女人「打炮」。楊黎的《街景——「獻給阿蘭·羅布－格里
葉」》〔註103〕、《高處》、《中午》、《怪客》、《旅途》、《撒哈拉沙漠上的三張紙
牌》等詩歌看起來是建立於閱讀基礎上對法國「新小說」的主將阿蘭·羅伯·
格里耶（Alain Robbe-Grillet）的仿寫。而更準確地講楊黎實際上是與李亞偉
的「莽漢」的口語一脈將客觀、冷靜和中性的敘述發揮到了當時的高度。實
際上包括普魯斯特、紀德、薩特、羅馬爾、保爾·瓦雷里和安德烈·布勒東
等人都對自己所處時代和傳統的小說的慣用手法進行過譴責和評判。在此意
義上繼存在主義之後在上個世紀五六十年代興起的「新小說」確實在傳統小
說之外拓寬了小說的文體形式。一般意義上法國的「新小說」指涉 50 年代初
嶄露頭角的 4 位作家娜塔麗·薩洛特、阿蘭·羅布～格里耶、西蒙和布托爾。
而作為文學史概念「新小說派」卻遲至 1971 年才出現。需要注意的是「新小
說」作家儘管在一般文學史和各種研究中反覆出現的是娜塔麗·薩洛特，阿
蘭·羅布～格里耶等 4 人，但是其他的如克洛德·奧利埃、羅貝爾·潘熱、
讓·里卡爾杜、瑪格麗特·杜拉斯和薩繆爾·貝克特等都是重要的「新小說」
作家，但因為瑪格麗特·杜拉斯和薩繆爾·貝克特等拒絕參加 1971 年的討論
會而沒有進入「新小說」家的名單。客觀地講與其說「新小說」是一種理論
毋寧說其是一種探索，是對西方文學自蘇格拉底、柏拉圖和亞里士多德以及
巴爾扎克等人形成的以道德論為目的以認識論為手段的藝術本體論的反撥。
正是不存在一種純正的、超級的擺脫一切意識形態和權力作用的元語言，所
以只能從語言內部入手進行改造也就成了「新小說」的一個重要途徑。格里
耶在他的小說敘述中充分展示了一個攝影師和測量師一樣的科學主義和自
然主義的傾向，「無論何時何地，羅伯－葛利葉都在測量著、計算著，非常

〔註103〕值得注意的包括柏樺、尚仲敏、周倫祐以及後來的新詩批評家和新詩史寫作
　　　　者都將楊黎的詩《街景》錯傳成了《冷風景》，「這誤會，就是人們非常願意
　　　　把我的《街景》說成是《冷風景》。這一誤會，始於尚仲敏，成於周倫祐，推
　　　　廣於姜詩元和他當時所在的《詩歌報》」。參見楊黎：《燦爛：第三代人的寫作
　　　　和生活》，青海人民出版社，2004 年版，第 95 頁。

精確：從陽臺的面積到卓上的餐具套數，從香蕉樹上香蕉的個數到從地上撿起的繩子的長度，從旅館後面的幾何形花園到旅館內的羅可可式裝飾藝術，等等」〔註 104〕。楊黎在詩歌領域延續了這種探索和挑戰。當年接受美學的創始人姚斯將現代的審美接受分為否定性的審美接受樣式和間接肯定性的審美接受樣式，而楊黎等「非非」詩人的寫作恰恰就是姚斯所說的這種否定性審美接受樣式。即這些詩人的作品具有破壞讀者既有的閱讀模式、接受模式並消除閱讀的審美愉悅，拒絕一般性交流從而在暗中破壞了審美經驗的形成〔註 105〕。楊黎寫於 80 年代初的《街景》是先鋒詩歌較早的「客觀化」抒情方式的探索之作。深有意味的是這首詩的副標題就是「獻給阿蘭‧羅布－格里葉」的，「這條街遠離城市中心 / 在黑夜降臨時 / 這街上異常寧靜 // 這兒是冬天 / 正在飄雪 // 這條街很長 / 街兩邊整整齊齊地栽著 / 法國梧桐（夏天的時候 / 梧桐樹葉將整條街 / 全部遮了） / 這兒是冬天 / 梧桐樹葉 / 早就掉了 // 街口是一塊較大的空地 / 除了兩個垃圾箱外 / 什麼也沒有」。這正如後來楊黎自己所說是對以往詩歌語言和修辭方式的否定。而在周倫祐看來楊黎自始至終是一個拙劣的模仿性寫作者〔註 106〕。在「非非」中除了楊黎之外，余剛也受到了法國「新小說」的影響。余剛在這一時期模仿阿蘭‧羅布－格里耶的小說寫出了詩作《海濱》和《照相現實主義者和形式主義的死亡》。而「非非」後期則從最初的語言實驗轉向了語言遊戲，比如余剛根據《英漢詞典》寫出了極端文字遊戲意義上的《東西》。就「非非」的語言意識而言，無論是楊黎等人的「口語實驗」還是周倫祐的「清理語言」以及藍馬的「取消語言」都呈現了那一時代的先鋒詩歌強烈的語言策略。

　　需要注意的是以楊黎為代表的所謂「客觀化」和「中性化」寫作也絕非是純粹客觀的寫作。只要是作為主體的人不管其如何盡量避免主觀感情和道德認知對所寫事物的介入但最終都帶有情感因素。區別只是在於情感的程度和體現方式。尤其是當作家運用語言時，語言作為長期的傳統、文化甚至政

〔註104〕韋遨宇：《對小說自身本質的有益探索——試論 20 世紀法國小說概念的革新》，張容譯，柳鳴九主編：《從現代主義到後現代主義》，中國社會科學出版社，1994 年版，第 101 頁。

〔註105〕H‧R‧姚斯、R‧C‧霍拉勃：《接受美學與接受理論》，周寧、金元浦譯，遼寧人民出版社，1987 年版。

〔註106〕周倫祐主編：《懸空的聖殿——非非主義二十年圖志史》，西藏人民出版社，2006 年版，第 243 頁。

治的產物其蘊含的道德意識和固化觀念又如何能完全避免呢？那麼在這一點上考量「非非」，顯然其極端的試圖顛覆語言、清洗文化和意識的「還原」的努力只能是當時 80 年代先鋒詩歌精神的一種極端體現而已。無論是從理論上還是詩歌實踐上「非非」都有著一定的時代局限性。這從當時有著重要影響的「前文化理論家」藍馬操刀的「非非主義宣言」能夠得到「自我矛盾」式的驗證——「一個點是非非，一個面是非非，一種滋味還是非非，天也是非非，地也是非非，一個月亮非非，兩個月亮更非非，而寶石特別非非，不過桃子也同樣非非……一切皆非非，直覺亦非非」〔註107〕。一定程度上「非非」進行了自我消解和自我顛覆。當然不可否定的是以周倫祐和楊黎爲代表的「非非」詩人的文本實踐還是具有實驗性、創造性和啓示性的，比如何小竹寫於 1985 年的《葬儀上看見紅公雞的安》、《牌局》、《大紅袍》等。說到何小竹一般研究者都把他視爲「非非」的代表詩人和重要參與者，但是周倫祐卻認爲何小竹與非非主義沒有什麼必然的關係。

而「非非」這種極端意義上的詩歌精神、語言意識和文化策略正是當時以四川爲首的「第三代」人提供給當代詩歌的重要精神資源之一。當然一定程度上降低作者情感敘述的口語方式也導源了後來一些詩歌寫作者的日常化和口語化傾向的泛濫。

「他們」的主將韓東有一首詩《甲乙》與楊黎的詩歌以及「新小說」傳統屬於同一個話語譜系：「甲乙二人分別從床的兩邊下床 / 甲在繫鞋帶。背對著他的乙也在繫鞋帶 / 甲的前面是一扇窗戶，因此他看見了街景 / 和一根橫過來的樹枝。樹身被牆擋住了 / 因此他只好從剛要被擋住的地方往回看 / 樹枝，越來越細，直到末梢 / 離另一邊的牆，還有好大一截 / 空著，什麼也沒有，沒有樹枝、街景 / 也許僅僅是天空。甲再（第二次）往回看 / 頭向左移了五釐米，或向前 / 也移了五釐米，或向左的同時也向前 / 不止五釐米，總之是爲了看得更多 / 更多的樹枝，更少的空白。左眼比右眼 / 看得更多。它們之間的距離是三釐米 / 但多看見的樹枝都不止三釐米 / 他（甲）以這樣的差距再看街景 / 閉上左眼，然後閉上右眼睜開左眼 / 然後再閉上左眼。到目前爲止兩隻眼睛 / 都已閉上。甲什麼也不看。甲繫鞋帶的時候 / 不用看，不用看自己的腳，先左後右 / 兩隻都已繫好了。四歲時就已學會 / 五歲受到表

〔註107〕藍馬：《非非主義宣言》，《非非》，1986 年第 1 期。

揚,六歲已很熟練 / 這是甲七歲以後的某一天,三十歲的某一天或 / 六十歲的某一天,他仍能彎腰繫自己的鞋帶 / 只是把乙忽略得太久了。這是我們 / (首先是作者)與甲一起犯下的錯誤 / 她(乙)從另一邊下床,面對一隻碗櫃 / 隔著玻璃或紗窗看見了甲所沒有看見的餐具 / 為敘述的完整起見還必須指出 / 當乙繫好鞋帶起立,流下了本屬於甲的精液。」韓東的這種盡量客觀化和陳述式的「呈現式」寫作方式讓我想到的則是格里耶在《嫉妒》中對橡膠樹林的極端化的「精確」與「客觀」描寫,「左起第二排樹,要是在一個矩形中的話,應該有二十二株(因為植株之間是梅花點陣的排列方式)。如果是在一個規則的梯形中,也同樣會是二十二株,因為梯形兩腰所造成的形變在這麼近的距離內還僅僅是勉強能辨認出來。這裡的第二排樹事實上的確是二十二株。可是,到了第三排就不是像矩形中那樣恢復為二十三株,而仍然停留在二十二株」〔註108〕。而先鋒小說中的這種客觀化敘事則要遲至 1988 年。該年格非完成了他飽受爭議也頗受關注的先鋒小說《褐色鳥群》。其中最具代表性的一段描寫是:「她的栗樹色靴子交錯斜提膝部微曲雙腿棕色——咖啡色褲管的皺褶成溝狀圓潤的力從臀部下移使皺褶復原腰部淺紅色——淺黃色的凹陷和胯部成銳角背部石榴紅色的牆成板塊狀向左向右微斜身體處於舞蹈和僵直之間笨拙而又有彈性地起伏顛簸。」而更為具有意味的是這段話在文中重複了兩次。

　　1988 年 3 月 12 日周倫祐辭去西昌農業專科學校的公職而全身心投入到「非非」當中。1988 年 4 月 7 日西昌農專做出批覆:「校內各單位:校黨委研究決定:同意周倫祐同志要求從 1988 年 3 月 12 日起辭去公職的申請。特此通知」。而這份批覆最下面的一行備注文字意味深長:「報:省委宣傳部,涼山州委宣傳部、公安處。」之後,西昌農專還給周倫祐辦理了四川省人事局印製的科技和管理人員的《辭職證書》。1988 年 8 月,廖亦武在成都進行「統一川軍」排斥周倫祐和「分裂」非非主義的活動。

　　1989 年 8 月周倫祐因病到西昌仙人洞閉關修煉,自此「非非」進入所謂的以紅色寫作和體制外寫作為中心的後非非寫作轉型期。儘管周倫祐認為 1989 年之後的「非非」仍在延續著先鋒立場和「體制外寫作」的姿態,但是很多研究者都認為作為流派的非非主義已經在這一年宣告終結。

〔註108〕阿蘭・羅伯－格里耶:《嫉妒》,《嫉妒・去年在馬里安巴》,李清安、沈志明譯,譯林出版社,1999 年版,第 27 頁。

第九節 1986：詩歌場的傾斜與轉向

文革之後中國內地鋪天蓋地的各種民間刊物的發生和發展顯示了這一時期人們的特殊文學和文化心態。這種「民間」「地下」刊物又讓人想到前蘇聯時期的「薩米茲達特」，此詞的俄文原意是「自發性刊物」。而後來獲得巨大國際聲譽的蘇聯作家如布羅茨基、帕斯捷爾納克、索爾仁尼琴等都是在這些「地下」性質的刊物上發表作品，之後才在國外正式出版然後又通過「出口轉內銷」的方式引起國內的轟動和廣泛傳播。80 年代的先鋒詩歌運動是從創辦民刊開始的，而到了 1986 年的詩歌大展的時候這一切不可辯白地證明先鋒詩歌場已經由北轉向了南方。

1978 年 10 月，黃翔、路茫、方家華、莫建剛赴北京張貼《火神交響曲》。一行人在天安門前合影。此後黃翔登上長城，昂首挺胸的他衣角被風吹起。他高高揮舞著拳頭，彷彿在舉著一個隨時都可能爆炸的炸藥包。在黃翔 1979 年 1 月 27 日贈送給武立憲（啞默）的第 2 期《啓蒙》上我們能夠看到「啓蒙社」成立的時間是 1978 年 11 月 24 日中午 12 時，地點是北京。這些人宣稱以行動實踐憲法並以燃燒的火炬爲社徽。《啓蒙》發刊詞（1978）這樣宣稱：在那些精神和靈魂的災難結束以後，我們開始用疑懼的眼光去回顧我們的來路，那來路的很大一段上充滿了眼淚和血。當我們用膽大的眼光去瞻顧未來，未來卻在我們眼前展現一派迷茫。雖然未來的那一頭，也許是寬闊的，也許滿是荊棘。我們失卻了古老的傳統和往常賴以解釋世界的依據，心裏的飢餓讓我們感到深深的筋疲力盡。我們站在『過去』和『未來』的分界線上，內心裏交織著『過去』和『未來』的狂風暴雪。在我們被漫漫大雪覆蓋的心野裏，正等待我們用全部的生命和熱血，去書寫紅紅的詩句。」這多像革命暴動年代敢死隊的絕筆書！文革階級鬥爭和運動情結的後遺症在貴陽等這一代詩人身上有著如此鮮明的烙印。貴陽這些詩人當初在進北京以及和媒體打交道時都標明自己的工人階級身。當時在這些詩人寫給《光明日報》和《人民日報》的信中他們聯名的身份是：貴陽供電局工人李家華，貴陽煙酒公司工人方家華，貴陽紡織廠工人黃翔，貴陽蓄電池廠工人莫建剛。這一方面表明了工人在二十世紀中國歷史上的重要地位和出身的「純粹性」，另一方面也帶有工人運動的象徵性。同時工人身份也能給這些人帶來一定的安全和自我保護意識。因爲這種集體性的詩歌活動在當時是有非常大的風險的，黃翔等人的遭遇也證實了這一點。也是因爲這種風險以及冒險精神和犧牲的命運，黃

翔等人獲得了文化資本，「1978 年，能把政治抒情詩貼到北京王府井的人，是要冒殺頭之險的（像黃翔），因爲，就在和 1978 年銜接的『最後一環凍土地帶』，在其它地方，也還有民主和時代的祭典者，就離經叛道的程度和影響的範圍而言，都不及黃翔」〔註 109〕。值得注意的是啞默收藏了關於貴州詩人和「啓蒙社」的重要資料，甚至有些資料黃翔等人都沒有。1991 年 5 月 11 日，黃翔和路茫到啞默的新居小坐，偶然發現了啞默收藏的相關資料。激動中的黃翔寫下「在貴陽市郊野鴨塘啞默處重建中國當代歷史」，路茫則寫道「謝謝詩人啞默爲我們收集了這些重要的文獻」。貴陽的尹光中、劉建一、於牛、曠洋、曹瓊德等五位畫家在 1979 年也趕往北京，在西單民主牆舉辦畫展並印有《藝術小詞典》進行分發宣傳。當這五個邊緣地方的青年畫家在牆上和樹上掛滿大大小小的繪畫作品時，我們能夠看到推著自行車的人們正在圍觀，場面相當熱烈。儘管以黃翔和啞默爲代表的貴州詩人因爲種種複雜的原因曾長期被研究者忽視，但是其還是有影響的。後來美國的作家愛德華・J・納爾遜所寫的《中國民主》一書中記述了貴州「啓蒙」詩人的相關活動。

　　1980 年代的民刊和校園詩刊的熱潮不能不讓人聯想到中國文學史上兩次辦刊熱潮——五四新文學運動以及 1978 年開始的民刊運動。80 年代的詩歌民刊在當時媒體尚不發達、官方出版物和刊物仍然嚴格把守的時候對青年詩人的詩歌閱讀、交往和傳播起到了不可替代的作用。那時油印的詩歌民刊打開了散落於全國各地詩人的眼界。當時以及 80 年代比較有影響的民刊主要有《今天》、《崛起的一代》、《第三代人》、《莽漢》、《他們》、《傾向》、《老家》、《漢詩》、《地鐵》、《大學生詩報》、《非非》、《海上》、《傾向》、《大陸》、《北回歸線》、《漢詩》、《紅土》、《南方》、《喂》、《撒嬌》、《反對》、《紅旗》、《詩經》、《寫作間》、《廣場》、《實驗》、《大陸》、《組成》、《液體江南》、《次生林》、《恐龍蛋》、《現代詩交流資料》、《二十世紀現代詩編年史》、《中國當代青年詩 38 首》、《中國當代青年詩 75 首》、《中國當代實驗詩歌》、《十種感覺》、《日日新》、《向罔》等等。此外其他大量的校園詩歌刊物更是難以計數。而值得注意的是這些民刊從地理上分佈則主要集中於南方，這就說明了爲什麼 1980 年代先鋒詩歌運動更多地轉向了「南方」的一個很重要的原因。從 1980 年代開始廣義上的南方詩歌開始佔據時代的潮流。以這一時期的一份名不見經傳的文學期刊《青春》爲例，該雜誌 1987 年 5 月號推出了名爲「桂冠詩人專號」共收

〔註 109〕鐘鳴：《旁觀者》第 2 卷，海南出版社，1998 年版，第 649 頁。

錄 23 位詩人，而其中浙江詩人就有 6 位。我想這個數字不是個例和偶然，而是帶有代表性和象徵性。

　　儘管這些民刊更多是小範圍的「內部」交流資料，但是這種形式顯然對於年輕一代人的詩歌寫作和思想狀態而言是非常重要的。它們無疑打開了一個更為自由和開闊的空間。正如上海詩人王寅在《紙上的電影》中所說的「八十年代，我的大學生涯是在翻動紙頁的輕微聲響中度過的」。

　　儘管陳東東曾認為 1980 年代的「地下」詩刊更多是出自為讀者提供一些好的詩歌和詩人的目的〔註 110〕，但是這些刊物顯然與當時的官方刊物在詩歌美學和文化指向上有著不小的差異。曾有論者將 1980 年代的這些民刊界定為「地下」詩刊，也即這些大批年輕詩人的詩學主張和正統刊物之間存在著分野〔註 111〕。這些民刊確實在當時的正統刊物權力之外為自己的詩歌美學提供了陣地並加大了各自之間的美學上的差異，但是這其中仍然有著政治文化和意識形態上的最後反光以及理想主義抒情年代的尾聲。這一時期的詩歌傳播仍然禁忌頗多，這種仍然不自由的詩歌生產和傳播狀態也在很大程度上刺激了這些民刊的產生和發展。這些轉折年代的詩歌刊物也試圖在一些官方刊物中尋找幾個突破口以便進一步提升這些「地下」詩歌的聲音。儘管《詩刊》曾在 1979 年第 1 期和第 3 期轉載了發表於《今天》上的《致橡樹》和《回答》，但是包括《詩刊》在內的官方刊物卻在此後的幾年對先鋒詩歌和民刊置若罔聞，不再轉載民刊作品。由此可見當時的文學環境仍然是不容樂觀的。而「第三代」詩歌在官方刊物上的集體登場是遲至 1986 年才出現。

　　值得注意的是一份名為《關東文學》的地方刊物對先鋒詩歌和「第三代詩」的推動。正如蕭開愚所羨慕的那樣，「李亞偉的《中文系》被中文系的學生廣為傳誦，而《硬漢們》在吉林省的遼源市一再得獎」。

　　《關東文學》是吉林省遼源市文聯主辦的一本書學刊物，創刊於 1985 年 1 月。從 1990 年開始改為內刊並由雙月刊改為季刊。1986 年第 4 期《關東文學》開設「第三代詩會」專欄，1987 年 6 月號《關東文學》推出「第三代詩歌專輯」，1988 年第 4 期《關東文學》又推出「中國第三代詩歌」專號。在「第三代詩歌」專號上除了發表李亞偉等 29 位詩人詩作，而且還刊發了這些詩人

〔註 110〕陳東東：《二十四個書面問答》，《明淨的部分》，湖南文藝出版社，1997 年版，第 244 頁。
〔註 111〕敬文東：《抒情的盆地》，湖南文藝出版社，2006 年版，第 4 頁。

的照片和創作談。值得注意的是四川詩人在這次專號中佔據了絕對優勢──李亞偉、楊黎、萬夏、蕭開愚、尚仲敏、二毛、馬松、劉濤等。此後「第三代詩歌」才逐漸在一些官方刊物如《清明》、《安徽文藝》上大面積的公開露面。而「第三代」詩歌之所以能夠在《關東文學》這裡尋找到突破顯然與這份刊物的級別、所處區域（遼源）的偏遠和相關文化機構對文學管理的鬆懈有關,「我們那個地方,它可能偏處於東北一隅──吉林省遼源市,很多人可能不知道這個城市,它是遼河源頭的城市,是吉林省最小的省轄市」〔註112〕。而在此過程中宗仁發和曲有源發揮了重要作用。1989 年第 7 期的《作家》推出「自選詩、詩論專號」。這期專號不僅推出孟浪、李亞偉、張小波、海子、陳東東、張棗、王小妮、阿吾、龍仔等 9 人詩選,而且還刊載了關於先鋒詩歌的重要詩論〔註113〕。而本期專號尤其引人注目的是封二和封三上廖亦武的十張照片,能夠享受此殊榮的只有此前的北島。《作家》在 1988 年第 4 期推出的「詩人自選詩專號」在封二和封三上刊發了北島在美國、北京和成都的十張照片。每張照片都配發了一段文字,這些文字串聯起來所構成的正是一種經典化的文學史敘事──「北島是孤獨的,不僅在國外」,「你使我想起魯迅的詩句:『知否興風狂嘯者,回眸時看小於菟。』」,「你是不是又沉浸在『透明的憂傷中』?」,「有興趣的人,可以數一數北島背後的竹子,但不要忘記,要加上節節相連的脊椎,是它支撐著詩人的頭腦。有一種竹,其節隆起如腹,稱爲佛肚竹。看來竹想成佛,節也要變一下。在成都時,爲什麼沒想起到以竹子品種繁多而聞名的望江公園看看去呢?」,「北島在《宣告》一詩裏宣告:『我只能選擇天空……』」,「北島和《今天》雜誌社的朋友們」,「北島和他的愛人」,「爲了『不再打擾你』,是什麼用肩頭擋住了世界?」,「具備的時刻已經過去,祝願永遠屬於未來」。而饒有意味的是《作家》的編輯在給北島的這些照片配發文字說明時有過這樣的憂慮,「不僅是因爲編者失誤,詩人自己的說明文字已不可查。編者只好出面,有的怕不準確,也便採取『朦朧』的手法。但願不要出現『關公戰秦瓊』的笑談」〔註114〕。但往往事與願違,「關公

〔註112〕 見《第四屆「中國南京・現代漢詩論壇」紀要》中宗仁發的發言,《星星》詩歌理論半月刊,2010 年第 9 期。

〔註113〕 包括開愚的《中國第二詩界》、楊黎的《穿越地域的列車──論第三代人詩歌運動（1980～1985）》、巴鐵和李亞偉、廖亦武、茍明軍的《先鋒詩歌四人談》以及徐敬亞、曲有源、朱凌波和宗仁發的《現代詩研究筆談四篇》。

〔註114〕 《作家》,封三,1989 年第 7 期。

戰秦瓊」還是出現了。關於北島在竹牆前的那張照片的說明恰恰出了問題。北島並非沒有去過成都的望江公園。事實是，1986 年冬天，成都的望江公園留下了北島、顧城、舒婷等人歷史性的一刻。其中的一張照片是北島坐在公園的草地上，戴著淺色太陽鏡，雙手交叉。因為天氣寒冷的緣故，北島穿著毛衣和厚厚的棉服。

而《作家》刊發的廖亦武的這些照片既有留著鬍子的肖像，燈下寫作的剪影，也有他獨自在樹下的沉思，有他和妻子阿霞手挽手的合影，也有他與母親、周忠陵（盅盅）、戴邁河（加拿大人）等人的合影。尤為搶眼的一張照片是廖亦武登上一個高大的水泥基座，他伸展手臂形成了一個特殊的紀念碑。旁邊的解說文字是「他站在英雄的空位上嘲弄英雄」。而刊登在同期的開愚的長文《中國第二詩界》則幾乎全部是對四川詩人的高度評價，一定程度上「中國第二詩界」的「中國」已經被「四川」替換。在文章中開愚用極大的篇幅重點論述了廖亦武、歐陽江河、萬夏、李亞偉、翟永明、柏樺、石光華、藍馬等四川詩人，而只用短短幾百個字提及了韓東、西川、海子、張曙光等「優秀詩人」。蕭開愚對以廖亦武為代表的四川先鋒詩人的評價最能體現出那個時代「先鋒派」派急於上陣的「表演欲」而缺乏堅持性的短命性，「越來越迅速地破壞者日漸增多的傳統，他的反詩歌手段越來越徹底，也可以說是越來越爛，越來越髒，不像話。最野蠻、最不要臉的粗傢伙全被他納入到詩歌中。廖亦武在別人之前蔑視自己，因此他的眼光中無所謂高雅、英雄和恥辱，按他的話說他肆無忌憚地嘲弄大多數人的智力、情感和審美虛弱」〔註115〕。

孫文波認為從 1960 年代開始詩歌的功能開始發生變化，更多的詩人將自己放在記錄者和見證者的位置，只有極少數的詩人充當了民族代言人的角色〔註116〕。儘管孫文波說出了一部分事實，但實際上從 1960 年代開始的先鋒詩歌一直到 80 年代中期詩人的啟蒙精神、精英立場和理想主義的民族代言人的聲音是十分強大的。只是這種代言的方式在不同的時間節點上轉變為更為個性和反撥的方式。民刊和校園刊物除了極個別之外都是在出現之後的很短時間內就消失了。這在很大程度上還是呈現了「第三代」詩歌和「校園」詩歌的運動性特徵——夭折和短命在所難免。值得注意的是 80 年代民刊的「地下」

〔註115〕開愚：《中國第二詩界》，《作家》，1989 年第 7 期。
〔註116〕孫文波：《詩人與時代生活》，《現代漢詩》，1994 年秋冬卷。

狀態和先鋒精神讓一些詩人尤其是南方詩人產生了一種幻覺，即高估了這些民刊的價值。比如鐘鳴和陳東東都曾一再抱怨中國詩歌批評之所以落後於詩歌寫作若干年，其重要原因就在於批評家得不到第一手的「地下」狀態的詩歌資料〔註117〕。實際上到了 80 年代後期，這些民刊不斷強化的是圈子性和個人性，甚至這種圈子性和個人性導致了新一輪的自我封閉和排斥性。

應該說「今天」詩歌的啟蒙行動以及後來的「第三代」詩歌運動都是直接借助了民刊的力量。「第三代」詩歌將民刊的發展無論是在範圍上還是在數量上都推向了極致，儘管 1990 年代仍湧現了為數不少的詩歌民刊，但是這些民刊越來越走向了圈子化和小集團化。甚至隨著此後網絡以及傳統紙質媒體的商業化轉型，這些民刊已經漸漸喪失了其應有的「先鋒性」、「地下性」和「民間性」。

1986 年注定會使歷史閃光，而歷史也孕育了非同一般的 1986 年。

1986 年的成都，孫文波、潘家柱、向以鮮、付維等人創辦《紅旗》。這些有著重慶身份的詩歌圈子顯然不同於成都詩人一向戲謔和悠閒的喜劇色彩。按照柏樺的說法重慶這個西南邊陲的「悲劇」的故鄉會導致這些詩人的沉重色、痛苦和焦慮的色彩。

還是 1986 年，還是這些四川詩人在不停地創辦同仁的詩歌民刊和詩歌串連活動。這裡生發出西南詩歌的魅力和儘管短暫但卻驚人的詩歌熱力。1986 年，成都的三位詩人萬夏和石光華、宋煒創辦《漢詩：二十世紀編年史一九八六》。「漢詩」這個稱謂恢復了詩歌寫作的本土性傾向。而北京的唐曉渡和芒克卻遲至三年之後才主編了《現代漢詩》。當然值得注意的是過於沉溺於老莊和易經教義的宋渠、宋煒兄弟也在很大程度上將「漢詩」推向了另外一個極端。歷史、文化、傳統以及古典詩學重新成了抒情的牢籠，比如宋渠、宋煒兄弟的《戌辰秋與柴氏在房山書院度日有旬，得詩十首》就是其中的一個極端文本。而宋渠和宋煒兄弟還將這種傾向帶到了日常生活之中。後來海子來四川時就被兄弟倆「算命」，預知了未來海子的愛情悲劇。

1986 年秋天。當柏樺從四川大學簡陋的郵局出來的時候迎面碰上了趙野和鐘鳴。這是柏樺和鐘鳴的第一次見面。兩個人在後來的交換書籍和詩歌過程中可能還不知道一場詩歌運動的暴風雨已經撕開了天幕的一角。

轟轟烈烈的「第三代」詩歌運動終於在 1986 年的現代詩群大展中全面登

〔註117〕敬文東：《抒情的盆地》，湖南文藝出版社，2006 年版，第 27 頁。

場了。

這場運動的策劃者卻是來自吉林大學 77 級的徐敬亞，但是此時的徐敬亞已經在深圳的一個簡陋的辦公室裏手忙腳亂地整理著各地詩人紛至沓來的詩歌包裹。而恰恰又是深圳這樣的南方而不是北京發生了驚動天下的詩歌運動。詩歌浪潮和詩壇「洗牌」的衝動馬上就要掀起了！

通過 1986 年《深圳青年報》和《詩歌報》聯合推出的「中國詩壇 1986』現代詩群體大展」到 1988 年徐敬亞、孟浪、曹長青和呂貴品編選的《中國現代主義詩群大觀 1986～1988》我們可以從統計學的層面看看這些詩歌流派和群體的地理分佈。而這種分佈的情況和相應的分析顯然不是可有可無的，因爲無論是從組織者還是到參與者明顯存在著「地方」之間的博弈以及地理分佈的不均衡性。

按照入選詩派和人數多少情況（只選入 1 個詩派的省份未列入）排列如下：四川（11 個詩派，入選人數 27 人）、江蘇（9 個詩派，入選人數 24 人）、北京（6 個詩派，入選人數 24 人）、上海（5 個詩派，入選人數 19 人）、浙江（5 個詩派，入選人數 14 人）、吉林（6 個詩派，入選人數 10 人）、福建（4 個詩派，入選人數 11 人）、湖南（3 個詩派，入選人數 5 人）、貴州（3 個詩派，入選人數 3 人）、深圳（2 個詩派，入選人數 3 人）、（2 個詩派，入選人數 3 人）、安徽（2 個詩派，入選人數 2 人）湖北陝西（2 個詩派，入選人數 2 人）。

從中我們可以發現西南的四川佔有絕對的優勢，而處於典型的南方區域的江浙以及上海、福建、安徽所佔的比例更是驚人。華北（主要是北京）和東北地區則只能處於第二梯隊。至於湖南、湖北、安徽、陝西和貴州則處於更爲虛弱的位置。通過粗略的統計我們可以得出這樣一個結論：在「第三代」的先鋒詩歌運動中詩歌的地理場和重心明顯向西南和南方傾斜了。毫無疑問，儘管先鋒詩歌運動極其短暫，很多的詩人和名目紛繁怪異的詩歌流派也早已經煙消雲散，但是不容忽視的是詩歌在空間意義上的發生與變化已經成爲重要的詩歌史事實。

但是這場所謂的詩歌運動所延續的時間是極其短暫的，吶喊聲剛起就已經偃旗息鼓。事實證明詩歌運動必然會因爲運動大於詩歌本身而帶有種種不可避免的缺陷。儘管「第三代」詩歌運動是短暫的，但是其中的少數優秀的詩人還是以詩歌的方式命名了那一時代。正如周倫祐在一首名爲《第三代詩人》的詩中爲這一代人寫出了自信、調侃而沉痛的精神自傳——「當然酒是

喝的，飯更不能少。一代人／就這樣眞眞假假的活著，毀譽之聲不絕於耳／第三代面不改色心不跳。依然寫一流的詩／讀二流的書，抽廉價煙，玩三流的女人／歷經千山萬水之後，第三代詩人／正在修煉成正果，突然被一支鳥槍擊落／成爲一幕悲劇的精彩片斷，恰好功德圓滿／北島、顧城過海插洋隊去了。第三代詩人／留在中國堅持抗戰。學會沉默／學會離家出走，同時作爲英雄和懦夫／學會拒絕，在庭上慷慨陳詞，拒不悔過認錯／學會流放，學會服苦役，被剃成光頭／在隊列與超負荷的勞動中嘗試另一種生活／周倫祐在峨邊閉關修煉，廖亦武、李亞偉／在重慶打坐參禪，尚仲敏在成都寫檢查／于堅在雲南給另一隻烏鴉命名。第三代詩人／樹倒猢猻散。千秋功罪十年以後評說」。

第六章 「到江南去」

　　我所要論及的 1980 年代詩歌視閾中的「江南」已經不再是政治經濟地理版圖上的長江三角洲，而是經過了詩性主體創設和文字構造成的精神圖景和文化景觀。

　　儘管當年的魯迅作為典型的江南人曾對江南表現過不滿，如他所說的「我不愛江南，秀氣是秀氣，但小氣」，但是無論是對於眾多的南方本土作家還是對於外省尤其是北方作家而言江南顯然已經不單是一個地理概念和地域形象，而更多帶有文化氣象和文學性格的象徵，「較之地理、行政和經濟概念，作為文化區域的江南更難界定。因為江南是一個特定的名字，是一種流行的詩意暗示、想像出的豐富形象」〔註 1〕。

　　作為一個江南之外的旁觀者我不能避免像浙江的一個小說家曾經批評的那樣帶有刻板印象和慣見，「吳越這一塊，也慘得很，被蒙上了不白之冤。而今人們（尤其是北方的同志）談起吳越文化，就只曉得它的風花雪月、小家碧玉、秦淮名妓、西湖騷客」〔註 2〕。但無論如何「江南」在中國先鋒詩歌地理版圖上已經成了一種特殊的文化場域和文學想像的空間，「我不禁迎了上去：對，到江南去！我看見／那盡頭外亮出十里荷花，南風折疊，它／像一個道理，在阡陌上蹦著，向前撲著」（張棗：《到江南去》）。而出生於重慶的柏樺在到過江南之後更是在 2005 年 7 月寫給北島的信中激動而自豪地高喊——「我剛到過偉大的江南」。北島也對江南文化由衷地讚歎，「如果說

〔註 1〕 高彥頤：《閨塾師——明末清初江南的才女文化》，江蘇人民出版社，2005 年版，第 23 頁。
〔註 2〕 李杭育：《理一理我們的「根」》，《作家》，1985 年第 9 期。

江南文化是個獨特的氣場的話，那麼在其中凝聚著當代漢語詩歌的巨大能量，蓄勢待發」〔註3〕。

柏樺有一個關於詩歌地理和風水不斷南移的說法，即首先是北京的「今天派」（1978～1985），接著風水轉向四川（1985～1992），此後則詩歌風水繼續東移抵達江南（1992～）〔註4〕。從這種判斷出發柏樺不能不對「江南」另眼相看，「當地的江南詩人及古鎮風景令我產生了一個信念，那就是中國的詩歌風水或中國詩歌氣象不僅已經轉移到江南，而且某種偉大的東西就要呼之欲出」〔註5〕。我基本同意柏樺說的文革之後的先鋒詩歌確實存在著由北京漸次向西南的位移和地方性的變化，但是說 1992 年之後詩歌風水在「江南」是我所不能完全認同的。首先柏樺所提出的詩歌風水在「江南」是基於他個人的詩歌觀察和感受，而柏樺是一個明顯有著濃重的「江南」情結的詩人。因為他的氣質和詩歌精神正需要想像和文化中的「江南氣象」予以補充和印證。另一方面柏樺的「詩歌風水在江南」的這個說法是專為南方的楊鍵、龐培、陳東東、小海、長島、王寅、潘維等 7 位詩人的詩集所寫的文章。這更多是朋友間的相互賞識，而不具備更大視野下對中國詩歌的綜合考察。這僅為一家之言，還缺乏應有的佐證。當然江南詩歌的文人雅集傳統尤其是二十世紀初期柳亞子等南社詩人在虎丘的雅集以及二三十年代的鴛鴦蝴蝶派在蘇州的文學聚會確實是南方文學氣象的文脈之一。蘇州確實以其安靜、陰柔、溫潤和清雅成為文化和文學滋生和成長的最為合宜的城市。

不管 90 年代的詩歌風水是否在「江南」，我們應該予以關注的是無論是江南還是北方正在遭受著前所未有的城市化和去地方化時代的挑戰和損毀。

第一節　秦淮舊夢與先鋒新聲

作為六朝古都、東南重鎮的南京（又稱金陵、秣陵、建康、建業、昇州、上元、白下、江寧、集慶、應天，通過這些名字即可看出南京的政治和文化根基以及動蕩）卻在抗戰淪陷後漸漸失去了曾經的光輝和顯豁的地位。而今

〔註3〕　陳東東編：《將進酒》，封底，上海文藝出版社，2010 年版。
〔註4〕　柏樺：《左邊──毛澤東時代的抒情詩人》，江蘇文藝出版社，2009 年版，第223 頁。
〔註5〕　柏樺：《左邊──毛澤東時代的抒情詩人》，江蘇文藝出版社，2009 年版，第231 頁。

我們更多的是在文學和詩歌記憶中回想當年南京的繁華，「城裏幾十條大街，幾百條小巷，都是人煙湊集，金粉樓臺。城裏一道河，東水關到西水關，足有十里，便是秦淮河。水滿的時候，畫船簫鼓，晝夜不絕。城裏城外，琳宮梵宇，碧瓦朱甍，在六朝時，是四百八十寺；到如今，何止四千八百寺！大街小巷，合共起來，大小酒樓有六七百座，茶社有一千餘處」〔註6〕。南京也曾在詩歌史上譜寫過一次次傳奇，如南齊竟陵王蕭子良移居南京雞籠山西邸後所形成的雅集唱和以及文人集團，也即以沈約、謝朓、王融為代表的竟陵八友。

　　南京東倚鍾山、北臨長江。六朝古都、金陵春夢的南京曾因為李後主的「隔江猶唱後庭花」、歷來南渡和遊歷的著名詩人的歌詠以及曹雪芹的「秦淮風月憶繁華」而成就了漢語古典詩歌美學的經典之地。即使在工業和商業油污泛濫的今天，這個城市仍然會給我們在不經意間顯現它曾經偉大而讓人浮想聯翩的詩意、清雅和嫻靜的一面，「每年四月半後，秦淮景致漸漸好了。那外江的船，都下掉了樓子，換上涼篷，撐了進來。船艙中間，放一張小方金漆桌子，桌上擺著宜興砂壺，極細的成窯，宣窯的杯子，烹的上好的雨水毛尖茶」〔註7〕。余懷在《板橋雜記》中也曾盛讚南京「秦淮燈船之盛，天下所無。兩岸河房，雕欄畫檻，綺窗絲障，十里珠簾」。而張岱對秦淮河的描述更是極盡語言之能事，「河房之外，家有露臺，朱欄綺疏，竹簾紗幔」，「船如燭龍火蜃，屈曲連蜷，蟠委旋折，水火激射。舟鏃鉞星鐃，宴歌絃管，騰騰如沸」〔註8〕。而南京的繁華、脂粉氣和某種消頹的沒落貴族氣也使得這裡的文人不免有些「英雄氣短」。難怪當年的詩人薩都剌登上石頭城會發出這樣的慨歎「一江南北，消磨多少豪傑」，也無怪乎後來的魯迅所揶揄的「滿洲人住江南三百年，便連騎馬也不會騎了，整天坐茶館」。南京盛產亡國之君，如南朝梁武帝蕭衍、陳後主陳叔寶和五代南唐後主李煜，也未必全是歷史的巧合。這個金粉之地甚至連歌妓都是如此的出名，美其名曰「秦淮八豔」（柳如是、陳圓圓、董小宛、李香君、馬湘蘭、卞玉京、顧橫波、寇白門）。

〔註6〕　吳敬梓：《儒林外史》，第二十四回「牛浦郎牽連多訟事　鮑文卿整理舊生涯」，人民文學出版社，1958 年版，第 136 頁。

〔註7〕　吳敬梓：《儒林外史》，第四十一回「莊濯江話舊秦淮河　沈瓊枝押解江都縣」，人民文學出版社，1958 年版，第 186 頁。

〔註8〕　張岱：《秦淮河房》，《張中子小品》，魏崇武選注，文化藝術出版社，1996 年版，第 52 頁。

　　占水資源 83%的南方其氤氳漫延的水氣所形成的詩歌氣候顯然與北方有著明顯差異。期間，江浙一代的詩歌曾一度在新文學史上有著重要的地位，「如果說五四時期文學的天空群星燦爛，那麼，浙江上空的星星特別多，特別明亮。這種突出的文學現象應該怎樣解釋？除了越人自古以來自強不息、恥爲人後這些文化心理因素之外，是不是和最近 100 多年浙江得風氣之先，反清救國走在前列，去外國的留學生也特別多有關係呢？」〔註 9〕而更廣泛意義上的「南方」曾長期代表了中國文學和文化的發源地和令人浮想聯翩的精神葳蕤之地，「在每一個國家，南方並不是一個地理位置，一般來說更不是工業發展的條件。它卻象徵著藝術創作的地方。在那兒，個體的人通過想像力的表現，在一個封閉的和工匠式的方式中來反抗主流文化。在這個意義上說，南方代表了典型的藝術空間，一個反抗外部環境的個人的想像空間。」〔註 10〕

　　江蘇詩歌在百年漢語詩歌版圖上無疑具有著重要地位，劉半農、卞之琳、朱自清、辛笛、唐祈、杭約赫、瞿秋白、聞捷、沙白等成爲詩歌夜空璀璨的星辰。尤其是以 1986 年爲標誌的「第三代」詩歌運動甚至成了江蘇青年先鋒詩人集體登場和狂歡的舞臺。在 1986 年的中國現代詩群體大展中江蘇以 9 個詩歌群體和流派（共涉及 24 位詩人）而屈居四川之後。他們是韓東、丁當、小海、于堅、小君、普珉的「他們」，海波、葉輝、祝龍、林中立、亦兵的「日常主義」，柯江、閉夢的「東方人詩派」，朱春鶴、趙剛「新口語」，川流、姚渡的「超感覺詩」，楊雲寧、麋志強的「闡釋俱樂部」，王彬彬、靜靜的「色彩派」，貝貝、岸海的「呼吸派」，程軍的「新自然主義」。這在當年的詩群大展甚至是中國漢語新詩史上都是非常罕見的現象。而新世紀以來舉行的「三月三」詩會顯然成爲「江南」詩學的再次復蘇，「三月三是一個古代詩歌的節日，作爲她地理上的原樣，江南水鄉所扮演的，甚至超過了詩詞歌賦本身。農曆三月三，江南鶯飛草長，楊柳岸曉風殘月，垂柳拂動所有中國各省詩人的臉龐，彷彿是陶淵明《桃花源記》之外又一段佳話。多數出席者甚至不是衝著詩歌，而是衝著這塊土地上神秘的節令而來……1633 年（癸酉春）中國江南省就有了地球上最早的詩歌節。」〔註 11〕

〔註 9〕　嚴家炎：《二十世紀中國文學與區域文學叢書總序》，李怡：《現代四川文學的巴蜀文化闡釋》，湖南教育出版社，1995 年版，第 6 頁。

〔註 10〕　于堅：《滇風‧主持人的話》，《上海文學》，1997 年第 4 期。

〔註 11〕　2010 年泰和江南江陰三月三「半農詩會」宣傳冊。

　　以江浙爲代表的「南方」詩歌可能像陳東東所說的帶有更多的感性成分，更熱烈、柔媚、繁複和細緻，也更有夢和幻想的成分。而相較言之北方則更爲理性、神聖、冷峻、剛毅、簡明、粗礪以及清醒和現實〔註12〕。然而可惜的是由於諸多原因在當代漢語詩歌史上南京很長時期處於「無聲」的存在。這是否也在更爲內裏的層面暗合了江南詩歌隱逸的古典傳統？南京在當代詩歌歷史中曾經在文革時期留給我們一首轟動一時的《知青之歌》（原名爲《我的家鄉》）——「藍藍的天上，白雲在飛翔，／美麗的揚子江畔可愛的南京古城我的家鄉，／啊……雄偉的大橋橫跨長江威武雄壯，／巍峨的鍾山就虎踞在我的家鄉。／／告別了媽媽，再見了我的家鄉，／金色的學生時代（就伴隨著青春的史冊一去不復返／啊……未來的生活多麼艱難多麼漫長，／生活的道路就奪去了我的理想）／已載入了青春的史冊一去不復返，／啊……未來的生活多麼艱難多麼漫長，／生活的腳步深淺在偏僻的異鄉」／／跟著太陽出，伴隨著月兒歸，／沉重地修理地球是我那終生的職責我的命運，／啊……（心上的人啊告別了你奔向遠方，／愛情的花朵就永遠不能開放）／用我們的雙手繡紅地球赤遍宇宙，／憧憬的明天相信吧一定會到來……。這首歌的作者是畢業於南京第五中學（66屆高中生）的任毅，當時是在他下鄉插隊江浦縣時寫成的。任毅卻因爲當時蘇聯莫斯科廣播電臺播放這首歌而身陷囹圄。而此後，南京詩歌也只是在1980年代的先鋒詩歌大潮中才開始湧現了一批有個性的詩人。

　　當我一次次看到韓東1980年代照片的時候，這個瘦弱的南京詩人一貫地戴著他的眼鏡，一貫的休閒服裝和面無表情。這種波瀾不驚的內隱和理性的影像正好與那些成都詩人和上海詩人產生了不小的反差。這似乎也顯示了某種因爲地方和文化性格所帶來的詩歌美學和詩人行爲上的差異。1985年韓東在北京見到了北島、多多和駱一禾等詩人。1985年3月《他們》正式出刊。當韓東等「他們」詩人已經在南京甚至南方詩歌聲明赫赫的時候，另一位西南詩人柏樺才於幾年之後在南京與韓東相遇。這位西南詩人才開始驚訝於南京之美和江南詩歌風水的溫潤與偉大。

　　南京曾在一個時期裏給那些從外地來到這裡的詩人留下了極其曖昧的印象。這個城市曾經有過的繁華、榮光連同苦難似乎一起被隱藏在歷史的深處。

〔註12〕陳東東：《二十四個書面問答》，《明淨的部分》，湖南文藝出版社，1997年版，第239頁。

它留給詩人們的只是中國地理版圖上的一個省會城市,一個普通的世俗之地。而對於張棗而言南京這座城市的存在更多是因為這裡有他的一個朋友,一個從重慶來這裡工作的詩人兼大學教師柏樺,「你已經是一個 // 英語教員。暗紅的燈芯絨上裝 / 結著細白的芝麻點。你領我 / 換幾次車,丟開全城的陌生人。 / 這是郊外,『這是我們的住房—— / 今夜它像水變成酒一樣 // 沒有誰會看出異樣。』燈,用門 / 抵住夜的尾巴,窗簾掐緊夜的鬃毛, / 於是在夜寬柔的懷抱,時間 / 便像歡醉的蟋蟀放肆起來。 / 隔壁,四鄰的長夢陡然現出凶兆。……我冥想遠方。別哭,我的忒勒瑪科斯 / 這封迷信得瞞過母親,直到 / 我們的銅矛刺盡她周身的黑暗」(張棗:《南京》)。

1988 年,南京的夏天酷熱難耐。據相關材料顯示已經有六七百人死於這場空前的酷熱。

而在漸漸清涼的八月末的一個晚上,來自重慶的詩人柏樺在南京登岸。他即將開始為期四年的南京生活。

到達南京的當晚,柏樺來不及整理行裝就在一個並不顯眼的住宅小區瑞金北村 5 樓見到了韓東。這也開始了對於柏樺而言一生中非常重要的一個遊歷和詩歌寫作時期。儘管此時已經是 1980 年代的尾聲,轟轟烈烈的「第三代」詩歌運動已經草草偃旗息鼓,而理想主義的詩歌年代也即將收場,但是韓東和柏樺的這次見面仍然是典型的 80 年代式的。他們互相交換剛剛完成的詩稿,閱讀、點評、交流、飲酒、喝茶。我相信南京給柏樺的第一印象正呈現了曾經有著極其輝煌和燦爛歷程的江南詩歌文化一樣,南京在骨子裏是如此契合這位詩人的精神氣象。而當年南京所展現給柏樺的已經不是一般意義上的自然風景,而是文學、文化以及詩歌想像的風景。這種風景的無窮無盡的安靜展開恰恰呈現了詩歌地理文化因子的遺存力量,儘管今天看來這種力量正在經受全球化時代野蠻推土機的摧毀。在此我將柏樺第一次到南京時的心理感受和詩意文化的影響和震撼直接抄錄於此。我想它的力量遠遠超過我的聒噪和曲意的闡釋。

> 我的詩歌在江南等待著新的出發點。……吃罷精緻的素面和一盤豆腐乾絲我們登上寺後的古城牆,牆上生長著齊腰高的荒草,在爬滿青藤的城牆下面,曾流傳過多少古代此刻的傳奇——他們就是從這密林殺出重圍,輕身躍過水中的小橋去某間密室做最後的一刺。我們漫步於長長的城牆,直到日影西斜、落霞散金,

這時我已完全忘卻了旅途的疲勞。晚間我們去了繁華如織、燈火
通明的夫子廟，汽車運送著遊客，店鋪五彩流光。紅樓、暗樹、
風俗、綢衣、摩肩接踵的人流在古色古香的秦淮河兩岸一點也不
顯得擁擠，倍添人間之趣。我們在平凡而親切的熱鬧間漫步勝於
信步在幽寂的閒庭，韓東引我走上一座「車如流水馬如龍」的石
橋，石橋的對岸就是典型的「秦淮人家」的深巷。月色朦朧下的
烏衣巷依稀可見。〔註13〕

由於當時柏樺工作的南京農業大學緊鄰著中山陵，在春夏秋冬不同的季
節裏柏樺感受到「可怕的美已經誕生」。這種曾有的帝王氣象和難以言說的山
水樹木，明孝陵的布滿青苔的拱門以及黃昏深處的民居和蒼老的城樓都給這
位來自重慶的詩人上了一次生動的文化地理課。而更為可貴的是在南京這座
時刻讓人充滿寬懷和想像力的城市仍然時時閃現出古典遺風的神韻。剛到南
京不久，柏樺在騎著老舊的自行車穿過中山門。此時，成千上萬的市民正湧
向城外到梅花山賞梅踏春。我們能夠在一次次的江南古詩的行間裏想像這種
難得的詩意之美，江南之美。

南京特有的山楂酒調濃了一個外來詩人的詩意和愁緒。

不久之後，柏樺寫下了他到南京後的第一首詩作《往事》。在南京這座平
和、安靜又有著理性和滄桑的「中年」之美的城市，秋風中微醺的詩人似乎
感受到了毛澤東時代早已結束，一切都將成為往事。一個新的時代也即將在
南京這裡不可阻擋地開始，「這些無辜的使者 ／她們平凡地穿著夏天的衣服 ／
坐在這裡，我的身旁 ／向我微笑 ／向我微露老年的害羞的乳房 ／／我曾經多麼
熱烈的旅途 ／那無知的疲乏 ／都停在這陌生的一刻 ／這善意的、令人哭泣的
一刻 ／老年，如此多的鞠躬 ／本地普通話 ／溫柔的色情的假牙 ／一腔烈火 ／／
我已集中精力看到了 ／中午的清風 ／它吹拂相遇的眼神 ／這傷感 ／這坦開的
仁慈 ／這純屬舊時代的風流韻事 ／／呵，這些無辜的使者 ／她們頻頻走動 ／悄
悄叩門 ／滿懷戀愛和敬仰 ／來到我經歷太少的人生」。1988 年夏末初秋柏樺在
南京寫下的這首《往事》已經呈現出詩歌應有的節制和平和，而與此前柏樺
詩歌的尖銳有了不小的差別。這既是當時詩人遊歷江南最初的觸動，也帶有
個人命運和南京的特殊氣息，「其中彌漫著南京的氣味，樹木、草地、落日的

〔註13〕柏樺：《左邊——毛澤東時代的抒情詩人》，江蘇文藝出版社，2009 年版，第
　　　　188～189 頁。

氣味，江南游子、身世飄零，其間又夾著一點洋味。是我如此，還是江南如此，彷彿有某種命運的契合」〔註 14〕。在柏樺看來詩歌中的地理是容納廣泛的，這些地名已經不再是簡單的地貌和氣候、環境，而是在新的指意系統中有了豐富的所指，「這便是一詞多義或符號多價性的結果。如我的一行詩『好聽的地名是南京』，這裡『南京』這個能指已經包含了多個所指，如江南、漢風、古都、中國哀愁、甚至我熱愛的明代的二個文人，如南京的王月生、柳敬亭，他們也流動在『南京』這個能指之中」〔註 15〕。

　　儘管柏樺在南京的時間只有四年，但是這些時日的南京顯然以其難以言說的地方文化和詩歌氣象深深影響甚至改變著像柏樺這樣一個詩人以及寫作。而近些年引起激烈爭論的雲南詩人雷平陽的《瀾滄江在雲南蘭坪縣境內的三十七條支流》將詩歌和「地理」的關係推到了極致，此外還有陳先發的《魚簍令》等。至於當年柳永的「東南形勝，三吳都會，錢塘自古繁華」更是因為對杭州的極盡詩意的描述和空前的繁華景象而引起金主完顏亮投鞭渡江之意（《鶴林玉露》）。可見在一定的條件下，一個地方會產生奇妙的心理影響和文化的集體無意識，「它使我過去的尖銳變得柔和，既硬又軟，或許南京的地理及風物潛在地影響了我。我曾說過我在南京經歷了一次風景整容術」。至於柏樺南京時期的這些詩作「那是我對南京──我心目中最美麗的城市的一次獻禮！至於對南京的感受是如何獲得的，這就一言難盡了。但我曾生活在那裡，我的飲食起居便順應那裡的節律，日復一日，連續四年，我自然就有了一點『金陵春夢』的味道」〔註 16〕。

第二節　海上柔靡與都市想像

　　距離南京 300 公里的上海顯然是另一番文化和詩歌圖景。

　　1946 年夏天，陳敬容從重慶出發前往上海。儘管花費的大半個月的時間也許不算長，但是一路上的輪船、木船、火車、汽車的擁擠、顛簸和辛苦使

〔註 14〕　柏樺：《今天的激情：柏樺十年文選》，上海人民出版社，2006 年版，第 100頁。

〔註 15〕　柏樺：《今天的激情：柏樺十年文選》，上海人民出版社，2006 年版，第 148頁。

〔註 16〕　柏樺：《今天的激情：柏樺十年文選》，上海人民出版社，2006 年版，第 257～258 頁。

下《這是四點零八分的北京》，但是中國當代城市詩寫作卻真正開始於 1980 年代。因為只有從這一時期開始詩人才真正以個體存在的方式與城市公共空間發生了實實在在的摩擦甚至碰撞。首先我們要追問的是無處不在的城市是否讓我們失去了夢想的可能？或者更大程度上讓我們成了異己者和憤怒者。正如王小妮在《深圳落日》中呈現的城市場景「下班的人流擊鼓一樣過天橋／身體裏全是鋼鐵的回聲」，或者正如陳東東的詩歌中所說的「我往赴的城市／他將從它的午睡裏醒來／它沖涼的水龍頭／代替這場雨洗去夢想」（《在汽車上》）。而對於當年在復旦大學讀書期間即開始寫作城市詩的孫曉剛而言，寫作關於城市的詩歌並不輕鬆，「一個詩人，但凡他要將詩的花冠套到他樂意顯示的建築、鋼鐵、玻璃器皿、櫥窗、街燈以及旅遊鞋上，就得先考慮到自己對詩的永恆性與即時性，心靈化與物態式之間的平衡性作出選擇和解答」〔註18〕。從 1981 年開始，孫曉剛在上海的美術展覽館、大街、柏油車、建築等公共空間尋找詩意和想像。而在剛剛重新興起的正處於「哺乳期」的城市文化面前，像孫曉剛這樣懷著新時代和現代化衝動的年輕詩人更多的是抒發了對城市的讚美和肯定，而相應地缺乏審問和自審意識，「這通體透明的汽車／像陽光在晴空飛行／抒情的示意線／才必然雪白地設在大道中心／／在鋼橋上它成為拱形／在十字路口它投進斑馬線／長長的白漆線跟著早晨／中國　正在哺乳期／抒情的示意線是潔白魅力的立體形式／／自然界的地平線／將太陽交付到這條白漆線上／城市的生命在蘇醒」（《大街示意圖》）。在 80 年代初到中期以孫曉剛為代表的上海城市詩人這裡呈現的只是城市陽光、乾淨、整潔和蓬勃的一面。在孫曉剛的《城市主題聯奏》、《南方，有一座美麗的城市》、《藍天》、《中國人》、《希望的街》、《周末之歌》、《大街懸掛一副拳擊手套》、《樂隊離開城市》、《黑皮膚城市》、《三月氣脈》、《東方之商》等詩作中城市被完全理想化和美化了。這當然體現了那一時代青年的特殊心理，也有一定的合理性，但是從抒情、情感呈現以及對現實的理解上而言這些詩歌確實帶有簡單化的局限性。同時期的宋琳和張小波的一些城市詩則帶有一定的批判意識和前現代性的「懷鄉」情結，如宋琳的《瘋狂的病兆》，「城市嘔吐出懸浮空中一枚毒日／我被咬傷／想吃草莓卻撿到一窩蛇蛋」。張小波的《在螞蟻和蜥蜴的上空》也比較具有代表性，「在那裡就是們曾經住過的城市／在股票交易所的對岸／在石板下面／打字機和一隻跳蚤

〔註18〕 孫曉剛：《城市詩我見》，《城市 2080》，復旦大學出版社，2005 年版，第 2 頁。

同時躍起 ／最接近心臟處出現八卦 ／翅膀下露出眼睛窺視隱私 ／在那裡清官也要逃走 ／郊外的狗朝城市吼叫 ／一條河上的五座鐵橋一模一樣 ／我不知道站在哪裏能望見故鄉 ／火車向西奔去 ／我躺在地上 ／只有肚皮的起伏 ／使我看到內臟掛在樹上的場面 ／在我們上空 ／螞蟻和蜥蜴爬滿星斗 ／閃電從腦門上退去」。而當 1990 年代以來城市的拆遷隊和推土機日益勞作，我們曾經的鄉土去往了何處？當不斷加速度前進的高鐵給我們帶來便利也同時帶來巨大的眩暈。對於文學而言我們是否感受到了這仍然是一個並不輕鬆的時代？當北島在文革時期將偷偷寫好的詩歌給父親看時卻遭到了父親的不解與震怒，那麼幾十年後的今天當全球化、城市化和娛樂化全面鋪張開來的時候我們是否還能保持一個知識分子寫作者的良知與情懷？中國缺乏公共知識分子，但是我們應該相信詩人無論是面對城市還是更爲龐大的時代都應發出最真實的聲音。詩人林庚在六七十年前曾有一首詩叫《滬上夜雨》：「來在滬上的雨夜裏 ／聽街上汽車逝過 ／簷間的雨漏乃如高山流水 ／打著柄杭州的油傘出去吧 ／／雨水濕了一片柏油路 ／巷中樓上有人拉南胡 ／是一曲似不關心的幽怨 ／孟姜女尋夫到長城」。詩人可能不會想到多年後不只是上海，其他地方的汽車和柏油路已經完全侵佔了鄉土中國詩人們的鄉愁，也改變了文化意義上的地理景觀。而早在 1920 年代，徐志摩在茫茫黑夜的火車上就體驗到一種不可避免的時代焦慮症的到來，「匆匆匆！催催催！ ／一捲煙，一片山，幾點雲影， ／一道水，一條橋，一支櫓聲， ／一林松，一叢竹，紅葉紛紛： ／／豔色的田野，豔色的秋景， ／夢境似的分明，模糊，消隱，—— ／催催催！是車輪還是光陰？ ／催老了秋容，催老了人生！」生活被現代性的工具催促，而自然給詩人帶來的傳統意義上的感受與和諧關係也被迫更改。多年之後的當代詩人們仍然在延續和加深著這種現代性和城市化的焦慮，「車輛從外面堅硬的柏油路上駛過 ／杯子在我們手中，沒有奇迹發生」（張曙光：《在酒吧》）。儘管一個詩人曾經以血肉之軀撞向了鐵軌和列車，但是一個個車站在今天已經成了完全喪失了意義的物理場所。在一個理想主義的「遠方」被同一化的城市取消的時候，那曾經帶有歷史意義的場所也只能接受人們的健忘症，「車站，這廢棄的 ／被出讓給空曠的，仍留著一縷 ／火車遠去的氣息 ／車輪移動，鐵軌漸漸生銹 ／／但是死亡曾在這兒碰撞 ／生命太渴望了，以至於一列車廂 ／與另一列之間 ／在呼喊一場劇烈的槍戰 ／／這就如同一個時代，動詞們 ／相繼開走，它卸下的名詞 ／一堆堆生銹，而形容詞

／是在鐵軌間瘋長的野草……」（王家新：《火車站》）。蕭開愚在《北站》中不斷出現的一個句子是「我感到我是一群人」。換言之在詩人看來以車站為代表的現代城市空間裏個體已經被取消，「我感到我是一群人。／但是他們聚成了一堆恐懼。我上公交車，／車就搖晃。進一個酒吧，裏面停電。我只好步行／去虹口，外灘，廣場，繞道回家。／我感到我的腳裏有另外一雙腳。」

上海可能是一個最不像「中國」的城市，當然它也成為中國城市化進程中的樣板。1856 年，英國人建造的外白渡橋建成，它又名威爾士橋。那時外白渡橋還是一座木橋，33 年後被鋼鐵橋所取代。第一次見到外白渡橋時我感到深深的失落，因為對於一個中國詩人而言鋼鐵和機床鉚釘的大橋沒有任何的詩意和歷史可言。100 多年前，英國人梅恩在這座橋上看到的是轎子、馬車和人力車。而今天呢？進入到 21 世紀似乎所有的「地方」都成了城市，同一化的城市推倒了歷史格局。而北京、上海、廣州都已經成為了中國的「巴黎」和欲望之城，這些城市都因為移民特徵而帶有曖昧的混血味道。當年的朦朧詩人顧城關於北京寫作了一組極其詭異和分裂的詩《鬼進城》，「無影玻璃／白銀幕　被燈照著／過幻燈　一層一層／死了的人在安全門裏／一大疊玻璃卡片／／他堵住一個鼻孔／燈亮了又堵住另一隻／燈影朦朧　城市一望無垠／她還是看不見／你可以聽磚落地的聲響／那鬼非常清楚／死了的人使空氣顫抖／／遠處有星星　更遠的地方／還有星星　過了很久／他才知道煙囪上有一棵透明的楊樹」。顧城同時期寫的一大組關於北京的詩歌（比如《新街口》、《白塔寺》）都呈現了極其詭異的夢魘般的感受。而我們今天看到的城市更像是一個巨大的消耗精神的絞肉機。這不能不使人想到亞當・斯密的《國富論》以及卓別林和他的《摩登時代》。城市和機器使人在短暫的神經興奮和官能膨脹之後處於長時期的迷茫、麻木、愚昧而不自知的境地。而無論是南方還是北方，也似乎都成了商業時代導遊圖上的利益坐標和文化資本的道具性噱頭。悖論的是儘管我們好像每天都與各自的城市相遇並耳鬢廝磨，但是在精神層面我們卻和它若即若離甚至完全背離。城市時代我們都成了失去「故園」的棄兒。而在城市裏生活的詩人已經喪失了對時代的耐心和信心，一種空虛、孤獨和無奈正在成為那些關涉城市題材的詩歌的主調，「這是五月，雨絲間夾著雷聲，／我從樓廊俯望蘇州河，／碼頭工人慢吞吞地卸煤，／而炭黑的河水疾流著；／／一艘空船拉響汽笛，／像虛弱的產婦晃了幾下，／駛進幾棵洋槐的濃陰裏；／雨下著，雷聲響著」（蕭開愚：《下雨——紀念克魯泡特金》）。

這不只是雨中站在華東政法大學的教工宿舍樓上俯瞰蘇州河的蕭開愚一個人的感受，它已經成了詩人們普遍存在的精神癥結。

1986 年，上海詩人陳東東走進了柏樺的視野。而柏樺和陳東東之所以能夠在詩歌意義上相遇恰恰因爲他們身上都具有的一種典型的「南方氣質」。在這一點上陳東東和柏樺更像是人們想像中的「江南詩人」，「而大多數時候，我記不起陳東東是一個上海人，從語言的角度看，他應該屬於更南方，那種透明而略微模糊的語境，像陽光即將穿過烏雲但恰到好處地停在半空中」〔註19〕。當然陳東東的生活和詩歌與上海之間的關係是複雜的。在我與他的交往中我能夠看到他作爲上海人性格中典型的一面，但是在詩歌寫作中他卻時時有掙脫上海的意識和衝動。1986 年，柏樺在馬高明寄來的《新觀察》和貝嶺、孟浪寄來的《75 首詩》中讀到了陳東東的詩《遠離》。這首詩強烈地吸引著柏樺，也讓後來柏樺走進了上海的詩歌圈子。正是陳東東這位最爲特殊的海上詩人以其嶄新的現代詩歌方式對古典詩學和「南方之美」的神奇性接續和創造性寫作讓一直彷徨於此道的柏樺茅塞頓開。不久，在陳東東詩歌的激發下，在《中國佛學史》所記載的關於東漢望氣（望雲）道士的神奇故事中，柏樺在一天下午一口氣寫出了後來名震天下的《望氣的人》和《李後主》。表面看來這是閱讀赫和歷史對話激發了柏樺式的「南方式」的詩歌寫作，而深究起來無論是陳東東的詩歌還是「望氣的道士」都在最深的文化基因深處契合了柏樺這樣一個現代詩人的地理文化和詩學因子的成長和激增。《望氣的人》對陳東東和張棗的觸動都很大，「望氣的人行色匆匆 / 登高眺遠 / 眼中沉沉的暮靄 / 長出黃金、幾何和宮殿 // 窮巷西風突變 / 一個英雄正動身去千里之外 / 望氣的人看到了 / 他激動的草鞋和布衫 // 更遠的山谷渾然 / 零落的鐘聲依稀可聞 / 兩個兒童打掃著亭臺 / 望氣的人坐對空寂的傍晚 // 吉祥之雲寬大 / 一個乾枯的導師沉默 / 獨自在吐火、煉丹 / 望氣的人看穿了石頭裏的圖案 // 鄉間的日子風調雨順 / 菜田一畦，流水一澗 / 這邊青翠未改 / 望氣的人已走上了另一座山巔」。

1988 年秋天，柏樺在南京結識上海詩人陳東東。不久，1988 年寒冬，柏樺從南京出發同詩人鄭單衣一起乘火車到上海。一路上，柏樺這位西南詩人在越來越靠近的南方風景中感受到撲面而來的海上詩風。到上海後，柏樺和鄭單衣直奔上海音樂學院找陳東東。自此，陳東東、王寅和陸憶敏這三位當

〔註19〕劉春：《朦朧詩以後》，崑崙出版社，2008 年版，第 33 頁。

年上海師範大學中文系的同班同學真正走入了柏樺的視野，也展現出與西南詩歌迥異的海上詩歌氣息，「來自記憶內部的女神／高舉一枝東方／藍火焰。血肉俱全的黎明升起／遮閉了長星／開放出大花／／這不是北國雨中的黎明／不曾被粗獷的牧馬人／歌唱。它的琴要唱奏／愛情的音樂，在大海和稻米間／完成的儀式／／黎明中注定的行吟詩人／走進了漲潮的赤楊樹林／一大片海光反照著／天堂——裸露的女神／把生命孕育」（陳東東：《南方》）。

　　早在 1980 年陳東東開始在上海師範大學中文系開始讀書起，他就開始參與學生刊物《衝擊島》以及參與同仁詩刊《作品》（前後出了 20 期，主要成員是王寅、陸憶敏和成茂朝）。儘管陳東東的詩歌也受到了外國詩歌的影響，但是給他以及王寅、孟浪、陸憶敏、孫甘露、王依群、郁郁、默默、張真、冰釋之、沈宏菲、卓松盛、海客、劉漫流、天遊等上海詩人最大震動的還是北島、江河等詩人以及《今天》。華東師範大學校團委主辦的「夏雨」詩社聚集了宋琳、徐芳、張小波、陳鳴華、陳剛、余弦、師濤等校園詩人。同時圍繞著上海青年宮主持詩歌輔導班工作的王小龍形成了實驗詩社（1981 年成立），成員主要有默默、張真、沈宏菲、白夜、藍色、卓松盛、伢兒。實驗詩社前後推出了 35 期的《實驗詩刊》。

　　默默在 1981 年夏天考入上海冶金工業學校財會班，上學期間參與創辦《紅雲》、《犧牲》（成員主要有俞惠鑫（筆名游俠）、許海鳴（筆名海子）、孫炯（筆名火火）、侯方、嚴峻、李順安（筆名安安）、陸建請、陳剛（筆名剛剛）、於榕）、《城市的孩子》、《蹩腳詩》等詩社並創辦詩刊（蠟紙、手刻、油印）。1983 年郁郁、孟浪和冰釋之等在寶山創辦詩刊《送葬》。而在默默的印象裏最深的就是班上負責刊物印刷的紮著兩根烏黑的大辮子的女生，「90 年在北京芒克家結識了鄂復明，酒酣時，芒克感歎說沒有老鄂，就沒有《今天》。《今天》的印務工作全是老鄂無言地承擔。北島在許多場合也坦承老鄂對《今天》舉足輕重的作用。那一瞬間，望著老鄂憨厚的臉龐，我想起了兩根久違的烏黑的長辮子。」〔註20〕1984 年劉漫流、默默、孟浪、郁郁、京不特等組建海上俱樂部（《海上》俱樂部是由《城市的孩子》詩刊、《廣場》詩刊、《MNOE》詩刊、《舟》詩刊、《師大》詩叢、《笠》詩刊共同組建

〔註20〕默默：《我們就是海市蜃樓——一個人的詩歌史：1979～1989 年》，「詩生活」網站（http://www.poemlife.com）的「詩觀點文庫」。

下成立）、《海上》詩刊、《大陸》詩社和撒嬌詩社。非常富有意味的是在創辦《撒嬌》的時候這些詩人著實大膽地「撒嬌」了一把。當時由默默提議虛構一封鄧麗君給《撒嬌》詩社的的一封信。重要的不是這封信後來所招來的一些意想不到的麻煩，而在於當時詩人與鄧麗君所代表的 80 年代流行文化之間的奇妙關係。

> 京特並化石、胖山、土燒、鏞容五君好：
>
> 千言萬語……美國目前流行一個說法：「孤獨就是團結。」這是哥倫比亞作家馬爾克思說的。收到信時，正在比達尼唱片公司趕製一盒我自己作詞作曲的演唱磁帶，名字叫《風風雨雨》預計秋天可以寄來。
>
> 你們幾位高級知識分子也喜歡我的歌，我真是高興。
>
> 《撒嬌》創刊號出刊，請寄美國俄亥俄州佛響舍大街 2 號鄧香賓先生轉即可。盼！
>
> 聽說鏞容先生口吃很厲害，但想不到他的詩卻這麼優美，莊奴兄看後啞口無言。我和你們不謀而合，覺得他是一個罕見的天才詩人。莊奴不久要來內地找你們聊聊。
>
> 真想對你們撒撒嬌。
>
> 鄧麗君 85.5.2 草上

而 1980 年代初上海火熱的詩歌活動中當時顧城與謝燁已經結婚並居住在上海凱旋路上的一間租賃的民房裏。1984 年到 1986 年，陳東東在上海第十一中學任語文老師。這一時期陳東東詩歌中的上海在帶有埃利蒂斯等西方詩歌印記的同時非常清晰地記錄了上海在這個年輕詩人眼中的形象——潮濕、曖昧、新鮮和某種城市生活的焦慮與期待，「現在我走出十一中學 / 看到南京路上一帶晴空夏意欲滴 / 街口的姑娘面容姣好 / 汽車像鳥，低低地從她們身邊飛過 / 接著我拐進了另一條大街 / 渴望能聞到海的氣息 / 無所事事的男人女人走到水裏 / 黑礁石燦爛 / 詩集被風吹成了火把」（《從十一中學到南京路，想起一個希臘詩人》）。儘管陳東東在後來的詩歌和文章中對上海也有抱怨，但是對於原住民而言他還是非常喜歡上海的，「我一個人朝那個方向走，兩邊是法國梧桐和商店櫥窗，櫥窗裏的精美布置，幾乎把樣品都變成了藝術品。過往的車輛，特別是如一節火車車廂那麼長的 26 路電車映現在連片排開的櫥窗玻璃上，起起伏伏地向前，像是穿越了所有的商店。這就是我從小就愛看

的上海景象。」〔註21〕1980 年代的陳東東其詩歌形象帶有典型的古典詩歌的現代闡釋性，他企圖查找中國精神與「禪」的超現實主義融匯的多種可能性。同時其現代性特徵的「江南」詩風開始形成，儘管陳東東所在的上海是一個已經相當城市化和去古典化的典型城市。一定程度上陳東東是游離於上海之外的一個現代性的「江南」詩人。這是否與其祖籍江蘇吳江多少有些關聯？陳東東那一時期的以《獨坐載酒亭。我們該怎樣去讀古詩》、《買回一本有關六朝文人的書》等為代表的詩歌呈現了一個南方詩人對古典詩歌精神和傳統的「重讀」和思考。陳東東以獨特想像和現代經驗重新觀照和審思南方地理，這些詩歌也影響到了柏樺等詩人，「江面上霧鎖孤帆。清晨入寺 / 紅色的大石頭潮濕而飽滿 / 像秋染霜葉 / 風吹花落 / 像知更鳥停進了陰影之手 / 這一些 / 這些都可能是他的詩句。在宋朝 / 海落見山石，一個苦水季節 / 塵昏市樓 // 但我卻經歷了一夜的大雨 / 紅石塊上 / 綠葉像無數垂死的 / 魚，被天氣浸泡得又肥又鮮 / 而樹皮這時候依然粗糙，漂在池中 / 什麼也不像 / 隔江望過去，過午的載酒亭依山靜坐 / 我在其中 / 見江心裏有一群廝咬的猛禽 / 翼翅如刀 / 我們也必須有刀一樣的想法 / 在載酒亭 / 蘇軾的詩句已不再有效 / 我獨坐，開始學著用自己的眼睛 / 看山高月小」（《獨坐載酒亭。我們該怎樣去讀古詩》）。這實際上也體現了陳東東詩歌語言的自覺性甚至對現代漢語的重新審視，「誰還會比陳東東更具備這樣一種才能：可以將豐富的、對立的、甚至是激烈的詩歌感性，轉化成言辭純淨、意蘊充盈、神采熠熠的詩歌本書呢！很可能，陳東東的詩歌就是漢語的鑽石。」〔註22〕

而沿海城市上海似乎從近代開始就是迅速掩埋陳迹和「歷史」的地方。這裡的城市化、現代化甚至一段時期裏為人所說的「洋化」速度是驚人的。曾經的石庫門文化和當年上海的「土著」氣象在這座移民城市裏迅速消解，「上海，這座夢幻之城，被植入了多少異族的思想和意念。蘇州河上的煙霧，如此迷離，帶著硫磺和肉體的氣息，漂浮著紙幣和胭脂，鐵橋和水泥橋的兩側，布滿了移動的人形，銜著紙煙，在雨天舉著傘，或者在夕陽中垂蕩著雙手，肩膀與陌生人相接，擠上日趨舊去的電車。那些標語、橫幅、招貼、廣告、商標，轉眼化為無痕春夢。路面已經重新鋪設，60 年代尚存的電車路

〔註21〕陳東東：《「游俠傳奇」》，《天南》，第 3 期（2011 年 8 月）。
〔註22〕臧棣：《後朦朧詩：作為一種寫作的詩歌》，《中國詩歌九十年代備忘錄》，人民文學出版社，2000 年版，第 206 頁。

軌的閃光和嚓嚓聲，彷彿街頭遊行的人群散去之後，爲魔法所撤走。」〔註23〕上海迅速「洋化」的過程和隨之帶來的城市構造和生活方式的翻天覆地的變化給詩人帶來了不適和反感。甚至在激進的出生於江蘇而居住於北京的詩人沈浩波那裡上海成了一個「不潔」的象徵，「初秋的夜晚／微風醺暖／這個城市／光滑極了／她已經一根根的／拔光了腿毛／從前／她只是一個漁家姑娘／臉膛紅紅／身子有些腥氣／被幾個洋人／奸了之後／嘗到了甜頭／從此／就出來賣了／她常常想起／剛出來賣的日子／那時她還年輕／總是能被操得尖叫起來／她小心翼翼地／保存著嫖客老爺們的精液／那些精緻的小洋樓／一灘一灘／可值錢了／現在年紀漸大／有了些成熟婦人的韻致／賣起來／也熟門熟路／已經有了合法的／註冊商標／一個叫明珠／一個叫金貿／戳在她／身體最潮濕的地方／以前／還有些害羞／穿旗袍的時候／只露出一半臀部／如今可不同了／把另一半／也開發出來／豐滿滑嫩的／兩瓣屁股／中間就是／美麗的黃浦江」（《上海是一個婊子》）。

　　1980 年代中期以來陳東東關於上海和南方的詩歌大體呈現了一個波西米亞式的精神游蕩者以及一個時時冥想的帶有一定超現實主義成分的穿越與動蕩。在陳東東的這些詩歌中我們能夠發現大量的關於飛鳥以及帶有飛翔成分的場景和意象，但是我們最終看到的卻是這些飛翔的翅膀因爲沾染了城市和時代過多的粉塵、油污和鐵銹而被迫不斷降低高度甚至墜落的過程。這種下降是否呈現了城市化時代詩歌寫作被迫完成的精神下降儀式？而城市中試圖作爲一個精神的持有者和懷有個人烏托邦衝動的飛翔者都可能會成爲被公眾所不解的面目可疑者。而包括上海在內的一個個城市是否印證了這樣一句話——此地是他鄉。儘管陳東東生活於上海，但是他的詩歌並不能用所謂的海派甚至寬泛意義上的「南方寫作」來涵括。或者說陳東東詩歌中的上海也只是一種精神和想像的生發與寄託，而詩人窗外的活生生的上海一次次受到詩人的批評。這充其量是一種肉身化的世俗城市，而非帶來詩意滋養的南方之城。正如陳東東所說「我不會把我的詩篇獻給上海，雖然我願意把自己看成是一個上海詩人。」儘管詩人如是說，儘管詩人自己對上海懷有厭煩情緒，但是一個人的幻想、回憶、白日夢和時間追挽都不可能不與上海以及南方發生關聯。當然我們可以說陳東東詩歌中的上海和南方是被詩人用漢語重新構

〔註23〕孫甘露：《此地是他鄉》，《一個人和一座城市》，團結出版社，2009 年版，第20 頁。

造和發現出來的。在此可以這樣認為是一個詩人命名了一個地方。當然，陳東東早期的一些詩歌中在出現與上海和南方有關的場景的同時又不斷以精神尋找和對位的方式出現西方和異域的想像以及對傳統中國文化操守和詩歌話語傳統的重新對話與焦慮，比如《冬日外灘讀罷神曲》等。但是我們更多看到的則是精神與生存境地之間的縫隙與失落。陳東東既介入上海又游離於上海之外，雙重視角和觀察身份使得陳東東的寫作更為可靠與開闊。已逝詩人張棗曾經這樣描述陳東東和上海——「你邊想邊把手伸進內褲，當一聲細軟的口音說：／『如果沒有耐心，儂就會失去上海』。」（張棗：《大地之歌》）

　　而就陳東東詩歌中不斷出現的「無望、壓抑、眩暈、虛空和岑寂」這些詞語我們看到關於城市的寫作不能不帶有強烈的精神性甚至倫理性。陳東東的這些城市詩也同時由兩個時間空間構成——「舊光陰」、「舊物質」、「舊城區」、「舊時代」以及「新世界」和「新現實」。我們由此的發問是這些舊時代之物以及所攜帶的情感空間是如何被新現實所掩埋、消解和取代的？在陳東東的詩歌中我們會發現相應的場景，比如「郵局是曾經的教堂」。在外白渡橋、南京路、外灘和蘇州河這些南方都市場景中我看到了一個時代的影響的焦慮，而陳東東就是一個在城市坡道上仍然堅持步行回家的人。而不斷攀升的城市塔樓的上空卻並不是星辰，甚至最後一顆星星也被摘走。在這些關於城市的詩歌文本中陳東東還可貴地呈現了個人化的歷史想像能力。換言之他的這些詩歌呈現了歷史和當下之間的互文與對話關係，比如「蒸汽機頭朽爛在紅色裏。」

　　柏樺從上海回來之後曾在冬日去過一次揚州。

　　按照柏樺的說法揚州是眾多城市中最像「故園」的城市。儘管是冬天，柏樺仍然感受了揚州這座城市的地理文化氣象的無處不在。但是到了二十一世紀，當陳東東在陽春三月再次踏上揚州這片像柏樺所說的「故園」的城市時，他感受到的傳統詩歌想像中無比詩意的「下揚州」已經成了現代化進程背景下「新現實」的虛妄。換言之，「揚州」已不再是「揚州」，荒誕、吵鬧、娛樂、浮華、獻媚在這裡上演。古老的想像中的揚州成了反諷語境中顯得滑稽的事物，「發明摘星辰天梯的那個人／也相應地去發明／保藏起迢迢河漢的天幕／他站在雜技場最高的天橋上／光著膀子，彷彿雲中君／為下界繁華里一絲／寂靜而低眉……神傷／／他要令觀望不至於觀望／借一點靈光，他發明丹頂鶴／披上獵獵的防雨大斗蓬，他／出場——然而他棲落處／已不是揚州／／然而他棲落處／一支軍隊正演習反恐怖／把全城的每一條僻靜的小弄堂／

都當作下水道疏通又 / 疏通……卻不料假想敵 / 竟來自空中……那個人 / 迫降，在舊世界唯一的 // 魔術舞臺上——他聲稱有能力 / 發明仇恨，至少他可以 / 立即抖擻那被稱作悲憤的 / 娛樂和激情。不過，一轉臉 / 他已經隱沒在看客們中間 // 不過一轉臉他已經浮現 / 像有著七十二變相的政治家 / 順帶發明了落日……憂愁 / 那個人收斂防雨大斗蓬 / 卻露出獻媚的粉紅色肚兜 / ——新現實將他巧妙地刺繡 / 並且他棲落處，已不是揚州」（《下揚州》）。

　　值得注意的 1980 年代的一個詩歌現象是很多南方詩人以及北方詩人除了在自己周邊省份活動外，將更多的時間和經歷都放在了遠方。南方詩人到北方去，北方詩人到南方去成了那個時代詩人集體的選擇。當然一定程度上我們可以說熟悉之處沒有風景，詩人到遠方去有著好奇的心理，但是在 1980 年代特殊的語境之下這種詩人和「遠方」的關係更多帶有鮮明的時代精神和詩歌理想特徵。「遠方」正是那一代人被空前激發的詩歌熱情在青春年代的高能量釋放。我印象最深的是上海詩人陸憶敏到河北承德之行時寫下的名重一時的詩《避暑山莊的紅色建築》。當我看到 1987 年夏天避暑山莊的巨大院門下陸憶敏非常淑女的坐在古老建築的門檻上的相片時，我感受到的是古典氣息的江南女子。一個現代南方女性與北方、建築和山川之間莫名的契合與久遠的召喚。我曾經看過陸憶敏在 1987 年 7 月 17 日寫作《避暑山莊的紅色建築》一詩的手稿，而修改的最少的部分恰恰是最引起我共鳴的地方：「赭紅的建築 / 我為你遠來 / 我為你而寬懷 / 我深臨神性而風清的雕塑 / 我未虛此行了 // 我進入高牆 / 我坐在青石板上 / 我左邊一口水井，右邊一口水井 / 我不時瞅瞅被榆木封死的門洞」。由此我們可以說 1980 年代的詩歌是一次真正而短暫的理想主義的抒情年代和漫遊年代。當詩歌在 1980 年代的最後一個夏天轉彎進入另一個時代的時候，抒情被敘述取代，理想和激情被卑微和平凡所消解。鋪天蓋地的個人話語和日常詩學讓我們進入了「無詩」的時代。

　　在南方詩歌地理版圖上上海似乎一直是一個特例。在二十世紀中國現代漢語詩歌史上小說作為消費和大眾文學的一種在上海從來都不缺乏豐厚的土壤，但是上海詩歌卻一直是一種近乎可有可無的存在。只是在 80 年代的復旦大學、華東師範大學的校園詩歌和「撒嬌」、「海上」詩人的一閃而過中吹來短暫的詩風。儘管上海不乏一些優秀的詩人，但是從整體上而言這片過早開始現代化和「西化」的城市似乎一直缺乏對鄉土中國的文學想像。反倒是城市化寫作的流行成為潮流。以我們印象深刻的上海蘇州河和外白渡橋為例，最初建造於 1856 年的外白渡橋是一座木橋。木橋在中國詩歌文化中是

如此充滿著古典美和詩意的象徵。但是即使是這座木橋已然帶有非本土化的成分，這座木橋的建造者是英國威爾公司組建的「蘇州河橋梁建築公司」。因此外白渡橋還有另外一個洋名字——威爾司橋。33 年後，同樣是英國人開始將這座木橋拆毀打造鋼鐵之橋。1907 年開始展現在我們面前的上海和外白渡橋更符合「西方」和「現代化」的想像。而時至今日，這種改造正在加速度前進，我們賴以生存和想像的地理空間正在發生顛覆性的變化，而我們的詩歌又該如何持續，「還不足以保證南京路不迸出軌道，不足以阻止 / 我們看著看著電扇旋閃一下子忘了 / 自己的姓名，坐著呆想了好幾秒，比 / 文明還長的好幾秒，直到中午和街景，隔壁 / 保姆的安徽口音，放大的米粒，潔水器， / 小學生的廣播操，刹車，蝴蝶，突然 / 歸還原位：一切都似乎既在這兒， / 又在 / 飛啊。 / 鶴， / 不只是這與那，而是 / 一切跟一切都相關」，「我們得堅持在它正對著 / 浦東電視塔的景點上，為你愛人塑一座雕像： / 她失去的左乳，用一隻鬧鐘來接替，她 / 驕傲而高聳，洋溢著補天的意態」（張棗：《大地之歌》）。在現代化進程中上海似乎一直保持了某種混血一樣的曖昧性，成了中國這片土地上帶有異樣化和非本土化的風氣，「歐洲人看他，一眼便看出更多的亞洲人的細節；而亞洲人看他，活生生就是一個歐洲人」〔註24〕。1988 年到 1992 年間，南京時期的柏樺高度評價陳東東的詩歌並指認其詩歌有「古風」氣象。確實陳東東一直在詩歌寫作中懷有一種想像式的中國情懷，這一定程度上與陳東東身處上海這個「不是中國」的地方有關。陳東東認為上海「不是中國」的觀點看起來有些讓人莫名其妙，但是我理解陳東東的意思。在長期的農耕文明濡染中的人看來上海不言而喻具有其強烈的特殊性和異域性。而從方言與詩歌、書面語和日常口語之間的關係來看上海也帶有獨一無二的特殊性——日常口語和詩歌書面語之間的完全脫節和矛盾——以及寫作時的尷尬性，「跟其他上海詩人一樣，我差不多完全捨棄上海話，用一種被稱作『現代漢語』的書面語寫作。以我的考察，這種『現代漢語』在讀音和語法方面的規定性跟大多數（幾乎所有的）中國人的日常口頭表達都不太一致，跟上海話則風馬牛不相及。我知道北方的詩人，甚至四川、雲南、貴州和南腔北調的南京詩人如果願意，都可以盡量用他們的地方口音去讀出他們寫下的詩篇，他們也大可以把自己日常口語的許多特色用於寫作。也就是說，他們可以把『現代漢語』這種書面語拉向自己的口

〔註24〕陳丹燕：《地方化的世界主義》，任歡迎等主編：《讀城——當代作家筆下的城市人文》，同心出版社，2010 年版，第 55 頁。

語這一邊，甚至把『現代漢語』改裝成書面的『北方漢語』、『四川漢語』、『雲南漢語』、『貴州漢語』。然而不會有『上海漢語』。上海話排斥漢字對它的記錄，想像中書面化的『上海漢語』，一定不再是中國話了」〔註 25〕。陳東東詩歌與上海的關係可能也代表了 90 年代之後眾多的詩人命運，「一直存在著兩個上海。一個是我窗外的上海，浮華、喧囂、雜亂、俗豔、假時髦和假詩意、耗散精力、自以為是、喜新厭舊、輕薄偽飾，是我總想以肉體的方式遠離的上海，在其中生活只帶來厭煩。但另一個上海卻極具傳奇色彩，它有著密謀和神迹，事變和血案，械鬥和盟誓，淪陷和收復，有著鏡子裏凋謝的容顏，混淆視聽的逸聞，昏暗的光芒，春風沉醉的良夜，有著冒險故事，黑道英雄，無稽之談和各種舊址，隱晦、蒙塵、被遺失和深埋，它來自回憶，但更可能來自幻想，是午睡時的一場反覆的舊夢」〔註 26〕。

這個時代的詩人如此富有戲劇性。

1989 年 4 月柏樺接到上海詩人陳東東的來信，得知 1989 年 3 月 26 日下午 5 點 30 分北京詩人海子在山海關龍家營臥軌自殺。一個理想的詩歌時代是以詩人之血結束的！而這也是詩人再也不能回歸「故鄉」的集體宿命的開始！中國先鋒詩歌在 80 年代完成了以北京和四川兩地為代表的詩歌傳奇之後，進入 90 年代詩歌已經逐漸在日益全球化、城市化和去地方化的背景下喪失了地方知識。更為可怕的還在於消失了地方性的城市建築對人與寫作的雙重脅迫。從 80 年代後期開始，更多的四川和南方詩人因為更早的感受到商業大潮的召喚和生存壓力的挑戰紛紛遠離了詩歌。他們仍然從一個城市到另一個城市，但不是為了詩歌，而是為了生計。趙野在參與了「第三代」詩歌運動之後很快就縶入了商海大潮。無論是他遠走海南，還是後來到北京辦雜誌都讓我們看到一個年代的結束。1988 年夏天柏樺遠赴南京，鐘鳴躲進自己的工作室，後來的李亞偉、萬夏、瀟瀟、楊黎、歐陽江河等紛紛北上發展，「『非非』的周倫祐以『非非』的方式炒上了股票。有一天，在電話裏說，虧了 10 萬。這時，我才彷彿回過神來，『非非』作為一場發動群眾美學的反叛運動，已一去不復返了」〔註 27〕。

〔註 25〕桑克、陳東東：《既然它帶來歡樂……》，《作家雜誌》，2006 年第 4 期。

〔註 26〕陳東東：《二十四個書面問答》，《明淨的部分》，湖南文藝出版社，1997 年版，第 228 頁。

〔註 27〕鐘鳴：《旁觀者》（第二卷），海南出版社，1998 年版，第 896 頁。

　　1989 年 12 月 26 日，在這一年代最後的晚照中柏樺在南京寫下了回敘往事的詩作《1966 年夏天》。是的，一個「左邊」的抒情年代結束了，一個理想的詩人時代落幕了，「成長啊，隨風成長／僅僅三天，三天！∥一顆心紅了／祖國正臨街吹響∥吹啊，吹，早來的青春／吹綠愛情，也吹綠大地的思想∥瞧，政治多麼美／夏天穿上了軍裝∥生活啊！歡樂啊！／那最後一枚像章／那自由與懷鄉之歌／哦，不！那十歲的無暇的天堂」。同樣是 1989 年，瑞典詩人特朗斯特羅姆寫下一首關於上海的詩歌，「公園裏這隻白色的蝴蝶被許多人讀過／我愛這隻雪蝶彷彿它是真理飛舞的一角」（《上海的街》）。而從 1989 年開始，詩歌與真理之間的距離可能越來越遙遠了。

第三節　最後的「江南漢語」和「地方知識」

　　　　　我的疾病治癒了南方。

　　　　　　　　　　　　　　　　　　——潘　維

　　在先鋒詩歌運動結束之後包括江南和南方在內，地方性知識正遭受到改寫和消減。而作為「江南」寫作的最具代表性的詩人潘維以詩歌的方式印證了一個時代的尷尬與失落。一個必須正視的現實是包括潘維在內的詩歌寫作成了最後的「江南漢語」與「地方知識」。潘維的好友龐培也深切感受到舊日的江南已經不存在了，詩人們對此只能失語莫名——「你眺望到的似乎只有麻雀那麼大的小鎮全貌，它的河道、工廠、民房、舊碼頭；你看到靠河的木房子在河床邊裸露出枯白彎曲的舊木樁，像一根根老人的腿骨。你說不出話來，那風景中，那從鎮上的工廠煙筒裏有某種永久的死寂，但表面平和靜止的東西——那是江南舊日的甜美嗎——你無言以表」（《鄉村肖像》）。

　　在談論潘維的詩歌之前還是先說說印象裏和生活裏的潘維。

　　2012 年 8 月 1 日，西寧，某賓館。我們剛從雨水中的德令哈一路疲憊趕到西寧。早上起來後我和潘維到大街上去吃蘭州拉麵。吃完麵後我和潘維轉到不遠處的一個喧鬧的早市，兩個大男人開始在各式蔬菜和水果攤間穿行和討價還價。我買了幾斤紅棗，潘維則買了十斤犛牛肉，然後找到一個飯店進行真空包裝。回來的路上我們竟然遇到謝冕老師，他雙手拉著我和潘維。我則大聲告訴先生這裡的大棗既便宜又好吃。而每次和潘維見面，人們都會詢問他的情感生活，格外關注他愛過的那些女孩子。這似乎成了文壇上的一個

慣例。然而弔詭的則是人們真正談論詩人和詩歌的機會卻越來越少，而詩人和評論家們卻時時在各個文學場合和活動中頻繁露面和不可開交地忙碌。我不能不記得潘維在住處和酒桌的微醺中深情而忘我地朗讀自己詩歌的情形。尤其是在 7 月末的德令哈的那個雨夜，他在朗誦《今夜，我請你睡覺》的時候我想到不遠處的巴音河，還有多年前那個滿身雨水和淚水的青年詩人——海子。

我聽到了被現代化髒水玷污的漢語在高原上一個江南詩人那裡被清洗的聲音。我也聽到了低鬱的吶喊——「可沒有人請我睡覺。／為什麼？！為什麼／在這比愚昧無知還弱小多倍的地球上，／居然沒有人請我睡覺。／我，潘維，漢語的喪家犬，／是否只能對著全人類孤獨地吠叫：／今夜，我請你睡覺。」我不知道潘維和別的詩人交往是什麼樣子，而無論多麼喧鬧的場面潘維每次都會極其認真的和我交流詩歌的看法。

有了詩，詩人才存在。

現在看來，談論潘維的詩歌無疑有著必要性和隨之而來的難度。因為，有時候我甚至會覺得我們已經不再是單單在談論潘維個體的詩歌文本，而是圍繞著他的文本我們不得不面對那些與傳統、歷史、地方、漢語以及當下的種種詩歌問題之間的纏繞甚至衝突。面對潘維，我想到的只有這樣的句子——最後的「江南漢語」，最後的「地方知識」！潘維在自己的詩集《水的事情》所做的跋中開篇第一句就是——「上世紀 60 年代，我出生在漢語最肥沃的地域：宋朝以來的江南。」

柏樺在給北島的一封郵件中這樣說到「我剛去過偉大的江南」，但是包括柏樺在內必須正視這個殘酷的現實——「江南」已經不是當年的江南。一切幾乎都煙消雲散了！我不是一個時代落伍者，但一切轉換得太過於激烈和匆促。甚至像我這樣一個雲時代的土鱉分子在第一次聽到鳥叔的「江南 style」的時候居然想到的是中國柔軟、綺靡的「江南」。實際上當下中國本土「江南」和首爾的「江南區」有什麼本質的區別嗎？資本的堆積和移山填海的現代化推土機有國家和地區的區別嗎？當我們在江南的城市和小鎮尋覓那些古老詩意的遊蹤時我們不得不一次次和花枝招展、妖嬈作態的現代化「偽娘」們相遇。一切在經歷了現代化和城鎮化的滌蕩之後，連詩歌中的江南都幾乎不復存在了。我一直在思考一個問題。有那麼多的人在「江南」出生和寫作，但是為什麼多年來我們提到「江南詩人」的時候第一個想到的也是唯一一個能

想到的就是潘維？換言之，潘維以什麼樣的心智、性格和精神癖性在文字中與晦違的「江南」相遇？爲什麼單單是潘維而不是其他人「發現」了江南的「漢語」和「地方知識」？

無疑，潘維是這個時代的「異數」！

無論潘維在哪裏出現，你都會在各種背景和各色人群中將他區分出來。他也許來錯了時代，但他也命定地以漢語來再造「江南」。當然潘維的詩歌精神是多向度的，但是他的底色無疑是特有的江南這塊「南方中的南方」的地方知識。潘維以未經現代性和西方話語以及媒介話語「污染」的原生漢語還原和再造了一個話語形態的「江南」──「陰寒造就了江南的基因，那些露水，／凝成思想的晶體，滲入骨髓。／木匠們將房梁擡高的同時也擴展了／秘密的濕度。從街巷那張多雨的臉上，／忙碌的季節來回掠過白色的翅翼。／／夢幻和戰慄，是密集的水網在呼吸，／赤裸的神經枝葉繁茂。／當我本土的腳踩上青石板悠長的回聲，／一股濕潤的興奮，使旅遊鞋導電，／那鞋，曾深陷比睡眠更黑的泥濘。」潘維的命運性和性格化的南方詩學和南方想像顯然在當下的語境下具有不言自明的重要性、兩難性以及難以排遣的現代性的焦慮。在這個時代，我們被迫成了「地方知識」的輓歌追悼者和莫名「鄉愁」的懷鄉病人。

「江南」在文化、存在和歷史想像力的容留中濃縮了一個時代的民族志、原生情懷和地方知識。

在話語塑造的一個個想像的江南那裡，我們很容易聯想到詩歌和文化的既古老又歷久彌新的魅力與傳統。然而在一同化的城市景觀和工業化推進中這種南方傳統和江南氣韻似乎受到了前所未有的挑戰。由此，潘維「在南方」的寫作就具有了不可替代性。當然潘維詩歌話語所要遭受到的尷尬性甚至分裂性是可以想見的。而多年來潘維的詩歌寫作恰恰就是要不斷恢復和強化詩歌的「南方漢語」和「地方性知識」，企圖不斷恢復「個人」的精神「基地」和地緣文化的基點。這就是一個後社會主義時代「南方」詩人的命運。晦違的偉大漢語的痛苦命運──「不久之前，我彷彿天眼突然開啓，我明晰地認識到，是漢語選擇了我這個器官，爲它奉獻。不知道是幸亦或不幸，我別無選擇。我的性格、心智，我的孤獨、痛苦和頹廢的迷失，我的交往、閱讀、

榮譽和失落的時光，一切的一切，都是漢語在塑造我這個器官。」〔註28〕正
是因為地方性知識在潘維這裡可貴的恢復和重新確立，我們的地方景觀才沒
有被統一和格式化的時代完全剔除。潘維的身後實際上疊加著一個個古老的
背影，只是這些背影在當下的時代粉塵中不斷打著寒噤。在潘維身上我看到
了南方水域明亮、沉痛、陰暗和遲疑的一面，看到了城市化時代江南煙雨的
冷與密。那種揮之不去的傳統、古典、憂鬱、生命和愛的沖湧是永遠都不能
稀釋和抹去的嗎？潘維以不斷被破碎的漢語整合成那個「太湖龍鏡」來折射
出前世今生的「江南」以及水銀般沈暗的內心。潘維的這些詩歌猶如反觀過
往和地理精神的鏡象，這些詩句顯然是詩人內心深處強大的生命體驗與想像
力相互拓殖與挖掘的結果。這些句子是潘維一個人的，但又是生發於江南的，
屬於中國詩歌不滅的血脈的。它來自於我們曾經熟悉的這個國度和地方，更
來自於「前朝」式的隔岸的歌吟和本源性的生命和文化的多重鄉愁。

　　對於評價和考察從 1985 年（詩集《水的事情》收入的詩作最早的時間標
明的是 1986 年）即已開始詩歌寫作的潘維而言，其難度是可想而知的。時至
今日我仍然清晰地記得當年讀到《第一首詩》（儘管這並不是潘維真正的「第
一首詩」，此前他已經在詩行裏練習了很久）的感受。這讓我在新世紀的北方
對江南，對詩歌有著難以名狀的期許。它們就如溫暖而生疏的雨水淋灑著工
業時代乾涸的河床：「在我居住的這個南方山鄉 ／ 雨水日子般落下來 ／ 我把它
們捆好、紮緊、曬在麥場上 ／ 入冬之後就用他們來烤火 ／ 小鳥赤裸著燙傷的
爪 ／ 哭著飛遠了 ／ 很深的山溝窩裏 ／ 斧頭整日整夜地嗥叫 ／ 農夫播種時的寂
寞擊拍著藍色湖岸」。潘維的長詩《太湖龍鏡》由 20 首詩組成。而在我看來
長詩無疑屬於更有難度的詩歌寫作類型，而中國又是自古至今都缺乏長詩（史
詩）寫作的傳統。自海子之後中國詩人的長詩（大詩）情結多少顯得青黃不
接。基於此，寫作長詩甚至「史詩」一直是從「今天」詩派、「第三代」詩歌
以及 1990 年代詩歌以來當代漢語詩歌噬心的主題。甚至在海子之後只有極少
數的詩人敢於嘗試長詩的寫作，其成就也是寥寥。因為寫作長詩對於任何一
個詩人而言都是一種近乎殘酷的挑戰，長詩對一個詩人的語言、智性、想像
力、感受力、選擇力、判斷力甚至包括耐力都是一種最徹底和全面的考驗。
在我看來「長詩」顯然是一個中性的詞，而對中國當代詩壇談論「史詩」一

〔註28〕潘維：《水的事情·跋》，未刊稿。

詞我覺得尚嫌草率，甚至包括海子在內的長詩寫作。「史詩」無疑是對一個民族、國家、歷史、文化的多元化的書寫和命名，而這是對詩人甚至時代的極其嚴格甚至殘酷的篩選的過程。在一個工業化的時代會產生重要的長詩，但是「史詩」的完成還需要時日甚至契機。在我看來「大詩」正是介於「長詩」和「史詩」之間的一個過渡形態。說到當代的「長詩」不能不提到幾位重要的詩人，昌耀、海子、楊煉、江河、歐陽江河、廖亦武、洛夫、梁平、于堅、大解以及雷平陽、路也、谷禾、葉舟、江非、沈浩波等更為年輕的詩人。我更願意將當下的後社會主義時代看作是一個「冷時代」，因為更多的詩人沉溺於個人化的空間而自作主張。而更具有人性和生命深度甚至具有宗教感、現實感的信仰式的詩歌寫作成了缺席的顯豁事實。

　　在中國 1990 年代以來的「長詩」寫作版圖上潘維的名字是應該被記住的，但似乎有很多專業研究者對他以及他多年來的長詩寫作缺乏必備的瞭解。概而言之我們看到包括潘維在內的一些詩人寫作長詩的努力印證了中國當代詩人寫作優秀長詩的可能性，儘管其面對的難度可想而知。當然這種可能性只能是由極少數的幾個人來完成的──歷史總是殘酷的。在巨大的「減法」和僭越規則中掩埋和遺忘成了我們對待歷史和當下的態度。而語言和詩歌永遠比一個國家更古老，更具有生命力。一些詩人用語言創造的自我和世界最終會在歷史中停留、銘記。歷史在尋找這個幸運者。這個幸運者肯定也是一個在個人和時代的軌道上發現疼痛和寒冷的旅人。有人提起潘維時總是會使用「墮落」、「天才」、「貴族」和「前朝」等詞彙，這也許在一定程度上揭示了潘維的一些精神氣質、詩歌方式和生活狀態上與同時代人的差異。

　　潘維的在詩歌中不斷疊加著一個特殊的詩人形象。這讓我想到了一隻難染纖塵而又滿懷心事的「長久靜默」、「灰色眺望」的白貓──「金鈴子的鳴叫串成一條條項鏈，／向少女的脖頸獻媚。一片草叢／亂塗著陰影。從低矮的屋頂一掠而過的貓，／尖爪踩痛破瓦上的月光。／它消失了，帶走了彈性：使老年人僵硬如死，／使空氣銹蝕、煩悶如鐵柵欄」。它慵懶而敏感，寧靜又不安。它靜靜地蹲踞在江南迷蒙煙雨的屋檐，又似乎隨時準備投入到陰鬱潮濕的時間迷陣與情感的迷津之中。這只看似慵懶不問世事的「隱士」卻以它無比敏銳的嗅覺和銳利的發現提前領受了時間閃電般的寒冷和戰慄。它不安、孤獨、陰鬱、懷疑、恐懼、探詢、自省、遲疑。我還看到了一個經年都穿著「燈芯絨褲子」的「雙魚星座」的懷想者。

《鼎甲橋鄉》和《太湖龍鏡》等「地方性知識」顯豁的詩歌所顯現出來的更像是詩人的精神成長史和靈魂自傳書。現代性的龐雜喧囂並不能阻止他無時不在的記憶和內心的沖湧。可以說潘維是一個典型的沉浸於詩歌語言和想像的南方才子。他的南方、他的出生地、他的女人、他的孤獨和他不可替代的想像方式以及人生經驗傳遞給我們縷縷不絕的傳統與現代相容留而又不斷盤詰的回聲。潘維的詩歌中不斷出現的「水」的主體意象就是最為恰切的時間隱喻和其無處不在的鋒銳和力量的見證。雨水，露水，湖水，潮汐，河水，淚水，流水，不斷蔓延和再生出個體的生存語境、想像性處境和地方知識。在暮色黃昏裏，在迷濛的橋頭和水邊站立和徘徊的那個喟歎者和發現者，已經聽到了來自時間和歷史深處銹蝕的聲響，「如果此刻你站在橋頭，暮色蒼白，／窗格子像一個灰暗的故事出沒於空氣，／你是否感覺到人生中的一個個小幽靈／將樹葉沙沙翻動。你無法捉住／呼吸中的那個時間販子，他逃稅般狡猾，／用順流而下的漩渦表達出某些猶豫」。潘維的詩歌音樂性極其突出，這來自於他真正意義上的對漢語的「心領神會」和個人性再造。值得注意的是潘維很多詩作中的「秋天」景象（如「立秋」、「初秋」、「入秋」、「九月」）和時間場景（尤其是黃昏、暮晚、垂暮、午夜）在本質性地呈現了強烈的時間體驗和生命感的同時，也無情地揭示了此時詩人「中年」寫作的特徵——成熟、遲緩、猶疑。在中午的光線中詩人已經在落葉的寒意中提前看到了黃昏的匆匆身影……潘維正是以夢為工具，以水為材料見證了時間和生命以及記憶之間的角逐和博弈，「趁夜色低能、瀰漫，把集中營的古園林建築師／營救到手裏：揮掉滿身的塵土、秩序和恐懼，／讓他以夢為工具，使綠土『無意間吐出』一隻泉源，／以水為材料，矗起一座金字塔」。

詩歌中的潘維是孤獨的，憂鬱的，惆悵的，正如他詩行中不斷出現的「蛇」、「蛙」、「蝸牛」等動物性意象。而這些意象是屬於南方的，更是潘維一個人的。在黃昏的晦暗之中陰冷的細雨打濕了來自遠方的信紙。文字和情感的力量有時候就是抵擋不過時間。在巨大而空曠的廣場上，詩人感受到的是病痛般的蒼白和無力。這在酒杯、白色藥片、熄滅的煙斗等類似的細節中可以折射出詩人的身影正處身於黑暗般的孤獨與糾結之中。潘維處於無處不在的冥想和浩歎之中儘管他的詩行中不時湧現出王妃、國王、木船、鏡子、銅鏡、玉器、寺廟、紫禁城等我們久違的古典性的中國場景和詞語，但是這些詞語在本質上都指向了一個核心——詩人在交錯甚至錯置的時間背景上對

生命、存在、地方歷史以及愛欲的梳理和叩問。寂靜和陰鬱，空白和冥想連綴成一個黃昏式的輓歌。我們完全可以把潘維諸多詩歌中的場景、細節、氛圍看成是一場不折不扣的白日夢——前朝的舊夢，江南的春夢，前世今生的情夢。但是這樣說又似乎不太確切，因為潘維在詩歌中也不斷營設了現實性以及公共性的場景與空間，比如湖邊的煤渣路、街道、城市、城市郊外、開發區、推土機、縣府大樓、辦公室、公共汽車、鄉村、劇院等。而在我看來這些現實性甚至倫理化的場景實際在本源上和詩人冥想的那些流逝的象徵性場景是一致的，彼此之間是互相打開的。因而，潘維的詩歌具有著自白書和行吟體相交織的寓言化和抒情性的容留共生效果。潘維的詩歌既層層剝開了內心，也打開了時代的一個個黑暗的抽屜。潘維的很多詩句都具有極強烈的個人體驗和真切的「現實感」，比如「鈴聲過後，孩子們像化肥一樣撒落在 /田野各處」，「村莊像一副犬嘴裏的髒牙，從未使用過 /牙刷和牙膏，被咀嚼又吐出的房屋 /缺肢少腿，雜亂的堆積在破曉前的冷光裏 /瑟瑟作響的樹葉翻閱本地人家史」。同時，我又看到了一個壓抑的尋找噴發契機的潘維。他在猶豫中有堅執，在回溯中有面對，在低語中有高歌，在慵懶中有不甘。他似乎在排斥一種強大的東西，是時間，是現世，還是個人的喜怒悲歡，「我最天才的手藝是懶惰。當抽屜一隻隻打開， /蘋果一隻隻爛掉，而星空凋謝， /雷電像花瓣似的撒入髮叢， /我會吹呼哨，讀信，抓住猶豫的雜草， /我會說，走開，一切；統統走開，全部」。潘維的詩歌無論是在精神型構、情緒基調、主體意識、語言方式、抒寫特徵還是想像空間上，它的基調始終是對地方、生命、時間的無以言說堅持命名和發現式的探詢。甚至他的很多天啟式的驚人詩句通向了遙遠的詩歌寫作的源頭和母語隱約的傳統。這無疑使的潘維的詩歌更能引起母語和情感的雙重共鳴，因為這種基本的情緒、經驗和話語方式是漢語詩歌所特有的。值得注意的是潘維的詩歌中有大量的繁複疊加的悖論修辭，比如「轉瞬即逝的秘密」、「夢塵土飛揚」、「生鏽的藤蔓」、「帶芳香的痛楚」、「熾熱的泥濘」、「齒輪將城鎮送入睡眠」、「失效的安眠藥」等等。這些矛盾重重的修辭方式放慢了詩歌的速度，也加深了時間和生命自身濃重的陰影。潘維在語言的現實和創設中不斷淅出了時間苦澀的鹽粒和蒼白的疼痛。

　　閱讀潘維的詩可以從其中任何一首開始，但不可以在任何一首詩那裡結束。因為這些詩正如典型的江南園林和煙雨中多路的小鎮，曲折繁複，意境

深幽。那些既敞開又封閉的情感空間與不斷變換的場景之間生發出不盡的感懷。我想，潘維的詩歌話語方式最為有力也最具說服力的印證了布羅茨基的話——詩歌是對人類記憶的表達。顯然布羅茨基是潘維相當鍾情的一個詩人。但是我從內心裏討厭那種動不動就拿外國的詩人比附中國詩人的做法，想當然地就忽略和遮蔽了本土詩人的創造性體驗和漢語的光輝。我這樣說並不意味著包括布羅茨基在內的大師級詩人對潘維沒有影響，而是說現在反觀潘維的詩歌寫作我們可以相信這是一個任何詩人都不能取代和涵括的。他的詩歌個性正如江南的煙雨，那種揮之不去的傳統、古典、憂鬱、生命和愛的沖湧是永遠都不能稀釋和抹去的。潘維多年來的詩歌數量不多，但是我們可以在他的任何一句詩面前停留下來，揣味再三。這些句子顯然是發自詩人的內心深處和強大的生命體驗與想像力相拓展和挖掘的結果。

久違的，才是持久的。

潘維是一個不斷蹲踞屋宇或橋頭的高處，又不斷跋涉在精神之路上的的白貓。

它似乎不斷在有意拉開與我們所熟知的世界的距離，它的內心高古而又難以捉摸。但是可以肯定地說潘維的詩歌更為有力地呈現了生命的多重狀態。在具體的細節擦亮和情感的呈示中潘維以極其開闊的想像和再造顯現出久違的「江南漢語」和「地方性知識」。在江南煙雨裏，在暮秋的河岸，在高聳的屋簷，這隻白貓仍沉浸於自己的一方天空，或者前朝的白日夢想——「一把木椅已安然度過半個世紀 / 貓倦伏在上面，還有灰塵、光線 / 像蜥蜴一樣在空氣裏碎成粉粒 / 屋頂的靜穆向天空翹起」。而在那些污染嚴重的河岸、城鎮和工廠，我們也可以見到這個滿面狐疑的詩人在敲打著那些可疑之物。他要做的就是傾聽漢語的泠泠之聲以及內心淵藪起伏不定的潮汐。

第四節 消弭的「地方」與知識

1990 年代末期尤其 2000 年以來詩歌寫作和詩歌生態都發生了不小的變化，比如新媒體力量的崛起，全球化和消費化的浪潮，泛意識形態化的推進。詩壇也在詩歌運動退潮之後在看似繁榮、喧鬧、多元的詩歌景象中集體進入了休眠期和喪失詩歌「英雄」的平庸年代。

詩歌運動和詩人群體被無限張揚的網絡媒介和虛擬空間所取代。我們這

個時代的任何地方都成了城市，連最偏遠的農村也正在集體化、同一化的城市化建設中推倒重建。一同推倒的還有這些地域的文化根脈和地理詩學傳統，「不同的地域當然會有不同的詩歌。而這種由地域帶來的相異形制正漸漸地，有時則幾乎是飛快地在削減。這跟這個世界的日益縮小有關，但更主要的原因可能是詩人們深受那叫做時尚的東西的影響，被一種也許能令詩人身價倍增的黃金趣味所要求和左右。詩歌似乎變成了一種體育，來自不同國度，不同區域，不同種族，有著不同膚色，不同智慧和技能，不同傳統、背景、語言和習慣的詩歌運動員們同場競技，都得在同一種計分標準下分出高低勝負」〔註29〕。北京、上海、廣州都成了中國的「巴黎」，欲望之城「是個巨大的機器，它能使你神經興奮，使你感官敏銳。圖畫、音樂、街上的喧囂、店鋪、花市、時裝、衣料、詩、思想，似乎一切都把人引向半感官、半理智的心醉神迷的境地。在咖啡館裏，色彩、香氣、味道和醉意可以從一個瓶子或許多瓶子裏倒出來，從方形的、圓柱形的、圓錐形的、高的、矮的、棕色的、綠色的或紅色的瓶子裏倒出來──可是你自己選的飲料是清咖啡，因爲你相信巴黎本身就含有足夠的酒精。隨著晚上的時間消逝，就更會使人醉倒。」〔註30〕我們在一次次最初抵達這些城市的時候都是無比興奮，離開時卻懊惱不已，甚或不以爲然。這就是以北京的後海酒吧、三里屯酒吧爲象徵的喧鬧背後的無意義。我們可以盡情地、忘乎所以地陶醉和沉醉其中，醉宿在任何一個酒店還可以和任何一個輕佻的女子上演身體的「戰爭」，但是極其可悲和荒誕的是我們在欲望之都的狂歡節上成了出生地和精神故鄉雙重的異鄉人，成了真正的無家可歸者。無論是江南還是北方，都已經淪爲了商業時代導遊圖上的一個利益坐標和商業的布景和道具。

隨著社會政治運動和革命風暴的早已告一段落成爲歷史陳迹，隨著後社會主義和新移民運動背景下同一化和城市化的現代性景觀對個體的壓抑，新世紀詩歌越來越多的呈現出「日常詩學」的寫作趨向。詩人更多地將詩歌視閾投注在波瀾不驚的天鵝絨監獄般的日常景象和現實「冷風景」當中。具體言之就是無限提速的時代使得目前的各種身份和階層、經歷的詩人面對的最

〔註29〕陳東東：《二十四個書面答問》，《明淨的部分》，湖南文藝出版社，1997年版，第241頁。

〔註30〕馬爾科姆・考利：《流放者歸來──二十年代的文學流浪生涯》，張承謨譯，重慶出版社，2006年版，第122頁。

大現實就是日復一日的平淡而又眩暈的生存語境，所以無論是從題材、主題還是從語言和想像方式上詩歌越來越走向了「日常化」。詩歌的寫作背景大體是具體化、日常化、個人化的。在各個城市、鄉村和街巷的地理位置上日常詩學幾乎無處不在，而這些地名和城市「大多與日常生活相關，具體而細微，令人稱道。這些地名並不僅僅是生活之外的政治意象或修辭學，相反，它更像一面鏡子，體現出對生活細節的敏感」（黃梵：《南京：蒙面的城市》）。在一同化的城市景觀和工業化推進中這種地方知識受到了前所未有的挑戰，而全球化和城市化正是以消弭地區特徵、文化區域、民族根性和地理景觀甚至個體思想方式的「地方化」和差異為前提和代價的。我們已經目睹了個體、差異性和地方性、民族性在這個新的「集體化」時代的推土機面前的脆弱和陣痛。由此「在南方」和「在北方」的寫作就具有了重要性和悖論性。在城市化和城鎮化時代，我們的詩歌寫作恰恰是應該不斷恢復和強化「地方性」，恢復個人的精神「基地」和地緣文化的基點。布羅茨基說詩歌是對人類記憶的表達，這句話在當下語境中一定程度上可以被轉換為詩歌是對地理文化的記憶。在這樣的情境之下我們的文化、文學和想像中的地方空間已經被摻雜進了大量的異質。曾經的詩意的空間成為現代城市文明的填充場，一切都變得有些恍如惡夢而面目全非，「夜半，神仙呵斥著東邊的小白駒。／一片茶葉在跳傘，染綠這杯水的肉身。／都舉著靴子，人們騎在這星球上說謊。／從更高處看，西湖不過是一顆白塵。／／美輪美奐，如果誰把這塵埃掏空又放大，／再倒進許多夢之綠。／西湖，三三兩兩的／邏輯從景點走了出來，像找回的零錢。／這不是真的。／／而在你的城市定居的人，圍攏你／像圍攏一餐火鍋。一條鯉魚躍起，／給自己添一些醋。官員在風中，／響亮地抽著誰的耳光。／這也不是真的：／／如果一滴淚嘔吐出一大把魚刺。／淚的分幣花光了，而淚之外竟有一個／像那個西湖異樣熱淚盈眶的西湖，／黎明般將你旋轉起來」（張棗：《西湖夢》）。地方空間的縮減、文化鄉愁和精神的異鄉體驗已經成為新一輪的時代病。我們已經痛苦地發現詩學地理版圖的不斷縮減和不斷同一化，我們成了不折不扣的「異鄉人」，「等到你到達山頂或小路拐彎處，你會不會發現人已不在了，景色也變了，鐵杉樹被砍倒了，原來是樹林的地方只剩下殘樁、枯乾的樹梢、樹枝和木柴？或者，如果家鄉沒變，你會不會發現你自己大為改變、失去了根，以致你的家鄉拒絕你回去，拒絕讓你參加

家鄉的共同生活？」﹝註 31﹞詩歌的地方性、文化根性和知識分子的操守正在可怕地落。甚至連承載了千百年的文化和詩歌精神的山川河流、園林建築、村莊連同地理文化一起也一同被同一化和祛地方化。

當年詩人蕭開愚在 1990 年代對「南方」和「南方詩」的詩意描述和文學想像在日益城市化的今天看來顯然有「隔江猶唱後庭花」的失意和惆悵。曾經的南方山水霧氣和氤氳的詩意情懷甚至一定程度上成了「前朝」舊夢，「南方霧嵐縈繞的丘陵地區，江河縱橫、溝渠密佈的水鄉，和野獸出沒的熱帶與亞熱帶叢林，都是滋生幻想、刺激想像力的強制性地貌」，「離你站立的地方不遠處，視線被樹或山坡遮擋，就產生了遠方的感覺，所以對南方人來說，遠方總是伴隨在身體周圍」，「南方詩人在陳述現實的時候，很少提供開闊的視野，浮想聯翩多於觀察，比喻多於比較」﹝註 32﹞。在密佈縱橫的車輛河流和高聳的城市森林之中，城市建築和工業推土機正在削減著中國文化版圖和詩歌史上的地理坐標，「由於以往田園型的大自然生活空間是無限的廣闊、延長、一望無窮，較能使人進入和諧、寧靜與含有形而上性的天人合一的自然觀的心境，故也較有利於『悠然見南山』、『山色有無中』的空靈的詩境之建立。而在都市型高度發展的緊張、動亂、吵鬧的具壓迫感的生活空間裏，人類精神向高處升越的『形而上』活動狀況與空間，便不能不被『都市』高度物化與偏於『形而下』的『下降氣流』壓低到越來越被『物質性』、『高速度』與『外動力』全部佔領的空間裏來。」﹝註 33﹞我們甚至無可奈何地發現「方言」、文化的南方、北方和一個個群落的母語難以挽回的消失。方言被普通話改寫，地方被國度修正，詩歌寫作再次尷尬地充當了寓言的角色，「長途公交車穿越水鄉 ／車廂發出怪異的聲音 ／司機用剎車讚美、肯定 ／綠色、桔色和淡青色紛紛讓道 ／廣袤的氣流追趕至車頂 ／乘客擠在車門縫 ／和春天肩並著肩 ／上車時踏板彷彿踩著少女的發育 ／衣領和樹葉絮談 ／徹夜不眠 ／一個個池塘，睡蓮掠過車窗 ／水杉的尖刺著天色的蒼白 ／塑料袋和零食沙沙響 ／有人開窗，朝著高壓電網咳嗽 ／有人喊停 ／看見油菜花開時 ／車廂裏一下子變得安靜 ／車門歎息著，又一個還鄉的夙願」（龐培：《公路上》）。當年新文學

﹝註 31﹞馬爾科姆·考利：《流放者歸來——二十年代的文學流浪生涯》，張承謨譯，重慶出版社，2006 年版，第 14 頁。

﹝註 32﹞蕭開愚：《南方詩》，《花城》，1997 年第 5 期。

﹝註 33﹞羅門：《羅門論文集》，中國社會科學出版社，1995 年版，第 71～72 頁。

浪潮中劉半農使用江陰方言創作了《瓦釜集》（1926），這種如此集中、純粹、完整的「方言」寫作似乎成了詩壇絕響。而我們一度在精神空間和文化地理中所成長的全部訓練正在經受無情的「除根」的過程，鄉土、區域性也正在經受「除根」之痛。眾多本土的詩人和其他地域的詩人一樣不斷離開鄉土到異鄉生存，而這些身處異鄉和「外省」的詩人更是愈益顯豁地呈現出對地理詩學和出生地的「精神故鄉」的眷顧以及遠離「本土」的尷尬困境。正是在眞實地方和想像空間的交織中詩人呈現出波詭雲譎的地方知識的夢魘和殘酷的寓言。

　　一個理想的詩歌時代徹底結束了！1989 年上海的冬天也寒冷無比，「那時候上海沒有夜生活，晚上十點以後全城一片漆黑。只有雲南路有兩三家小飯館通宵營業，在那裡我消磨了許多個難眠之夜。一壺溫熱的花雕加半斤醉蝦最後來一碗菜湯麵，花銷不超過十二元……等我跨上自行車回家時，天空已經濛濛亮了。除了掃街者和有氣無力的水銀街燦只有濕冷的寒風從我耳邊拂過」（吳亮：《八十年代瑣記》）。

　　1990 年的春天，當王家新經過北京西北郊一片廢棄的園林時，一群燕子正從頭頂上飛過。面對著鳥聲啁啾裏的春天，詩人卻有恍如隔世的荒涼之感，因爲寒冷的冬天和同樣驚悸的體驗卻並未遠去——「在那一刻，我想起了我們曾經歷的苦難青春，想起那曾籠罩住我們不放的死亡，想到我們生命中的暴力和荒涼……」〔註34〕。

〔註34〕 王家新：《文學中的晚年》，《沒有英雄的詩》，中國社會科學出版社，2002 年
　　　　版，第 38 頁。

後　記

　　本書是我在北京師範大學的博士後出站報告的基礎上進一步修改而成的。感謝我的博士後合作導師李怡先生在各個方面給予給我的幫助與鼓勵！感謝在我的博士後開題報告會上李怡先生以及黃開發教授和楊聯芬教授對我的諸多指點與校正。他們的精準點撥和豐厚學識讓我受益良多。

　　2010 年酷熱的夏天我進入北師大博士後流動站，轉眼三年的時間已倏忽而逝。我曾記得黃昏的暮鴉堆積和聒噪在鐵獅子墳的上空，我也記得在秋風勁吹落葉堆積的路上騎著單車去國家圖書館路上的興奮與歡愉。在此過程中博士後報告《從「廣場」到「地方」》還有幸獲得了博士後國家科學基金項目第 49 批面上資助（項目編號 20110490316）並成爲首都師範大學中國詩歌研究中心的重點課題項目。記得當時當時申報國家博士後基金項目資助的時候我正在臺灣海峽最南部的屏東教育大學國文系講學。當 2011 年 5 月在臺灣鵝鑾鼻眺望浩瀚大海時，我不會想到兩年之後菲律賓海岸警衛隊在鵝鑾鼻東南 170 海里處射殺臺灣漁民的可怕情形。

　　在 2011 年春節的鞭炮聲中我第一次飛躍臺灣海峽，舷窗外深不可測的海水是否仍然激蕩著詩人的鄉愁？當我在臺灣南部屏東的田野和山川尋找那些遙遠年代裏文學蹤迹的時候，當我在臺北的一個個街道的拐角與那些狹促的舊書店相遇的時候，我似乎聽到了歷史並未曾遠去的聲響。當我在一個個圖書館翻閱那些發黃的文章和詩歌卷宗的時候，我尤其感受到文學批評的沉重。2012 中秋節在福建漳州的一個名爲舊鎮的地方我與周倫佑以及張嘉諺相遇相識。此後，在與他們的書信和郵件交往中我得以在那些漸漸老舊的材料和詩頁中重新面對那個激蕩人心的 1980 年代以及酷烈的文革年代。感謝北

島、多多、孟浪、周倫祐、張嘉諺、梁曉明、宗仁發等朋友提供的重要資料。

2003 年 5 月 1 日，我和王東東以及杭州來的詩人吳情水從北京大學南門一家火鍋店出來後在夜色裏步行到附近的斯多格書鄉。在幾近乾枯的萬泉河邊我們竟然說起當年戈麥自沉之事。而回顧多年來的詩歌交往，我與當年的「地下」詩人和後來的先鋒詩人都有著或深或淺的交往。有的只有一面或數面之緣，有的則成了忘年交。一個個徹夜長談的情形如今已成斑駁舊夢。當然對於一些性格怪異和滿身怪癖的詩人我也只能敬而遠之。在偶爾的見面聊天和信件交往中我感受到那個已經漸漸逝去的先鋒年代值得再次去回顧和重新發現。我希望列舉出多年來我所交往的那些先鋒詩人的名字，是他們在酒桌、茶館和煙氣彌漫的會場上的「現身說法」和別具特色的「口述史」讓我決定了這一微觀視野和細節史的地方性詩歌研究。他們是：蔡其矯、多多、周倫祐、北島、林莽、梁小斌、王家新、舒婷、潘婧、宋琳、芒克、嚴力、李笠、蔡天新、黑大春、陳超、食指、西川、楊克、臧棣、潘洗塵、發星、張曙光、唐曉渡、梁曉明、翟永明、孫文波、李亞偉、楊黎、柏樺、歐陽江河、小海、張嘉諺、韓東、于堅、唐亞平、趙野、王小妮、張棗、陳東東、蘇歷銘、徐敬亞、呂貴品、默默、郁郁、許德民、海上、包臨軒、徐芳、張維、潘維、高星等。

而在一個沒有共識的年代，我的閱讀和批評工作也只能充當一個碎片而已。本書中的一些相關內容已經在《中國現代文學研究叢刊》、《南方文壇》、《當代作家評論》、《當代文壇》、《文藝爭鳴》、《文藝評論》、《藝術評論》、《北方論叢》、《名作欣賞》、《文藝理論與批評》、《國文天地》(臺灣)、《詩探索》、《理論與創作》、《南開大學學報》等核心刊物發表並多篇被人大複印資料轉載。感謝這些刊物為我的不成熟見解以及時而冒失草率的批評態度留有餘地。

在一個批評和情懷雙重短命的年代裏，我親手製造的這只漂流瓶能夠走多遠？它在我這裡開始，它又在哪裏結束呢？是在污染嚴重的海灘，還是在一個拆除殆盡的鄉村？

《少年派的奇幻漂流》是命運使然，也是一種宗教性和命運感的身份性確認。而對於文學批評而言我遠沒有派這麼幸運。當我在春節即將到來的時候和朋友一同返鄉，從北京到河北的高速路上大霧彌漫，伸手隻見五指。朋友身子前傾眯著眼盯著前方。車從玉田的高速路下來緩慢行駛在開往老家的二級公路上，我對幾十年來熟悉的地方竟然陌生不已。那時我竟然如此真切

地覺得還鄉的路竟然和異鄉的路實際上是同一條路。可怕的命運！那條名爲「還鄉河」的河水早已經枯乾，被扔棄的病豬的屍體和農藥瓶在雪地上分外顯眼。當我們不斷抱怨現實，我們也一次次遠離了眞正的現實本相。多年來我並未能眞正理解我的鄉村命運，而對於幾百里之外的京城我一直心存恐慌。當不得不通過文字和想像來看待這個詭異的社會，那麼我們是否已經做好了充分的心理準備？在污染嚴重人們爭先談論天氣的時代，我們是否爲當下的文學提前做好了陰晴冷暖的統計表格？在娛樂和消閒的圖書市場和柔靡的咖啡館裏，你蒙塵的書是被哪隻手不經意地拿起又匆促地放下？這不是一個啓蒙的時代，啓蒙在當下顯得多麼虛弱和矯情。這是屌絲逆襲、階層分野、鄉村拆毀、娛樂泛濫、文化委頓的落寞年代。也許文字最終必將止於喧嘩！圖書館的命運也並不見得比一個個被迅速拆毀的村莊更幸運，而批評的命運也許更不容樂觀。

　　有開始，必然有結束！把這些略顯疲竭的文字放入那個玻璃瓶中，讓它慢慢漂走吧！

2014 年 1 月

參考文獻

【著作】

1. 北島、曹一凡、維一編選：《暴風雨的記憶——1965～1970 年的北京四中》，生活・讀書・新知三聯書店，2012 年版。

2. 張郎郎：《大雅寶舊事》，中華書局，2012 年版。

3. 石光華：《我的川菜生活》，陝西師範大學出版社，2004 年版。

4. 王培元：《在朝內 166 號與前輩靈魂相遇》，人民文學出版社，2007 年版。

5. 丁明蘭等：《我在我不在的地方：文學現場踏查記》，臺南：臺灣文學館，2010 年版。

6. 史景遷：《天安門——知識分子與中國革命》，溫洽溢譯，臺北：時報文化，2007 年版。

7. 王笛：《街頭文化：成都公共空間、下層民眾與地方政治 1870～1930》，李德英、謝繼華、鄧麗譯，中國人民大學出版社，2006 年版。

8. 王笛：《跨出封閉的世界——長江上游區域社會研究 1644～1911》，中華書局，1993 年版。

9. 王笛：《茶館：成都的公共生活和微觀世界 1900～1950》，社會科學文獻出版社，2010 年版。

10. 王笛主編：《時間・空間・書寫》，浙江人民出版社，2006 年版。

11. 米歇爾・福柯：《福柯訪談錄：權力的眼睛》，嚴鋒譯，上海人民出版社，1997 年版。

12. 艾瑞克・洪伯格：《紐約地標——文化和文學意象中的城市文明》，瞿荔麗譯，湖南教育出版社，2008 年版。

13. 克利福德・吉爾茲：《地方性知識——闡釋人類學論文集》，王海龍等譯，

中央編譯出版社，2000 年版。

14. 克利福德‧吉爾茲：《文化的解釋》，納日碧力戈等譯，上海人民出版社，1999 年版版。

15. 昂希‧列斐伏爾：《空間政治學的反思》，陳志梧譯，《空間的文化形式與社會理論讀本》，夏鑄九、王志弘編譯，明文書局，2002 年版版。

16. 李佃來：《公共領域與生活世界──哈貝馬斯市民社會理論研究》，人民出版社，2006 年版。

17. 加斯東‧巴什拉：《空間的詩學》，張逸婧譯，上海譯文出版社，2009 年版。

18. 愛德華‧索亞：《第三空間──去往洛杉磯和其他真實和想像地方的旅程》，陸揚等譯，上海教育出版社，2005 年版。

19. 陶洛誦：《留在世界的盡頭》，電子版。

20. 《芥漢詩人通信》，手稿影印。

21. 文白洋（張元）日記和文革時期詩歌手稿。

22. 西華大學、四川省文史研究館主辦：《蜀學》（第 1～6 輯），巴蜀書社。

23. 稚夫編選：《詩歌蹤迹》，澳大利亞原鄉出版社，2012 年版。

24. 皮埃爾‧布迪厄、華康德：《實踐與反思》，李猛、李康譯，中央編譯出版社，1998 年版。

25. 皮埃爾‧布迪厄：《文化資本和社會煉金術》，包亞明譯，上海人民出版社，1997 年版。

26. 理查德‧利罕：《文學中的城市──知識與文化的歷史》，吳子楓譯，上海人民出版社，2009 年版。

27. 赫伯特‧洛特曼：《左岸：從人民陣線到冷戰時期的作家、藝術家和政治》，薛巍譯，新星出版社，2008 年版。

28. 馬克曼‧艾利斯著：《咖啡館的文化史》，孟麗譯，廣西師範大學出版社，2007 年版。

29. 梁思成：《北京──都市計劃的無比傑作》，《梁思成文集》（第 4 卷），中國建築工業出版社，1986 年版。

30. 梁思成、陳占祥：《關於中央人民政府行政中心區位置的建議》，《梁思成文集》（第 4 卷），中國建築工業出版社，1986 年版。

31. 愛德華‧蘇貫：《後現代地理學》，王文斌譯，商務印書館，2004 年版。

32. 包亞明主編：《後現代性與地理學的政治》，上海教育出版社，2001 年版。

33. 包亞明主編：《現代性與空間的生產》，上海教育出版社，2003 年版。

34. 高鑒國：《新馬克思主義城市理論》，商務印書館，2006 年版。

35. 李陀主編：《上海酒吧──空間、消費與想像》，江蘇人民出版社，2001

年版。

36. 陳曉蘭：《文學中的巴黎與上海——以左拉和茅盾爲例》，廣西師範大學出版社，2006 年版。

37. 詹姆遜：《晚期資本主義的文化邏輯》，陳清僑等譯，生活・讀書・新知三聯書店，2003 年版。

38. 汪民安：《身體、空間與後現代性》，江蘇人民出版社，2005 年版。

39. 鳳媛：《江南文化與中國現代文學》，文化藝術出版社，2008 年版。

40. 周倫祐主編：《懸空的聖殿——非非主義二十年圖志史》，西藏人民出版社，2006 年版。

41. 周倫祐、孟原主編：《刀鋒上站立的鳥群——後非非寫作：從理論到作品》，西藏人民出版社，2006 年版。

42. 周倫祐主編：《非非・2009》，香港：新時代出版社，2009 年版。

43. 張嘉諺：《中國低詩歌》，人民日報出版社，2008 年版。

44. Sabine Scholl：《沒有記憶的城市——閱讀作家在曼哈頓的足迹》，楊夢茹譯，臺北：立緒文化，2005 年版。

45. 彼得・海斯勒：《江城》，李雪順譯，上海譯文出版社，2012 年版。

46. 廖偉棠：《波西米亞香港》，北京大學出版社，2011 年版。

47. 劉勰：《文心雕龍》，周振甫注，人民文學出版社，1981 年版。

48. 劉師培：《南北學派不同論》，《劉師培論學論政文集》，李妙根編，復旦大學出版社，1990 年版。

49. 梁啓超：《中國地理大勢論》，《中國現代學術經典》，河北教育出版社，1996 年版。

50. 梁啓超：《中國地理大勢論》，《梁啓超全集》（第 2 冊），北京出版社，1999 年版。

51. 靳爾綱、蘇華：《職方邊地——中國勘界報告書》，商務印書館，2000 年版。

52. 王應麟：《詩地理考校注》，張保見校注，四川大學出版社，2009 年版。

53. 丹納：《藝術哲學》，傅雷譯，人民文學出版社，1986 年版。

54. 周曉琳、劉玉平：《空間與審美——文化地理視域中的中國古代文化》，人民出版社，2009 年版。

55. 高彥頤：《閨塾師——明末清初江南的才女文化》，江蘇人民出版社，2005 年版。

56. 馬爾科姆・考利：《流放者歸來——二十年代的文學流浪生涯》，張承謨譯，重慶出版社，2006 年版。

57. 杜贊奇：《文化、權力與國家——1900～1942 年的華北農村》，王福明譯，

江蘇人民出版社，1996 年版。

58. 北京市規劃委員會、北京城市規劃學會編：《北京十大建築設計》，天律大學出版杜，2002 年版。

59. 北京市規劃委員會、北京城市規劃學會編：《長安街:過去‧現在‧未來》，機械工業出版社，2004 年版。

60. 蔣寶德：《中國地域文化》，山東美術出版社，1997 年版。

61. 陶無禮：《北「風」與南「騷」》，華文出版社，1997 年版。

62. 龔鵬程：《遊的精神文化史論》，河北教育出版社，2001 年版。

63. 王學泰：《游民文化與中國社會》，學苑出版社，1999 年版。

64. 中華孔子學會：《中華地域文化集成》，群眾出版社，1998 年版。

65. 司徒尚紀：《廣東文化地理》，廣東人民出版社，1993 年版。

66. 李文初等：《中國山水詩史》，廣東高等教育出版社，1991 年版。

67. 王家範主編：《明清江南史研究三十年》，上海古籍出版社，2010 年版。

68. 徐敬亞、孟浪、曹長青、呂貴品編：《中國現代主義詩群大觀 1986～1988》，同濟大學出版社，1988 年版。

69. 小海、楊克主編：《〈他們〉十年詩歌選》，灕江出版社，1998 年版。

70. 陳振濂：《空間詩學導論》，上海文藝出版社，1989 年版。

71. 嚴家炎：《20 世紀中國文學與區域文化研究叢書總序》，《都市漩流中的海派小說》，湖南教育出版社，1995 年版。

72. 李怡：《現代四川文學的巴蜀文化闡釋》，湖南教育出版社，1995 年版。

73. 吳福輝：《都市漩流中的海派小說》，湖南教育出版社，1995 年版。

74. 費振鐘：《江南士風與江蘇文學》，湖南教育出版社，1995 年版。

75. 劉洪濤：《湖南鄉土文學與湘楚文化》，湖南教育出版社，1995 年版。

76. 魏建、賈振勇：《齊魯文化與山東新文學》，湖南教育出版社，1995 年版。

77. 田中陽：《湖湘文化精神與二十世紀湖南文學》，湖南嶽麓書社，2000 年版。

78. 田中陽：《區域文化與當代小說》，湖南師範大學出版社，1996 年版。

79. 李振聲：《季節輪換》，學林出版社，1996 年版。

80. 李潔非：《城市像框》，山西教育出版社，1999 年版。

81. 朱學勤：《書齋裏的革命》，長春出版社，1999 年版。

82. 朱學勤：《思想史上的失蹤者》，花城出版社，2001 年版。

83. 查建英：《八十年代：訪談錄》，生活‧讀書‧新知三聯書店，2006 年版。

84. 鐘鳴：《旁觀者》，海南出版社，1998 年版。

85. 敬文東：《抒情的盆地》，湖南文藝出版社，2006 年版。

86. 魯迅：《北人與南人》，《魯迅雜文選讀》，山東人民出版社，1980 年版。

87. 胡兆量等：《中國文化地理概述》，北京大學出版社，2001 年版。

88. 胡兆量等：《中國文化地理綱要》，人民教育出版社，2005 年版。

89. 楊健：《文化大革命中的地下文學》，朝華出版社，1993 年版。

90. 芒克：《野事》，湖南文藝出版社，1994 年版。

91. 潘婧：《抒情年代》，作家出版社，2002 年版。

92. 芒克：《瞧，這些人》，時代文藝出版社，2003 年版。

93. 廖亦武主編：《沉淪的聖殿——中國 20 世紀 70 年代地下詩歌遺照》，新疆青少年出版社，1999 年版。

94. 潘維：《不設防的孤寂》，今日中國出版社， 1993 年版。

95. 謝冕、唐曉渡編選：《在黎明的銅鏡中》，北京師範大學出版社，1993 年版。

96. 駱寒超：《論現代吳越詩人的文化基因及創作性格》，《駱寒超詩論集》，浙江大學出版社，1992 年版。

97. 王曉漁：《知識分子的「內戰」——現代上海的文化場域（1927～1930）》，上海人民出版社，2007 年版。

98. 滕復等著：《浙江文化史》，浙江人民出版社，1992 年版。

99. 吳秀明主編：《文學浙軍與吳越文化》，浙江文藝出版社，1999 年版。

100. 李歐梵：《上海摩登——一種新都市文化在中國 1930～1945》，毛尖譯，北京大學出版社，2001 年版。

101. 李書磊：《都市的遷徙》，時代文藝出版社，1993 年版。

102. 柄谷行人：《日本現代文學的起源》，趙京華譯，生活·讀書·新知三聯書店，2003 年版。

103. 哈貝馬斯：《公共領域的結構轉型》，曹衛東等譯，學林出版社，1999 年版。

104. 本雅明：《發達資本主義時代的抒情詩人》，張旭東、魏文生譯，生活·讀書·新知三聯書店，2007 年版。

105. 肖全：《我們這一代》，花城出版社，2006 年版。

106. 斯蒂芬：《遊憩地理學理論與方法》，吳必虎等譯，高等教育出版社，1992 年版。

107. 侯仁之、唐曉峰：《北京城市歷史地理》，北京燕山出版社，2002 年版。

108. 陳惠芬：《都市芭蕾與想像的能指》，上海文藝出版社，2011 年版。

109. 柏樺：《左邊——毛澤東時代的抒情詩人》，江蘇文藝出版社，2009 年版。

110. 柏樺：《左邊——毛澤東時代的抒情詩人》，《西藏文學》，1996 年 1～4 期。

111. 柏樺：《左邊——毛澤東時代的抒情詩人》，香港牛津大學出版社，2001 年版。

112. 柏樺：《今天的激情——柏樺十年文選》，上海人民出版社，2006 年版。

113. 王本朝：《中國當代文學制度研究》，新星出版社，2007 年版。

114. 盧楨：《現代中國詩歌的城市抒寫》，中國社會科學出版社，2012 年版。

115. 宋琳、張小波、孫曉剛、李彬勇：《城市人》，學林出版社，1987 年版。

116. 孫曉剛：《城市 2080》，復旦大學出版社，2005 年版。

117. 舒婷：《真水無香》，作家出版社，2007 年版。

118. 凌雲嵐：《五四前後湖南的文化氛圍與新文學》，北京大學出版社，2008 年版。

119. 魯迅：《在鐘樓上——夜記之二》，《三閒集》，人民文學出版社，1980 年版。

120. 克洛德·列維～斯特勞斯：《憂鬱的熱帶》，王志明譯，生活·讀書·新知三聯書店，2005 年版。

121. 施堅雅主編：《中華帝國晚期的城市》，葉廣庭等譯，中華書局，2002 年版。

122. 程美寶：《地域文化與國家認同：晚清以來「廣東文化」觀的形成》，生活·讀書·新知三聯書店，2006 年版。

123. 張玉法：《中國現代化區域研究的重要發現》，《歷史演講集》，臺北：東大出版社，1991 年版。

124. 張偉然：《湖南歷史文化地理研究》，復旦大學出版社，1995 年版。

125. 魯迅：《中國新文學大系》（小說二集·導言），上海文藝出版社，1980 年影印。

126. 布羅茨基：《文明的孩子》，劉文飛譯，中央編譯出版社，2007 年版。

127. 楊黎：《燦爛——第三代人的寫作和生活》，青海人民出版社，2004 年版。

128. 李亞偉：《豪豬的詩篇》，花城出版社，2006 年版。

129. 唐曉渡編選：《燈芯絨幸福的舞蹈：後朦朧詩選粹》，北京師範大學出版社，1992 版。

130. 費孝通：《鄉土中國》，生活·讀書·新知三聯書店，1985 年版。

131. 景遐東：《江南文化與唐代文學研究》，人民文學出版社，2005 年版。

132. 徐弘祖：《徐霞客遊記》，湯化、郭丹注評，鳳凰出版社，2009 年版。

133. 伊永文：《宋代城市風情》，黑龍江人民出版社，1987 年版。

134. 謝和耐：《蒙元入侵前夜的中國日常生活》，江蘇人民出版社，1995 年版。

135. 沙汀：《喝早茶的人》，《沙汀文集》（第 6 卷），上海文藝出版社，1991 年版。

136. 沙汀：《在其香居茶館裏》，《沙汀選集》，四川人民出版社，1982 年版。

137. 王安憶：《尋找上海》，學林出版社，2001 年版。

138. 張恨水：《蓉行雜感》，《文化人視野中的老成都》，四川文藝出版社，1999 年版。

139. 陳錦：《四川茶鋪》，四川人民出版社，1992 年版。

140. 黃尚軍：《四川方言與民俗》，四川人民出版社，2002 年版。

141. 賈大泉、陳一石：《四川茶葉史》，巴蜀書社，1988 年版。

142. 林文洵：《成都人》，浙江人民出版社，1995 年版。

143. 周振鶴等：《方言與中國文化》，上海人民出版社，1986 年版。

144. 梅棹忠夫：《文明的生態史觀》，上海三聯書店，1985 年版。

145. 楊東平：《城市季風》，東方出版社，1994 年版。

146. 翟永明：《紙上建築》，東方出版中心，1997 年版。

147. 蔡棟：《南人與北人》，大世界出版有限公司，1995 年版。

148. 阿城等：《一個人和一座城市》，團結出版社，2009 年版。

149. 王小全、張丁編著：《老重慶影像志》（10 冊），重慶出版社，2007 年版。

150. 金開誠主編：《巴蜀文化》，吉林文史出版社，2010 年版。

151. 金開誠主編：《中原文化》，吉林文史出版社，2010 年版。

152. 袁宏道：《袁中郎小品》，熊禮彙選注，文化藝術出版社，1996 年版。

153. 張岱：《張宗子小品》，魏崇武選注，文化藝術出版社，1996 年版。

154. 葉曙明：《草莽中國》，花城出版社，1996 年版。

155. 劉士林、洛秦主編：《江南話語》（1～5 冊），上海音樂學院出版社，2008 年版。

156. 張中主編：《江南讀本》，華東師範大學出版社，2010 年版。

157. 梁德曼、黃尚軍：《成都方言詞典》，江蘇教育出版社，1998 年版。

158. 黃尚軍：《四川方言與民俗》，四川人民出版社，2002 年版。

159. 老舍：《茶館》，《老舍劇作選》，人民文學出版社，1978 年版。

160. 車輻：《錦城舊事》，四川文藝出版社，2003 年版。

161. 連振娟：《中國茶館》，中央民族大學出版社，2002 年版。

162. 朱曉進：《「山藥蛋派」與三晉文化》，湖南教育出版社，1995 年版。

163. 陳香白：《中國茶文化》，山西人民出版社，1998 年版。

164. 岡夫：《茶文化》，中國經濟出版社，1995 年版。

165. 陶文瑜：《茶倌》，華山文藝出版社，2005 年版。

166. 王國安、要英：《茶與中國文化》，漢語大辭典出版社，2000 年版。

167. 小田：《江南鄉鎮社會的近代轉型》，中國商業出版社，1997 年版。

168. 保定地區革命文員會文化局創作組編：《雁翎隊的故事》，河北人民出版社，1974 年版。

169. 聞一多：《〈女神〉的地方色彩》，《聞一多全集》（第 2 卷），湖北人民出版社，1993 年版。

170. 郭沫若：《反正前後》、《初出夔門》，《郭沫若全集》（文學編 11 卷），人民文學出版社，1992 年版。

171. 林海音：《城南舊事》，同心出版社，2010 年版。

172. 葉聖陶：《我與成都》，四川人民出版社，1984 年版。

173. 夏自正等：《中國地域文化》，山東美術出版社，1997 年版。

174. 陳東東：《明淨的部分》，湖南文藝出版社，1997 年版。

175. 何其芳：《縣城風光》，《何其芳文集》（第 2 卷），人民文學出版社，1982 年版。

176. 林語堂：《吾土吾民》，浙江人民出版社，1988 年版。

177. 劉緯毅：《中國地方志》，新華出版社，1991 年版。

178. 趙學勇：《新文學與鄉土中國》，蘭州大學出版社，1993 年版。

179. 李今：《海派小說與現代都市文化》，安徽教育出版社，2000 年版。

180. 周文：《成都的印象》，《周文選集》，四川人民出版社，1980 年版。

181. 趙園：《地之子——鄉村小說與農民文化》，北京十月文藝出版社，1993 年版。

182. 老舍：《四世同堂》，上、下，百花文藝出版社，1979 年版。

183. 徐曉：《半生爲人》，同心出版社，2005 年版。

184. 周國平：《歲月與性情》，長江文藝出版社，2004 年版。

185. 筱白：《邊緣人生：我的文革歲月》，香港：夏菲爾出版公司，2006 年版。

186. 沈展雲：《灰皮書，黃皮書》，花城出版社，2007 年版。

187. 劉小萌：《中國知青口述史》，中國社會科學出版社，2004 年。

188. 楊健：《中國知青文學史》，中國工人出版社，2002 年版。

189. 黃翔：《總是寂寞》，臺北：桂冠圖書有限公司，2002 年版。

190. 劉禾主編：《持燈的使者》，香港牛津大學出版社，2001 年。

191. 朱大可：《流氓的盛宴——當代中國的流氓敘事》，新星出版社，2006 年

版。

192. 郝海彥主編：《中國知青詩抄》，中國文學出版社，1998 年版。

193. 北島、李陀主編：《七十年代》，香港牛津大學出版社，2008 年版。

194. 任歡迎、李光、孫小寧主編：《讀城——當代作家筆下的城市人文》，清華大學出版社，2010 年版。

195. 張承志：《大地漫步》，群眾出版社，1995 年版。

196. 菲利普‧韋格納：《空間批評：批評的地理、空間、場所與文本性》，閻嘉主編：《文學理論精粹讀本》，中國人民大學出版社，2006 年版。

197. 楊義：《京派與海派比較研究》，太白文藝出版社，1994 年版。

198. 瑪格麗特‧杜拉斯：《情人　烏髮碧眼》，王道乾、南山譯，上海譯文出版社出版，1997 年版。

199. 魯迅：《致山本初枝》，《魯迅全集》（第十三卷），人民文學出版社，1981 年版。

200. 普實克：《中國——我的姐妹》，叢林等譯，外語教學與研究出版社，2005 年版。

201. 林語堂：《大城北京》，陝西師範大學出版社，2008 年版。

202. 沈從文：《北平的印象和感想》，《沈從文文集》，北嶽文藝出版社，2002 年版。

203. 卡斯騰‧哈里斯：《建築的倫理功能》，申嘉、陳朝暉譯，華夏出版社，2001 年版。

204. 李德華：《城市規劃原理》，中國建築工業出版社，2001 年版。

205. 鄧小平：《答意大利記者奧琳埃娜‧法拉奇問》，《鄧小平文選》（一九七五～一九八二年），人民出版社，1983 年版。

206. 張新蠶：《家國十年 1966～1976：一個紅色少女的日記》，作家出版社，2011 年版。

207. 臧棣：《南方詩歌》，《燕園紀事》（自印詩集），1996 年。

208. 魯迅：《咬文嚼字》，《華蓋集》，人民文學出版社，1995 年版。

209. 陳建華：《紅墳草》，打印詩集

210. 錢玉林：《記憶之樹：1966～1976 年抒情詩選》，上海遠東出版社，1998 年版。

211. 敬文東：《這麼早就回憶了》，中國友誼出版公司，2005 年版。

212. 啞默：《文脈潛行——尋找湮滅者的足跡》，打印稿。

213. 黃翔：《狂飲不醉的獸形》，天下華人出版社，1998 年版。

214. 黃翔：《喧囂與寂寞》，柯捷出版社，2003 年版。

215. 黃翔:《留在星球上的札記》(1968～1969 年詩論),《黃翔作品集》(打印稿)。

216. 黃翔:《荊棘桂冠——詩人黃翔及其作品》,《黃翔禁燬詩選》,香港:明鏡出版社,1999 年版。

217. 宇文所安:《機智與私人生活》,陳引馳、陳磊譯,《中國「中世紀「的終結》,生活·讀書·新知三聯書店,2006 年版。

218. 《食指黑大春現代抒情詩合集》,成都科技出版社,1993 年版。

219. 陳仲義:《中國朦朧詩人論》,江蘇文藝出版社,1996 年版。

220. 劉半農:《初期白話詩稿》,書目文獻出版社,1984 年版。

221. 洪子誠:《文學與歷史敘述》,河南大學出版社,2005 年版。

222. 崔衛平編:《不死的海子》,中國文聯出版社,1999 年版。

223. 燎原:《海子評傳》,時代文藝出版社,2006 年版。

224. 林莽:《林莽詩選》,時代文藝出版社,2005 年版。

225. 費爾南·布羅代爾:《菲利浦二世時代的地中海和地中海世界》,唐家龍、吳模信等譯,商務印書館,1996 年版。

226. 陳翔鶴:《陳翔鶴選集》,四川人民出版社,1980 年版。

227. 阿蘭·羅伯—格里耶:《嫉妒·去年在馬里安巴》,李清安、沈志明譯,譯林出版社,1999 年版。

228. 劉勝驥:《中國大陸地下刊物研究 1978～1982》,臺北:商務印書館,1985 年版。

229. 張先德:《成都:近五十年的私人記憶》,四川文藝出版社,1999 年版。

230. 黃翔:《沉思的暴雷》,臺北:桂冠圖書有限公司,2002 年版。

231. 朱大可:《流亡與棲居》,北京燕山出版社,1995 年版。

232. 陳敬容:《陳敬容詩文集》,羅佳明、陳俐編,復旦大學出版社,2008 年版。

233. 《中國民辦刊物彙編》(第 1 卷),法國社會科學院高等研究院、香港觀察家出版社,1982 年版。

234. 《大陸地下刊物彙編》(第 9 卷),中共研究雜誌社,1982 年版。

235. 高上秦主編:《中國大陸抗議文學》,鄭直等選注,臺北:時報文化出版事業有限公司,1980 年版。

236. 姜紅偉:《尋找詩歌史上的額失蹤者——二十世紀八十年代校園詩歌運動備忘錄》,黃河出版社,2008 年版。

237. 陳超:《生命詩學論稿》,河北教育出版社,1994 年版。

238. 陳超:《中國先鋒詩歌論》,人民文學出版社,2007 年版。

239. 羅振亞：《朦朧詩後先鋒詩歌研究》，中國社會科學出版社，2005 年版。

240. 奚密：《從邊緣出發》，廣東人民出版社，2000 年版。

241. 葉凱蒂：《上海‧愛──名妓、知識分子和娛樂文化 1850～1910》，楊可譯，生活‧讀書‧新知三聯書店，2012 年版。

242. 唐曉渡：《與沉默對刺──當代詩歌對話訪談錄》，北京大學出版社，2012 年版。

243. 王家新、孫文波編：《中國詩歌九十年代備忘錄》，人民文學出版社，2000 年版。

244. 中國版本圖書館編：《全國內部發行讀書總目 1949～1989》，中華書局，1988 年版。

245. 托馬斯‧伯恩斯坦：《上山下鄉》，李楓等譯，警官教育出版社，1993 年。

246. 余華：《十個詞彙裏的中國》，臺北：麥田出版社，2010 年版。

247. 尹國均：《先鋒實驗》，東方出版社，1998 年版。

248. 周倫佐：《「文革」造反派真相》，香港：田園書屋，2006 年版。

249. 周倫祐：《燃燒的荊棘──周倫祐「文革」詩選》，打印稿。

250. 蘇歷銘：《陌生的鑰匙》，自印，2007 年。

251. 吳忠誠：《現代派詩歌精神與方法》，東方出版社，1999 年版。

252. 梁小斌：《在一條偉大河流的漩渦裏》，上海文藝出版社，2009 年版。

253. 梁小斌：《翻皮球》，江蘇人民出版社，2013 年版。

254. 臧棣、孫文波編：《從最小的可能性開始》，人民文學出版社，2000 年版。

【期刊】

1. 李家華（路茫）：《我和黃翔的友誼矛盾和鬥爭──〈啟蒙社〉、〈解凍社〉歷史回顧》，打印稿。

2. 楊樺：《我在白洋淀的知青生活（1969～1972）》，《天涯》，2009 年第 4 期。

3. 《詩歌地理學》，《天南》（文學雙月刊），2011 年第 3 期。

4. 《成都茶館業概況》，《新新新聞》，1946 年 6 月 19 日。

5. 萵岩：《七十年代：記憶中的西安地下讀書活動》，《萬象》，2007 年第 3 期。

6. 嚴力：《切開一段時間來回望詩歌與藝術的歷史》，《詩江南》，2012 年第 2 期。

7. 葉舒憲：《地方性知識》，《讀書》，2001 年第 5 期。

8. 周憲：《作為地方性概念的審美現代性》，《南京大學學報》，2002 年第 3

期。

9. 盛曉明：《地方性知識的構造》，《哲學研究》，2000 年第 12 期。

10. 王笛：《二十世紀的茶館與中國城市社會生活——以成都為例》，《歷史研究》，2001 年第 5 期。

11. 黃翔：《狂飲不醉的獸形》，《大騷動》，1993 年第 3 期。

12. 李怡：《世界知識、地方知識與當代中國文學研究》，《天津社會科學》，2010 年第 2 期。

13. 李怡：《少數民族知識、地方知識與知識等級問題》，《民族文學研究》，2010 年第 2 期。

14. 李怡：《大西南文化與新時期詩歌的消長》，《詩探索》，2000 年第 3~4 輯。

15. 李怡：《從文化的角度看現代四川文學中的方言》，《西南民族學院學報》，1998 年第 2 期。

16. 李歐梵、汪暉：《文化研究與地區研究》，《讀書》，1994 年第 8 期。

17. 嚴家炎：《〈20 世紀中國文學與地域文化〉》，《理論與創作》，1995 年第 1 期。

18. 柏樺：《江南詩人的隱逸與漫遊》，《當代作家評論》，2008 年第 4 期。

19. 柏樺：《江南流水與江南詩人》，《江漢大學學報》，2007 年第 3 期。

20. 陳茂昭：《成都的茶館》，《成都文史資料選輯》，1983 年第 4 輯。

21. 王慶源：《成都平原鄉村茶館》，《風土什》，1944 年第 1 期。

22. 博行：《茶館宣傳的理論和實際》，《服務月刊》，1941 年第 6 期。

23. 格式：《關於南方的階級分析》，安琪、康城編選：《中間代詩論》（民刊）。

24. 多多：《1970~1978 的北京地下詩壇》，《今天》，1991 年第 1 期。

25. 楊揚：《海派文學與地緣文化》，《社會科學》，2007 年第 7 期。

26. 鐘鳴：《籠子裏的鳥和籠子外面的俄耳甫斯》，《今天》，1992 年第 2、3 期。

27. 韓少功：《文學的「根」》，《作家》，1985 年第 4 期。

28. 廖亦武：《朗誦》，《現代漢詩》，1994 年春夏卷。

29. 李亞偉：《急刹車》，《現代漢詩》，1994 年春夏卷。

30. 李亞偉：《英雄和潑皮》，《詩探索》，1996 年第 2 輯。

31. 李亞偉：《莽漢主義大步走在流浪的路上》，《創世紀》，1993 年。

32. 蕭開愚：《南方詩》，《花城》，1997 年第 5 期。

33. 金克木：《文藝的地域學研究設想》，《讀書》，1986 年第 4 期。

34. 張鴻聲：《文學中的「新北京」城市形象——以「十七年」與「文革」詩

歌爲例》，《揚子江評論》，2009 年第 5 期。

35. 鐘鳴：《回顧，南方詩歌的傳奇性》，《北回歸線》，1995 年號。

36. 王慶源：《成都平原鄉村茶館》，《風土仕》，1944 年第 1 期。

37. 孫犁：《荷花澱》，《解放日報》，1945 年 5 月 15 日第 4 版。

38. 蹇先艾：《在貴州道上》，《東方雜誌》，第 26 卷第 9 號，1929 年 5 月 10 日。

39. 陳東東：《雜誌八十年代》，《詩林》，2008 年第 2 期。

40. 韓東主編：《他們》，第 1～9 期（1985～1995）。

41. 韓東主編：《老家》，第 1～3 期（1982～1983）。

42. 封新成主編：《同代》，1983 年。

43. 《今天》第 1～9 期。

44. 《今天》「文學資料」第 1～3 期。

45. 葉兆言：《東南重鎮》，《隨筆》，1997 年第 4 期。

46. 沙白：《金陵王氣》，《鍾山》，1996 年第 6 期。

47. 于堅：《我的故鄉，我的城市——昆明記》，《大家》，2000 年第 6 期。

48. 王蒙：《文學地理》，《讀書》，1994 年第 4 期。

49. 唐曉峰等：《地理學的人文關懷》，《讀書》，1997 年第 5 期。

50. 唐曉峰：《地理學與「人文關懷」》，《讀書》，1996 年第 1 期。

51. 潘婧：《心路歷程——「文革」中的四封信》，《中國作家》，1994 年第 6 期（後刊發於《北京之春》，1995 年 1 月）。

52. 向衛國主編：《南方詩學》（第一輯），作家出版社，2010 年。

53. 羅明：《「全域成都」的地緣文化》，《理論與改革》，2009 年第 4 期。

54. 梁鴻：《「外省」：一個新的地域文學研究的理論視野》，《鄭州大學學報》，2007 年第 2 期。

55. 王銘銘：《空間闡釋的人文精神》，《讀書》，1997 年第 5 期。

56. 李孝聰：《古代中國地圖的啓示》，《讀書》，1997 年第 7 期。

57. 羅文軍：《成都內外——對四川第三代詩歌傳播的社會學考察》，《海南師範大學學報》，2009 年第 2 期。

58. 季劍青：《地方精英、學生與新文化的再生產——以「五四」前後的山東爲例》，《現代中國文化與文學》，2010 年第七輯。

59. 章妮：《漸行漸濃的「上海味」——八十年代〈上海文學〉的上海想像》，《揚子江評論》，2008 年第 2 期。

60. 沈從文：《邊城》，《國聞周報》，第 11 卷第 1、2、4、10～16 期，1934 年 1～6 月

61. 侯仁之、吴良鋪:《天安門廣場禮讚——從宮廷廣場到人民廣場的演變和改造》,《文物》,1977 年第 9 期。

62. 魯迅:《説鬍鬚》,《語絲》,1924 年 12 月 15 日第 5 期。

63. 孫伏園:《長安道上》(二),《晨報副刊》,1924 年 8 月 17 日。

64. 張棗:《詩人與母語》,《今天》,1992 年第 1 期。

65. 朱大可:《北京的地理隱喻和空間邏輯》,《東方早報》,2005 年 2 月 14 日。

66. 趙冬日:《天安門廣場》,《建築學報——慶祝建國十週年》,1959 年第 9、10 期。

67. 《紀念中華人民共和國第一屆國慶節北京四十萬人舉行慶祝大會進行各兵種部隊大檢閱和各階層人民大示威群眾隊伍行經檢閱臺下時熱烈向毛主席歡呼》,《人民日報》,1950 年 10 月 02 日。

68. 黃炎培:《天安門歌》,《人民日報》,1949 年 10 月 3 日第 2 版。

69. 陳建華:《天鵝,在一條永恒的溪旁》,《今天》,1993 年第 3 期。

70. 孫文波:《詩人與時代生活》,《現代漢詩》,1994 年秋冬卷。

71. 于堅:《滇風·主持人的話》,《上海文學》,1997 年第 4 期。

72. 李家華:《揭露黃翔——兼評〈啓蒙社〉的是非功過》,打印稿。

73. 蕭開愚:《生活的魅力》,《詩探索》,1995 年第 5 輯。

74. 啞默:《傷逝》,《崛起的一代》,1980 年第 2 期。

75. 徐敬亞:《奇異的光——〈今天〉詩歌讀痕》,《紅葉》,第 2 期。

76. 唐曉渡:《芒克訪談錄》,《傾向》(美國),1997 年總第 9 期。

77. 徐敬亞:《中國第一根火柴》,《南方都市報》,2008 年 6 月 1 日 B33 版。

78. 陳東東:《雜誌八十年代》,《收穫》,2008 年第 1 期。

79. 鐘鳴:《回顧,南方詩歌的傳奇性》,《北回歸線》,1995 年。

80. 蘇歷銘:《細節與碎片——記憶中的詩歌往事》,《詩探索》,2006 年第 2 期。

81. 《龍門陣》,1980 年創刊號到 2004 年,180 期。

82. 《崛起的一代》,創刊號,1980 年 10 月

83. 鐘鳴:《回顧:南方詩歌的傳奇性》,《街道》,1994 年第 10 期。

84. 發星主編:《中國民間詩歌白皮書》,《獨立》,第 7 卷。

85. 王家新:《我的八十年代》,《文學界》,2012 年第 2 期。

86. 默默:《我們就是海市蜃樓—— 一個人的詩歌史:1979～1989 年》,「詩生活」網站(http://www.poemlife.com)的「詩觀點文庫」

87. 巴鐵、廖亦武、李亞偉、苟明軍:《先鋒詩歌四人談》,《作家》,1989 年

第 7 期。

88. 朱淩波：《第三代詩概觀──獻給親愛的朋友們》，《關東文學》，1987 年第 6 期。

89. 于堅、韓東：《在太原的談話》，《作家》，1988 年第 4 期。

90. 楊黎：《穿越地獄的列車──論第三代人詩歌運動（1980～1985）》，《作家》，1989 年第 7 期。

91. 李亞偉：《莽漢手段──莽漢詩歌回顧》，《關東文學》，1987 年第 6 期。

92. 韓東：《論民間》，《芙蓉》，2000 年第 1 期。

93. 王曉：《有關「黃皮書」的不完全報告》，《讀庫》（0703），2007 年。

94. 張飴慈：《張飴慈致邵燕祥的信》，《新詩界》，2003 年第 3 卷。

95. 江畹鑄：《郭世英在農大的最後歲月》，孫經武新浪博客

96. 張福生：《我瞭解的「黃皮書」出版始末》，《中華讀書報》，2006 年 8 月 23 日第 10 版。

97. 孫繩武：《關於「內部書」：雜憶與隨感》，《中華讀書報》，2006 年 9 月 6 日第 10 版。

98. 宋永毅：《文革中的黃皮書和灰皮書》，《二十一世紀》，1997 年第 8 期。

99. 發星：《四川民間詩歌運動簡史（1963～2005）》，《獨立》，2006 年卷。

【外文】

1. Jonathan D. Spence. The Gate of Heavenly Peace: the Chinese and Their Revolution, 1895～1980. New York: Viking Press, 1981.

2. Carol Ginzburg. The Cheese and the Worms: The Cosmos of a Sixteenth-Century Miller, Trans. John and Anne Tedeschi. New York: Penguin Books, 1982.

3. Thomas Burger, with the assistance of Frederick Lawrence, The Structural Transformation of the Public Sphere: An Inquiry into a Category of Bourgeois Society, trans.Cambridge , Mass:MIT Press, 1989.

4. Clark Peter.The English Alehouse: A Social History, 1200～1830, New York:Longman Press, 1983.

5. Clark Peter.British clubs and societies 1580~1800: the origins of associational world, Oxford: Oxford University Press, 2000.

6. Relph E. Place and Placelessness, London:Pion, 1976.

7. Tuan YF.Space and Place:The Perspective of Experience1 Minneapolis: University of Minnesota Press, 1977.

8. Pred A. Place as historically contingent process: Structuration and the time-geography of becoming places1Annals of the Association of American Geographers, 1984